Pavel Kohout

Meine Frau und ihr Mann

Eine Beichte

Übersetzt von
Karl-Heinz Jähn

Albrecht Knaus

Titel der tschechischen Originalausgabe
MOJE ŽENA A JEJÍ MUŽ

Lektorat der deutschen Erstveröffentlichung
Dr. Albrecht Knaus

1. Auflage
© Pavel Kohout 1998
© der deutschsprachigen Ausgabe by
Albrecht Knaus Verlag, München 1998
in der Verlagsgruppe Bertelsmann GmbH
Gesetzt aus 11,1/13,8 pt. Janson
Satz: Filmsatz Schröter GmbH, München
Schutzumschlag: Design Team München unter Ver-
wendung eines Bildes von Ondrej Kohout
Druck und Bindung: GGP, Pößneck
ISBN 3-8135-0079-9
Printed in Germany

DER AUTOR
SICH SELBST

Inhalt

I
Von der Wiege zum Altar

II

Vom Altar zur Wiege

I

Von der Wiege zum Altar

I

Mein Leben verlief bis zu einem bestimmten Zeitpunkt so alltäglich und fad, daß mein Lebenslauf weder mich selbst noch mir fremde Personen interessieren könnte. Will ich es dennoch schildern, dann nur zum Zwecke der Untermauerung der eben geäußerten Behauptung, vor allem aber als Beleg, wie es sich durch die Begegnung mit meiner Frau gewandelt hat.

Zuvor wurde ich jedoch erst einmal geboren, und zwar in Prag, genauer in der Familie meiner Eltern. Paps selbst war schon früher zur Welt gekommen, und zwar im Jahre 1920, als sich noch ein anderes tragisches Ereignis zutrug: Der damalige Präsident der Tschechoslowakischen Republik, dessen Name Masaryk danach strafeshalber auf lange Zeit dem Vergessen anheimfiel, gründete zusammen mit ihr auch eine gleichfalls so genannte Kirche, um die Reibereien zwischen Katholiken, Protestanten und Juden zu beenden, schoß dann aber, wie uns später die Genossin Lehrerin erklärte, von der Prager Burg herab auf die Arbeiter, die sich klassenbewußt weigerten, in diese Kirche einzutreten. Damit hat er verschuldet, daß unser Volk Dutzende von Jahren in der kapitalistischen Finsternis leben mußte, die ich mir als eine ununterbrochene Polarnacht vorstellte.

Das einzige Licht darin wurde für Paps das Glaubensflämmchen, das er, wie ich mir aus den Scherben seiner Erzählungen zusammenfügte, in der mir zunächst unklaren Rolle eines weihräuchernden Ministranten und dann in seinem Beruf als Küster in sich entfachte. Bis schließlich, so verstand ich, Paps bei einer Messe meine ähnlich veranlagte Mutsch kennenlernte, die ihm gleich ihre ganze Handtasche in den Klingelbeutel warf, wonach ihrer durch die Ehe verdoppelten Frömmigkeit der Rock der Kirche jählings zu eng wurde. Das Wesen des hieraus entstandenen Konflikts habe ich nie so richtig erfaßt, ich wußte nur, daß Paps daraufhin binnen Stundenfrist nicht nur aus seiner Stellung, sondern auch aus der Kirche entlassen wurde. Eine Zeitlang träumten meine Eltern davon, wie der einstige Präsident eine eigene, jedoch weit sittenstrengere Kirche zu gründen, ihre gläubigen Bekannten aber, mit denen sie sich darüber berieten, waren längst nicht so fromm, wie meine Eltern es von sich selbst verlangten. Zunichte gemacht wurden diese Bemühungen endgültig im Jahre 1948 durch das plötzliche und offenkundig auch verdiente Ende der kapitalistischen Finsternis. Nun verkündigte man das niemals verlöschenwollende Polarlicht des Sozialismus, der unverzüglich sämtliche neuen Kirchen verbot und alle alten in die Schranken wies, auf daß ihretwegen nie wieder klassenbewußte Arbeiter totgeschossen würden, geschweige denn die Kommunisten, die soeben einstimmig zur Vorhut gewählt worden waren.

Paps war schließlich froh, als Tagesaufseher bei den Gotiksammlungen der Nationalgalerie unterzukommen, wo er zu allen Heiligen, von denen dort unvergleichlich mehr hingen als in jeder Kirche, auf seine Art beliebig und folgenlos beten durfte. Ihrem Glauben frönten er und Mutsch dann abends daheim, später sogar mit der vollen Unterstützung des inzwischen pensionierten Pfarrers, der ihn seinerzeit hinausgeworfen hatte und ihn jetzt eben deswegen für einen Märtyrer hielt. Jener war es auch, der mit unverdrossenen Bibelauslegungen meine züchtigen Eltern dazu brachte, sich auf der Schwelle ihres Fünfzigsten endlich zu vermehren, indem er ihnen die Hoffnung einflößte, gerade sie könnten der Welt einen Propheten bescheren. Wenn auch richtig am 24. März gezeugt, wurde ich zu ihrer Enttäuschung erst mit einwöchiger Verspätung, also zu Silvester geboren, aber dennoch wurde mir eine Erziehung im ursprünglich geplanten Geiste zuteil, was sich für mich als Quell etlicher Mißhelligkeiten erwies. Nachdem Paps' Versuche gescheitert waren, die Schulbehörden zu überzeugen, daß er mich meiner krankhaften Schüchternheit wegen selbst unterrichten müsse, ließ er mich wenigstens Tag für Tag den durchgenommenen Lehrstoff wiedergeben, um zu entscheiden, was ich prompt zu vergessen hätte.

Nach Beendigung der Schulpflicht beschloß er, mich ebenfalls zum Galerieaufseher auszubilden, um mich besser im Auge behalten zu können. Gerade zu jener Zeit erging jedoch der Erlaß, den Besuch der Gotiksammlungen nur Inhabern des Parteimitgliedsbuches zu gestatten, welche die Gewähr boten, daß sie dort vor den Heiligenbildern nicht ihre religiösen Gelüste zu befriedigen trachteten. Danach sank die Zahl der Besucher schnell bis auf zwei, die an jedem sechsten Juli erschienen, um den heiligen Wenzel, den sie offensichtlich mit Kaiser Sigismund verwechselten, dafür zu schmähen, daß er den Magister Jan Hus habe verbrennen lassen. Paps wurde vorzeitig in Pension geschickt, was ihn aber beglückte, da er sich nun endlich ganz mir widmen konnte. Ich aber wurde nur wenig später dazu einbestellt, meiner Ehrenpflicht durch die Verteidigung des Friedenslagers zu genügen. Paps' Einspruch meiner krankhaften Schreckhaftigkeit wegen bewirkte zwar wiederum nichts, doch mein Erscheinungsbild überzeugte von sich aus die Ärzte, daß ich allenfalls für den Dienst in der Etappe tauglich sei, weshalb ich nach nur kurzer Kasernierung ins Zentralmagazin für Kampfschuhwerk abkommandiert wurde.

Der Fleiß und der Gehorsam, wozu man mich daheim angehalten hatte, sicherten mir auch beim Militär die Zufriedenheit der Befehlshaber aller Dienstgrade. Ich registrierte Ausgabe, Umlauf und Abgang der Armeestiefel für Mannschaften, Unteroffiziere, Offiziere und Generale. In einem besonderen Safe bewahrte ich ein schußfestes Paar auf, für den eventuellen Besuch des Oberkommandierenden des Warschauer Paktes. Auf dem Schießstand war ich alles in allem nur einmal. Der Streufaktor meiner Treffer, bewirkt durch den Gegenstoß meiner Schulter beim Rückstoß des Gewehrs, war so beträchtlich, daß er die Trefferbewertung an den Nachbarscheiben erschwerte und sogar die Berufsmilitärs gefährdete, die sich weit hinter den Schießständen befanden. Auch dies bewirkte bald den Erlaß eines Sonderbefehls des Divisionskommandeurs, der mich für die Nachtzeit aus Gründen öffentlicher Sicherheit zu meinen Eltern beorderte. Nachdem ich meinen zweijährigen Dienst fürs Vaterland bereits in zwei Monaten abgeleistet hatte, versetzte mich die Armee als Reservisten auf den Posten eines Magazineurs beim Bau der Untergrundbahn. Wenn auch in Zivil, übte ich meinen Kampfauftrag praktisch weiterhin aus. Ich registrierte Ausgabe, Umlauf und Abgang der Gummistiefel für Arbeiter, Meister, Bauleiter und Inspektoren. Für den eventuellen Besuch des Generalsekretärs des ZKdKPd-UdSSR hütete ich in einer eisenbeschlagenen Truhe ein garantiert wasserdichtes Paar. Auf der Baustelle war ich ebenfalls alles in allem nur einmal. Meiner Unerfahrenheit einerseits und meinem Arbeitseifer andererseits war es zu danken, daß ich, die Stiefel während ihres Umlaufs registrierend, die Warnschilder übersah und zum Zeitpunkt einer Sprengung vor Ort geriet. Aus den Erdmassen wieder freigeschaufelt, litt ich dann und wann noch an Angst- und sonstigerlei Zuständen, erledigte mein Pensum im

Büro jedoch auch weiterhin zur vollen Zufriedenheit meiner Eltern wie meiner Vorgesetzten. So fad und alltäglich, ohne auch nur die Andeutung irgendwelcher Ereignisse, flossen Wochen, Monate und Jahre meines anfangs erwähnten Lebens dahin, bis es zu jenem schicksalhaften Tag kam, an dem ich das erste Mal meine Frau kennenlernte.

Es geschah am Abend eines Betriebsfestes unserer Generaldirektion, auf dem ich mich nur einfand, da mein Chef mich dienstlich mit der Einlaßkontrolle betraut hatte. Nie werde ich vergessen, wie Paps lange und regungslos die schriftliche Weisung studierte und wie Mutsch, als sie mich im fahlen Neonlicht auf der Schwelle des Cafés Vltava meinem Schicksal überließ, mit schwacher Stimme meinen Namen rief und dann wieder zu mir zurückkam, um mir mit bebendem Finger noch ein weiteres Kreuz auf die Stirn zu malen. War das Zufall oder Vorahnung? Gott weiß. Fest steht, daß ich selbst ahnungslos war. Mit der Linken die gültigen Eintrittsbilletts entwertend und mit der Rechten allen, die den Saal nur vorübergehend zu verlassen gedachten, die Rückkehrkarten entgegenstrekkend, fügte ich dem Gräberfeld aller bisherigen Stunden einige weitere alltägliche und fade hinzu, während die Luft von den grellen Tönen der Musikinstrumente gepeitscht wurde, deren eines, das allergrellste nämlich, in Bälde allein für mich ertönen sollte. Hier ist der Hinweis angebracht, daß die Tanz- und Unterhaltungsmusik auf Wunsch leitender Mitarbeiter von einer Damenkapelle vollführt wurde. Gegen Ende des Abends suchte mich mein Chef auf, um sich vertraulich, sozusagen von Mann zu Mann, mit mir zu beraten. Er verriet mir, daß er einer der Musikantinnen unbedacht zugesagt habe, sie nebst ihrem Instrument nach Hause zu bringen. Wie zum Possen habe er danach aber endlich der Sekretärin des Generaldirektors das Versprechen abgenommen, ihm ihre Handarbeiten zu zeigen, worum er sich, wie er mir anvertraute, schon lange bemüht habe, zumal sich schon etliche Kollegen über selbige höchst anerkennend geäußert hatten. Da ich der einzige Ordner sei, der noch auf den Beinen zu stehen imstande sei, bitte er mich um diesen Freundschaftsdienst. Ich gestehe, daß mir sein Ansinnen einen Stich versetzte, denn die Sekretärin des Generaldirektors, eine wohlgeformte Schönheit in den allerbesten Jahren, rief schon seit langem Gefühle einer schwesterlichen Zärtlichkeit in mir hervor, zumal ich doch selbst liebend gern strickte und häkelte. Meinem Vorgesetzten konnte ich aber keinen Korb geben und übernahm so schweren Herzens den Auftrag. Wie sich herausstellte, war besagtes Instrument ein Helikon und die Künstlerin meine Frau.

Die Fahrt zu ihrer Wohnung verlief reibungslos. Vorn plauderte meine Frau fröhlich mit dem im voraus entlohnten Taxifahrer, offensichtlich ein Verwandter, da beide sich vom ersten Augenblick duzten, während ich auf dem Rücksitz das Helikon betreute. Wie ein müdes Geschöpf lehnte sich das gewaltige Instrument nach einer Weile schwer an meine Schulter, und ich spürte zum ersten Mal eine seltsame Erregung, die ich jedoch noch einmal dämpfen konnte. Übrigens waren wir auch schon am Ziel, einem malerischen Haus, über dem die dunkle Silhouette des Hradschin aufragte, und ich erwog, zu Fuß durch die Stadt heimzugehen: Mein Chef hatte vergessen, die Rückfahrt zu bezahlen, und ich besaß damals noch kein Geld. Höflich wartete ich ab, bis sich meine Frau mit ihrem Verwandten auseinandergesetzt hatte, der ihre Einladung zu einem Kaffee mit der Begründung zurückwies, das letzte Mal habe sie diesen zwei Tage lang gekocht, wodurch er beträchtliche Fahrtgelder eingebüßt habe. Nachdem sie schließlich erzürnt ausgestiegen und jener in großer Eile losgebraust war, hielt ich ihr mit beiden Händen das Helikon hin und wünschte ihr eine gute Nacht. Entsetzen flackerte in ihren Augen auf. Wie sie mir später gestand, hatte sie gemeint, das Instrument spreche zu ihr. Dann entdeckte sie dahinter mich und musterte mich eingehend. Worauf sie die Haustür aufschloß und lachend sagte, ich möge das Geländer aber nicht einreißen. Ehe ich's mich versah, befanden wir uns in einer vorwiegend mit diversen Schiffsmodellen eingerichteten Garçonnière, wo sie mich aufforderte, es mir bequem zu machen, bis sie sich umgezogen und Kaffee gekocht habe. Darauf verschwand sie hinter einem Vorhang. Erschrocken entsann ich mich der Worte des Taximannes, und mein Schreck wuchs zum Entsetzen an, als mir bewußt wurde, daß wir hier beide ganz allein waren. Instinktiv klammerte ich mich ans Helikon und blieb mitten im Zimmer stehen. Ich weiß nicht, ob es die Dusche war, die rauschte, oder mein eigenes Blut, das jeden Gedanken aus meinem Gehirn fortschwemmte, ich weiß nicht einmal, ob ich drei Minuten oder drei Stunden so stand, bis der Vorhang wieder wallte und meine Frau in einem Morgenmantel von hellem Orange ins Zimmer trat, auf einer Grammophonplatte, die sie als Tablett benutzte, zwei einstige Senfgläser voll brühheißen Kaffees tragend. Als sie mich erblickte, blieb sie überrascht stehen. Wieder betrachtete sie mich, als sehe sie mich zum ersten Mal. Dann setzte sie die duftende Last auf dem Teppich ab, ließ sich daneben nieder und fing an, mit dem Stiel einer Zahnbürste den Kaffee umrührend, mir in schlichten Wendungen von sich und ihrem Instrument zu erzählen.

Ihre leisen Worte, gesprochen von einer Stimme, die auf zutrauliche Weise unklare Erinnerungen in mir weckte, entwarfen mit raschen Strichen das farbenreiche Bild eines Mädchens, das zunächst Flöte gelernt hatte, anfangs nur, um die Stimmen der Vögel nachzuahmen, später dann, um die Werke der alten Meister im Dämmerlicht der Domchöre und Konzertsäle mit jauchzenden Trillern zu krönen. Doch die Zeit riß den Vorhang weg, und verändert war die Welt, wie der Dichter so treffend bemerkte, und die Kammerorchester in ihren Fräcken und Abendroben konnten kaum noch zum Marschtritt der revolutionären Massen aufspielen. Meine Frau tauschte also die Flöte gegen das Helikon ein und trat einer Arbeitermilizkapelle bei. Und als dann, wieder in des Dichters Worten, die neue Zeit nach neuen Taten lechzte, und die Massen alles andere haben wollten als Marschrhythmen, blieb sie zur Sicherheit zwar dem neuen Instrument treu, ging aber in einer Damenkapelle vor Anker.

Die von Poesie durchwobenen Worte meiner Gattin wirkten besänftigend auf meine Spannung, und so geschah es, daß ich schließlich ebenfalls auf dem Teppich ruhte, ja sogar zuließ, daß sie mir schließlich das Helikon abnahm und über der breiten Couch aufhängte, wo es offenbar seinen ständigen Platz hatte, wie ein treues Tier, nach der Nähe seiner Herrin und Gebieterin Verlangen tragend. Plötzlich ertappte ich mich bei dem Wunsch, wenigstens eine Nacht lang an seinem Platz hängen zu dürfen. Kein Wunder, daß mir die Röte ins Gesicht stieg und meine Frau beunruhigt fragte, was ich denn hätte. Mir fiel keine andere Ausrede ein, als daß mir heiß sei. Sie entschuldigte sich sehr, sie könne das Fenster nicht öffnen, um durch die Kühle nicht ihren Ansatz einzubüßen, ließ dann aber nicht nach, mir freundschaftlich zuzusetzen, bis ich Jacke und Hemd abgelegt hatte. Damit ich mich nicht verunsichert fühle, wie sie erklärte, legte sie ihren strahlenden Morgenrock ab und nahm mir gegenüber in einem gestreiften Herrenpyjama Platz, der, wie sie mit einem

Seufzer hinzufügte, das einzige sei, was sie in ihrem einsamen Dasein an die Existenz von Männern erinnere.

Hatte mich die unverhoffte Entwicklung der Situation anfangs noch verwirrt, so verblüffte mich gleich darauf die Erkenntnis, daß ich mit dem Hemd auch meine Scham abgelegt hatte. Bald darauf sprachen wir schon ohne Hemmungen über unsere Schicksale. Ich gestand, daß ich trotz meines Alters noch keine ernstere Bekanntschaft gemacht hätte, denn die Mädchen, die ich kennenlernte, gaben Jungs den Vorzug, die interessantere Berufe, höheres Einkommen, stattlichere Figuren und lebhaftere Temperamente aufzuweisen hatten. Meine Frau vertraute mir im Gegenzug an, daß es genau solche Männer waren, die sie ihr ganzes Leben lang umschwärmt hatten, obwohl sie sich schon immer einen extrem gegensätzlichen Partner gewünscht hatte. Ihr hoher Wuchs und ihre gewölbte Brust, die sie vom Blasinstrumentenspiel habe, seien schuld daran, daß die Männer sie für eine überaus selbständige Person hielten und deshalb gleich wieder ohne Gewissensbisse sitzenließen. Auf unselige Weise trage auch ihre nächtliche Arbeit dazu bei. Die allzu stattlichen und lebhaften Männer wären nicht bereit, bis zur vierten Morgenstunde auf ihr Vergnügen zu warten, und suchten sich diese zu günstigerer Zeit bei Mädchen, die ihren Berufen tagsüber nachgingen. Jawohl, nicht selten hätten sie sogar keine Hemmungen gehabt, für ihre geschmacklose Kurzweil sich dieser Garçonnière zu bedienen, zu der sie ihnen den Schlüssel geliehen habe, darauf vertrauend, sie würden sich hier begehrlich auf ihre Heimkehr freuen. Auf sie habe das allerdings depressiv gewirkt, und sie sei schon fast entschlossen gewesen, sich für den Rest ihrer Tage ausschließlich ihrem Instrument hinzugeben. Jetzt aber, gestand sie, da sie mich kenne, habe sie plötzlich das Gefühl, als sei noch nicht aller Tage und Männer Abend.

Verglichen mit der strengen Disziplin und der schroffen Ordnung, die bei meinen Eltern herrschten, behagte mir dieses Heim, ein beredtes Abbild der Seele einer Frau und überdies Künstlerin. Mir gefiel das Bett, das offenbar ständig gastfreundschaftlich offenstand, die leeren Flaschen auf dem Schreibtisch und die Kaffeetöpfe voller Zigarettenstummel auf dem Fußboden neben dem Notenpult, an dem sie sicherlich fleißig zu üben pflegte. Sie wiederum war sichtlich gerührt, als ich mir trotz ihrer Proteste die Schürze umband und binnen einer knappen Stunde die Berge schmutzigen Geschirrs restlos abtrug, die zuvor Spüle, Waschbecken und Bidet gefüllt hatten. Zum Dank machte sie eine Flasche Whisky auf und war stumm vor Verwunderung, als ich mit gestammelter Entschuldigung ablehnte, ich hätte bis heute allenfalls aus Versehen einen einzigen Schluck Obstweins zu mir genommen und, als man mir beim Militär siebengrädiges Bier mit Gewalt einzutrichtern suchte, eine Woche lang mit Fieber das Bett hüten müssen. Meine Frau war aufgeregt. Sie sagte, in dieser verdorbenen Welt sei es ihr schon seit Jahren nicht mehr vorgekommen, daß einer etwas zum ersten Mal mit ihr machte, und hörte nicht auf, mich zu nötigen, wenigstens einmal mit ihr daran zu schnuppern. Die Atmosphäre dieser zauberhaften Nacht bewirkte, daß ich schließlich nachgab. Feierlich standen wir auf, ließen die Gläser aneinanderklingen, und ich zog, eine letzte Ermutigung aus ihren flirrenden Augen schöpfend, zum ersten Mal den Duft echten Alkohols tief in die Nase ein. Das Gesicht meiner Frau verschwamm ein wenig, und das Messing des Helikons, das bis dahin im Halbdunkel nur matt geglommen hatte, feuerte etliche scharfe Blitze ab. Aber das war auch alles. Beim Schlag der Burguhr, die soeben feierlich die dritte Stunde verkündete, begriff ich in einer Mischung aus Stolz und Schrecken, daß ich soeben unwiederbringlich die Grenze meiner Unschuld überschritten hatte und daß mir, kehrte ich nicht auf der Stelle dahin zurück, bald die Sekunde schlüge, nach der es keine Umkehr mehr geben wird. Mit letzter Kraft verbeugte ich mich und wünschte meiner Frau mit versagender Stimme gute Ruhe. Ohne die Augen von mir abzuwenden, sagte sie sofort, sie wünsche mir ebendiese auch. Dann trat sie an mich heran, umarmte mich und küßte mich ohne jegliche Voranmeldung stracks auf und in den Mund.

Was das betraf, war ich nicht ganz unerfahren. Schon als Kind hatte ich fürs Leben gern Tante Eliška geküßt. Da sich mir nur dann die Gelegenheit dazu bot, wenn sie mich aus der Wanne hob und auf den Armen zu Bett trug, hatte ich diesen Brauch bis zu meinem fünfzehnten Lebensjahr warmgehalten. Dann ertappte uns dabei unglücklicherweise Mutsch, und sie zögerte nicht, ihre einzige Schwester zu ersuchen, uns in den nächsten sieben Jahren nicht zu besuchen, denn solches könne einen schlechten Einfluß auf den Verlauf meiner Pubertät haben. Leider fühlte sich die Tante so beleidigt, daß sie nimmer wiederkam, doch die einmal losgetretene Lawine raste weiter zu Tal. Bei meinem Einsatz zur Hopfenernte, noch vor Beginn der zehnten Klasse, zu dem Paps wieder nicht zugelassen wurde, obwohl er auf meine krankhafte Unselbständigkeit verwies, brachte eine gewisse Paulová aus der Zwölften es fertig, mich fast jeden Tag unter den mannigfachsten Vorwänden aus der Nachtherberge der Burschen wegzulocken, um mich im Stall des Staatsguts ein paar Minuten lang abküssen zu können. Eines Abends wurden wir von meiner Genossin Klassenlehrerin erwischt, die sich zu diesem Behufe seit dem Morgen im Heu versteckt hatte, und die Paulová bekam eine schlechtere Note in Betragen, weil man sie schon seit Quarta ermahnt hatte, nicht jene Schüler zu verderben, die erst von ihren Pädagoginnen aufgeklärt werden sollten. Nur diesem Umstand und freilich auch flehentlichen Bitten ist es zu danken, daß meine Eltern von dem Vorfall keine Kenntnis erhielten, was mir höchstwahrscheinlich das Leben rettete.

Ein nicht geringeres und obendrein nicht im geringsten verhülltes Interesse für mich zeigte später Hauptmann Kverková, die Kommandeuse des weiblichen Hilfsbataillons, die täglich mehrmals in mein Büro eindrang und, sich die Tatsache zunutze machend, daß ich als Soldat aufspringen und Haltung annehmen mußte, meinen Stuhl besetzte und mir befahl, mit dem Registrieren des Kampfschuhwerks auf ihrem Schoß fortzufahren. Aus Furcht vor einer Disziplinarstrafe – die Kverková war neben anderem auch die Gemahlin des Divisionskommandeurs – vertraute ich mich Leutnant Lánsky an, meinem nächsthöheren Vorgesetzten, der im Nebenzimmer arbeitete. Er hörte mir zu und erhörte mich. Er ließ unter meinem Schreibtisch eine einfache Warnanlage anbringen, die ich mit dem Fuß bedienen konnte. Sogleich nach Ertönen des Signals betrat er mein Büro und brach damit der Situation die Spitze ab. Nach ein paar Tagen ging Hauptmann Kverková gleich zu ihm. Aus Dankbarkeit bot ich ihm einen ähnlichen Gegendienst an. Er lehnte jedoch hochnäsig ab, und so wurden sie später zusammen vom Kommandeur Kverek ertappt. Leutnant Lánsky mußte die Armee verlassen und überlebte den bloßen Gedanken an Rückkehr zu seinem früheren Beruf nicht mehr, von dem er nur noch wußte, daß er mit P begann; weil man ihm auch die Waffe abnahm, beging er Selbstmord mittels eines Infarkts. Das bestätigte mir, daß der Mensch nur eine einzige Ehre hat und diese für die Liebe bewahren muß, der er sich ganz hingibt.

Offen gesagt, damit hatte ich es nicht eilig, geschweige denn mit der Ehe. Das Beispiel meiner Mitschüler, Mitsoldaten und Mitbeamten, die massenweise heirateten, nur um die Freistellung von der Turnstunde, die Entlassung aus der Armee oder eine Steuerminderung zu erreichen, und die sich bald darauf mit größerem oder kleinerem Skandal und Schuldenberg scheiden ließen, dazu verurteilt, die kommenden zwanzig Jahre überwiegend für Alimente zu schuften, war mehr als abschreckend. Im Unterschied zu den anderen hielt ich es für keine Schande, mit fünfundzwanzig noch ledig zu sein. Dank meiner Eltern, die mich über alles vorsichtig, aber gründlich, vor allem durch ihr persönliches Beispiel belehrten, wußte ich, daß ich noch mindestens bis fünfundvierzig Zeit hatte, und an diesem Wissen rüttelten weder Tante Eliškas begehrenswerte Umarmungen noch die eroberungslustigen Lippen der Schulkameradin Paulová, noch Hauptmann Kverkovás einladender Schoß. Doch die Art, wie meine Frau mir den ersten Kuß verpaßte, riß mit einem Ruck den Damm meiner Gewißheiten und Grundsätze nieder. Wie schade, daß ich kein Schriftsteller bin und nicht der Worte kundig, um, und sei es noch so unvollkommen, diesen Kuß ausführlich zu beschreiben. Ein Trost ist mir, daß ich das nicht vermocht hätte, selbst wenn ich ihrer kundig gewesen wäre. Ich wurde ohnmächtig.

Als ich wieder zum Bewußtsein kam, lag ich entkleidet auf der Couch, und meine Frau atmete still neben mir. Gleich im ersten Augenblick wurde ich gewahr, daß sich ein erheblicher Wandel an ihr vollzogen hatte, doch es dauerte eine geraume Weile, ehe ich mir dessen in vollem Umfang bewußt wurde: An meiner ganzen Frau gab es von Kopf bis Fuß nicht mehr die geringste Spur eines gestreiften Herrenpyjamas. Mit angehaltenem Atem begriff ich schließlich, daß ich das erste Mal im Leben eine nackte Frau sah, und mehr noch, was ich damals allerdings noch nicht ahnen konnte, eine nackte Gattin. Minutenlang betrachtete ich ihren ranken Leib und konnte nicht glauben, daß ich, ein so gewöhnliches Geschöpf, ein so nichtalltägliches Wesen erobert hatte. Und plötzlich gab es in mir einen Riß. Hatte ich sie wirklich erobert? Wenn ich nun aber schändlich versagt hatte in dieser ersten großen Liebesprüfung, die ich dazu unter Bewußtlosigkeit absolvierte?? Ich zweifelte nicht, daß meine Frau auf ihrer vergeblichen Suche nach einer verwandten Seele schon mehr als einen Körper umarmt hatte. Ja, sie sprach mit Verachtung von deren physischer Kraft, die nicht auf reinem Gefühl beruhte, doch war das nicht eine jener Illusionen, die den Anprall der Wirklichkeit nicht überstehen? Besaß andererseits mein reines Gefühl genügend physisches Vermögen, um den Liebeshunger zu stillen, den ihr Kuß verraten hatte, den Hunger, der in den Armen jener gefühllosen Muskelprotze bestimmt geweckt worden war? Mit sehr kurzen Worten gesagt: Wird meine Seele genug Körper für sie haben? All diese Gefühle wurden jedoch von noch erschütternderen Empfindungen abgelöst, als die ersten Sonnenstrahlen auf den Wekker fielen, der unerbittlich die sechste Stunde anzeigte.

Ich versetzte mich im Geiste in die Wohnung meiner Eltern und sah die beiden alten, verzweifelten Menschen um meine Lagerstatt kreuzen, die mit Ausnahme der ersten Armeetage, als ich noch in der Kaserne wohnen mußte – wobei sich jedoch Paps und Mutsch unter den Barackenfenstern abwechselten, um mir im Bedarfsfalle mit Rat und Tat beizuspringen – und mit Ausnahme der Hopfenernte – wobei sie meine Klassenlehrerin für Sonderüberwachung bezahlten –, die seit meiner Geburt das erste Mal leer blieb. Was werde ich ihnen sagen? Werde ich gestehen? Ich stellte mir das Wehklagen meiner

Mutsch vor und die schlaffen Schultern meines Paps, die uferlose Trauer derer, denen ich das ganze Leben lang eine einzige Hoffnung war. Also eine Ausrede suchen? Ableugnen? Ja, das war der rettende Gedanke! Ich werde meinen Chef bitten, mir zu bestätigen, daß das Fest bis zum Morgen dauerte und ich meinen Standplatz nicht habe verlassen dürfen. Ach, wie zahlt es sich für mich aus, daß ich noch nie gelogen habe, desto eher wird man mir jetzt Glauben schenken ... doch wie mache ich das meinem Chef klar?! War es nicht gerade er, der mir meine Frau samt dem Helikon anvertraute, damit ich sie unbeschadet an den sicheren Ort schaffte?

Diese Vorstellung war noch schlimmer als die erste. Meine Eltern würden mich gewiß bestrafen, doch ich durfte nicht nur damit rechnen, daß sie mir eines Tages verziehen, sondern vor allem auch damit, daß die Nachricht über meinen Fehltritt nie über die Schwelle unserer Wohnung kam. Bei meinem Chef drohte mir das genaue Gegenteil. Er konnte mir für meinen Fehltritt weder eine Prämie abziehen noch eine Rüge erteilen, da ich ihn außerhalb der Arbeitszeit und des Dienstraumes begangen hatte. Er konnte aber – was weit schlimmer war – die Geschichte in allen Amtszimmern und Arbeitsstätten des Betriebes ausposaunen. Ich erinnerte mich an die perverse Lust, mit der er meine Auskünfte über das Intimleben der Mitarbeiter, denen ihrerseits meine völlige Unbescholtenheit die Sprache verschlug, angehört hatte, wie an die ruchlose Freude, mit der er meine Informationen brühwarm, noch vor mir, telefonisch an Vorgesetzte und Bekannte weitergab. Nein!! Ihm mein Geheimnis anzuvertrauen hieße, mich selbst an den Pranger zu stellen. Das, worauf ich seit meiner Kindheit so viel gegeben, was ich so gehätschelt, sorgsam gehütet und sparsam gemehrt habe, meine Ehre nämlich, der einzige Schatz meines alltäglichen und faden Lebens, der mir ein Gesicht gab, vor allem aber die Hoffnung in mir nährte, ich würde irgendwann irgendwo irgendwie irgendwem begegnen, der diesen Schatz gebührend würdigte und als überaus kostbares Geschenk annahm, um mir dafür zur Vergeltung allezeit sich selber zu schenken, das war plötzlich in Gefahr, aufs Spiel gesetzt, auf Gnade und Ungnade preisgegeben, hatte seinen Sinn verloren wie, so sagte man uns bei der Schulung treffend, eine glückliche Zukunft ohne Kommunismus.

Die meisten Frauen, an die ich ab und zu dachte – ich hatte mich seit den Zeiten von Tante Eliška, der Schülerin Paulová und Hauptmann Kverková auf einen robusten Typ festgelegt, der mir an Temperament, Gewicht und Alter überlegen war, was uns beiderseitige Befriedigung verschaffte –, also die meisten meiner kindlichen Idole stellten offensichtlich keine übertriebenen Ansprüche an ihre Liebhaber. Wie ich wußte, ging eine sehr unterschiedliche Prozession von Männern durch deren Arme; für eine oder mehrere Nächte fand in ihnen nicht nur mein Chef oder unser Generaldirektor eine warme Ruhestatt, sondern auch unser Garagenmeister und unser Heizer, dessen einziger sichtbarer Vorzug die hundert Kilo Lebendgewicht waren, deren gute Hälfte sein Bierbauch ausmachte. Im selben Augenblick jedoch, da sie einen künftigen Ehemann ins Auge faßten, verwandelten sie sich in hochgeschlossenste Puritanerinnen. Auf der Herrentoilette, die nur durch eine dünne Trennwand von dem Raum abgeteilt war, wo sie sich frischmachten, hörte ich so manches Gespräch mit, in dem sowohl der Chef als auch der Generaldirektor, der Garagenmeister und der Heizer mit einem häßlichen Wort bedacht wurden, das belegte, daß sie trotz des flüchtigen Sinnesrausches nicht eine Prise Achtung für sie übrig hatten. Kein Zweifel, daß sie ihren

Mädchennamen nur dem zu opfern bereit waren, der ihnen als Gegenleistung einen überließ, dem nicht einmal der Hauch von Schande anhaftete, einen Namen, mit dem sie sich vor Verwandten und Bekannten brüsten konnten, einen Namen, der ihnen Gewicht verlieh und den berechtigten Neid der weitläufigen Umgebung weckte. Mit eigenen Ohren hörte ich eines Tages durch die Trennwand, wie die Sekretärin des Generaldirektors wörtlich sagte:

«Es ist eine Tragödie, meine Damen, doch der einzige Mann, der hier kein Ferkel ist, heißt Vilémek Rosol!»

Wozu ich bemerken muß, daß ich damals tatsächlich so lächerlich und würdelos hieß, wie ich gerade erwähnte: Vilém Rosol, was ja Sülze bedeutet. Die Bemerkung dieser begehrenswerten Frau kam mir in den Sinn, als der Sonnenstrahl, der durch die Garçonnière meiner Frau wanderte, das Messing des Helikons, das über unserer Bettstatt hing, erneut aufflammen ließ. Das unheilbringende Instrument, die Ursache meines Sündenfalls, warf die Couch und uns beide gleich dem Zerrspiegel im Irrgarten zurück. In diesem Spiegel wirkten unsere entblößten Leiber noch unzüchtiger, deshalb schloß ich vor Abscheu und Reue die Augen. In diesem Moment war ich überzeugt, daß meine Situation ausweglos war und daß alles weitere Leben jeglichen Sinnes entbehrte. Ich verlor die Beherrschung, und ein Schluchzen drang aus meiner Kehle. Da hörte ich aus nächster Nähe jene eigenartige Stimme, die mich, wie ich endlich wußte, an das Geräusch zerreißenden Schmiergelpapiers erinnerte.

«Du lieber Himmel, was haben wir denn?»

Ich wandte den Kopf und öffnete die Augen. Die scheußliche Karikatur verschwand. Wieder sah ich den leidenschaftlichen, mit einer leichten Andeutung von dunklem Lippenbart verzierten Mund, das energische Kinn, den

festen Hals und weiter unten die ganze athletisch gewölbte Gestalt meiner Frau.

«Ach, du meine Güte», sagte sie erstaunt, «das Klein-
chen weint …!»

Bis dahin hatte mich noch nie eine Frau, mit Ausnahme meiner Mutter, der Tante Eliška, der Schulkameradin
Paulová, Hauptmann Kverková und meiner Lehrerinnen
weinen sehen. Tapfer schluckte ich die Tränen herunter
und trachtete, mich mit aller Kraft zu beherrschen, doch
nichts half. Denn zu allen meinen schwarzen Gedanken
gesellte sich unverhofft ein weiterer, der stärker als alle
anderen war.

«Was Sie wohl jetzt von mir denken werden …»

«Was soll ich mir wohl denken?»

«Ich sehe Sie zum ersten Mal … und schon laß ich mich
zu Ihnen nach Haus einladen … und jetzt … jetzt lieg …
jetzt lieg ich hier so …»

Sie richtete sich auf, und Besorgnis schwang in ihrer
Stimme mit.

«Hat es dir nicht gefallen, Bübchen?»

Meine Antwort waren Schluchzer. Beunruhigt wiederholte sie ihre Frage.

«Do … doch …» brachte ich schließlich hervor und
barg das Gesicht in den Händen, da ich spürte, wie ich
wieder rot wurde.

«Na, warum heulst du mir hier rum?»

«Weil ich … weil ich nicht so einer bin …»

«Was für einer?»

«So einer … der gleich mit jeder schläft …»

Die Worte, mit denen sie mich zu trösten versuchte,
bestätigten meine schlimmsten Befürchtungen.

«Was zerbrichst du dir darüber deinen Kopf, Butze-
männchen? Ich bin schließlich eine moderne Frau, und
du bist letzten Endes ein Mann!»

«Nein!» schrie ich auf und wiederholte bei einem neuerlichen Weinanfall, «ich bin nicht, ich bin nicht so einer!»

Mich entsetzte, daß sie nicht sogleich antwortete. Dann
spürte ich ihre Hände auf den meinen. Vergebens sträubte
ich mich. Sie war stärker und zog mir die Hände mühelos
vom Gesicht fort. Durch einen Tränenschleier erblickte
ich ihre Augen. Sie waren ernst und zutiefst bewegt.

«Hör mal», sagte sie, «wie oft hast du eigentlich
schon ...?»

Das Spiel war aus, und ich saß in der Falle. Da sie meine
Hände immer noch wie in einer Zwinge festhielt, neigte
ich wenigstens den Kopf so tief, bis auf die Brust, wie einst
in den Tagen meiner ersten Verirrung, als Tante Eliška
mich in der Wanne hinten und vorn abseifte und immer
wieder mit erregter Stimme sagte:

«Vilémek, du hast ein Körperchen wie eine Puppe ...»

«Um Gottes willen», setzte meine Frau wieder an, und
ich hörte dabei einen Ton, den ich noch nie vernommen
hatte, «ist denn das die Möglichkeit?»

Eher wäre ich gestorben, als daß ich einen einzigen
Laut von mir gegeben hätte. Mit gesenktem Kopf erwartete ich das Urteil. Sie hielt jetzt meine beiden Hände mit
der Linken und hob mir mit der Rechten zart, aber entschlossen den Kopf. Ihre Augen blickten unglaublich gerührt.

«Dann warst du ja noch ein Jungferer ...» sagte sie mit
noch zerrissenerer Stimme als vorher, doch ich begriff
mit untrüglichem männlichen Instinkt, daß sie nur ihre
Rührung zu verbergen versuchte, «da hast du also bis
heute auf mich gewartet ...?»

Ich hielt ihrem Blick nicht stand und nickte.

«Aber warum plärrst du dann?»

Die Gedanken, die sich seit dem Erwachen wie ein
Knäuel Schlangen in mir verfilzt hatten, verwandelten

sich im Nu in Worte. Mit geschlossenen Augen, um den Mut nicht zu verlieren, haspelte ich meinen Lebenslauf in seiner ganzen Alltäglichkeit und Fadheit vor ihr herunter, weder die Mutsch noch Tante Eliška noch die Paulová noch die Frau Hauptmann vor ihr verheimlichend, noch sie selbst, obwohl von ihr zu reden das Allerschwierigste war. Mit einer Eindringlichkeit, die mich selber überraschte, zeichnete ich ihr mit bloßen Worten das erschütternde Bild eines Jungmannes, der bis zur heutigen Nacht nichts besaß als seine Ehre und auch diese am heutigen Morgen verloren hatte, so daß er neben dem Zorn seiner Eltern mit Recht zu gegenwärtigen hatte, bald schon durch die Trennwand zwischen der Herren- und Damentoilette die Stimme der Sekretärin des Generaldirektors zu hören, die verkündete:

«Meine Damen, es ist eine Tragödie, aber unser Vilémek Rosol ist auch schon ein Ferkel!»

Dann war es still. Mir kam zum Bewußtsein, daß ich verstummt war, und voll Schreck gewahrte ich, daß auch sie nichts sagte. Ich begriff, daß mir nur ein Ausweg blieb: mich rasch anzuziehen, leise einen Gruß zu murmeln und mit ein für allemal gesenktem Kopf meiner Schande entgegenzugehen. Da spürte ich, wie mich ihre Arme umfingen und an die majestätische Büste zogen.

«Du Dummchen», sagte meine Frau mit einer Zärtlichkeit, die ich bei ihr nicht vermutet hatte, «das also quält dich? Na, dann heirate ich dich eben, und alles Geschwätz hat ein Ende!»

Die Tränen, die mir erneut aus den Augen schossen, als ihr Körper mich wieder liebend beschwerte, waren diesmal der Ausguß schieren Glücks.

So wurde meine Frau zu meiner Geliebten.

2

Wann immer meine Frau einen Entschluß faßte, stets setzte sie ihn ohne zu zögern in die Tat um. Während sie mich aus der Ohnmacht zurückholte, in die mich ihre Liebkosungen abermals gestürzt hatten, peinigte mich der schreckliche Traum, ich sei ein Unterseeboot und in den Fängen eines Kraken, und wie ich voll Verzweiflung meine Torpedos abschieße, sehe ich diese auf mich zurückkommen, eine Explosion kracht, ich fühle, wie das Wasser in mich eindringt und mir von den Knöcheln aufwärts bis in die Kehle steigt, die Todesangst nimmt mir die Kraft, auch nur ein Wort des von Paps berichtigten Vaterunsers zu sprechen, an dessen Anfang er «und Mutter unsere» hinzugefügt hatte als Ausdruck der Achtung vor Jungfrau Maria und der eigenen Gemahlin, und als ich dann schließlich Wasser schon auf der Zunge verspürte und die Augen aufriß in der törichten Hoffnung, vielleicht mit einem letzten Blick meinen Schutzengel zu erspähen, war er da, war er wahrhaftig da, hatte das Gesicht meiner Frau und beugte sich über die Badewanne, in die ein lauwarmer Strom floß, hielt mit der einen Hand meinen Kopf über Wasser und massierte mit der anderen unter Wasser geschickt meine erschlafften Glieder, ach, wie unschuldig waren dagegen die Wannenspiele mit Tante Eliška gewesen! … während ich also aus dem Traum wie aus der Wirklichkeit zugleich erwachte, verscheuchte meine Frau mühelos auch die letzte finstere Wolke, die mich noch bedrängte. Sie wählte die Direktnummer meines Chefs, die er ihr in der Nacht mit eigener Hand auf den Saum ihres Büstenhalters geschrieben hatte, wogegen sie, wie sie sich beklagte, als Parteilose machtlos gewesen sei, und sagte ohne Einleitung:

«Hören Sie? Hier ist die Polizeidirektion. Ihr Angestellter Rosol Vilém hat letzte Nacht einen Schwächeanfall erlitten, nachdem irgendein verantwortungsloser Mitarbeiter Ihres Betriebs ihm die Beförderung einer überschweren Last befohlen hat. Er befindet sich zur Behandlung in der Intensivstation und wird erst am Nachmittag entlassen. Klären Sie den Fall, bestrafen Sie die Schuldigen und tragen Sie unverzüglich Sorge, daß seine Eltern auf schonende Weise beruhigt werden. Haben Sie mich verstanden?»

Obwohl sie ihre Stimme nicht im mindesten verstellt hatte, sagte mein Chef eifrig:

«Jawohl, Genosse ...»

«Dann wiederholen Sie!»

Stotternd gab der Chef beinahe Wort für Wort wieder, und meine Frau legte grußlos auf. Zu meiner Dankbarkeit gesellte sich eine tiefe Bewunderung, und ich wußte bereits mit Gewißheit, daß ich sie liebte. Ich saß auf der Couch, in ihren orangefarbenen Morgenrock gemummelt, der mir zu groß war, so daß sie mir lachend die Ärmel dreimal aufschlug.

«Liliane», sagte ich erregt, «teure Liliane ...»

Ich erschauerte ob meiner eigenen Kühnheit, als ich sie zum ersten Mal vertraulich bei ihrem blumigen Vornamen nannte, der mir schon in der Nacht von ihrem Türschild regelrecht entgegengeduftet war, so stark, daß ich den Nachnamen ganz und gar übersah. Erstaunlicherweise war sie nicht beleidigt.

«Na, was denn?» ermunterte sie mich.

«Ich kann Ihnen gar nicht sagen, wie glücklich ich bin!»

«Na siehst du», sagte sie mit leichtem Vorwurf, «und eben hast du mir hier noch geplärrt!»

«Ja», bekannte ich ohne Pein, «und ich könnte von neuem plärren.»

«Warum denn schon wieder, Jungchen?»

«Weil ich unglücklich bin ...!»

«Aber wieso denn, Brummelchen?»

Ich bemerkte, daß sich Ungeduld in ihre Stimme schlich, und beeilte mich zu erklären:

«Nein, ich bin glücklich ... gerade deswegen aber auch unglücklich ... Sic ... Sie sind ... Sie sind so wunderbar, und ich ... ich liebe Sie so sehr, daß ich Angst hab, obichIhnendasallesüberhauptwerdevergeltenkönnen ...»

Die letzten Worte sprudelte ich hervor, als sollten es die letzten sein in meinem Dasein. Dann schnürte sich mir gänzlich die Kehle zu, denn mir wurde bewußt, daß ich, wenn auch unaufgefordert, eine verbindliche Liebeserklärung abgegeben hatte. Ich war mir fast sicher, daß sie mich jetzt in strengem Ton auffordern würde, mich in aller Form zu entschuldigen und unverweilt ihre Wohnung zu verlassen. Statt dessen trat sie an mich heran und schaute mir forschend in die Augen.

«So liebst du mich also ...?»

Sie erinnerte mich an Paps, der auf die gleiche Weise herankam und guckte, wenn er mich für eine nichtige kindliche Lüge bestrafen wollte. Dennoch ermannte ich mich und nickte eifrig. Da beugte sie sich zu mir herab und strich mir übers Haar.

«Aber dann quäl dich doch nicht», sagte sie, «denn du ganz allein hast mir mehr gegeben als die ganze Meute vor dir zusammen!»

Einen Augenblick lang hatte ich das Gefühl, starke Schmerzen an einem Zahn zu haben, dessen Wurzeln mir bis ins Herz hinabreichten. Im Nu begriff ich: Zugleich mit der Liebe war ein Gefühl in mir geboren, von dem ich bisher immer nur gelesen hatte, daß es unabdenkbar zur Liebe gehört wie der Dorn zur Rose und der Wurm zum Apfel. Doch noch ehe es eine bestimmtere Frucht tragen konnte, erklang wieder ihre besänftigende Stimme.

«Ich hab kein gutes Leben geführt. Du liebst mich, und ich habe kein Recht, dir das zu verheimlichen. Vielleicht wird dir die Wahrheit bitter vorkommen, doch nur bittere Kerne bringen süßes Obst hervor. Ich müßte lügen, wenn ich behaupten würde, daß du auch für mich der erste gewesen bist. Keineswegs, denn mich haben, leider, auch einige andere gehabt. Doch ebenso mußt du wissen, daß keiner von ihnen eine tiefere Spur als ein Regentropfen oder eine Schneeflocke auf mir hinterlassen hat. Manchen habe ich bereits vergessen, noch ehe er sich mir vorstellen konnte. Sie nahmen sich meinen Körper, und ich habe sie daran nicht gehindert, weil ich wußte, daß sie damit nur um so schneller für alle Zeit aus diesen vier Wänden wie aus meinem Leben verschwinden würden. Wie eine Besessene habe ich sie gewechselt, um desto eher in ihrer Vielzahl jemanden wie dich zu entdecken. Und du bist endlich gekommen und hast mich nicht genommen. Im Gegenteil! Dich habe ich mir selbst genommen. Nicht ich dir, nein, du hast mir das größte Geschenk gemacht: dich selbst mit deiner noch unversehrten Jugendblüte! Und deshalb bist nicht du in meiner Schuld, sondern ich in deiner und werde es ewig bleiben!»

Nach diesen Worten schloß sie mich in die Arme, hob mich zu sich auf und küßte mich lange. Als ich die Augen aufschlug und wieder ihr geliebtes Gesicht sah, war meine Beklommenheit dahin. Froh lachte ich auf und zupfte sie, um die Minuten qualvoller Spannung endgültig zu vertreiben, an ihrem massiven Ohrgehänge in Baßschlüsselform.

«Dann erfüllen Sie mir einen klitzekleinen Wunsch …»

Auch meine Frau lachte. Sie legte mich auf die Couch zurück, und ihre Lippen bebten lüstern.

«Dir, Liebchen», flüsterte sie, «so viele du willst …!»

Um einem Mißverständnis vorzubeugen, streckte ich beide Arme aus und bat.

«Lassen Sie mich jetzt ein tolles Frühstück für uns beide machen!»

Meine Frau verhehlte ihre Überraschung nicht.

«Kannst du das?» fragte sie mißtrauisch.

«Ja, ja!» rief ich ermuntert, weil ich mich endlich mit etwas hervortun konnte, «Mutsch und Paps stehen täglich eine ganze Stunde früher auf, um keine meiner guten Sachen zu verpassen. Schon von klein auf koche ich selbst und längst sogar ohne alle Rezepte!»

Meine Frau trat also einen Schritt von der Couch zurück und drohte scherzhaft mit dem Finger.

«Na gut, dann sehen wir wenigstens, ob du am Herd geschickter bist als im Bett.»

Ihr Satz traf mich wie ein Schmiedehammer.

«Warum haben Sie das gesagt …?»

Sie bemerkte, daß meine Mundwinkel verdächtig zuckten, und entschuldigte sich rasch.

«Verzeih, mein Goldstück, das war nur ein dummer Scherz. Denn du warst recht gut, ach ja, wahrhaft appetitlich und echt konsumierbar …!»

Ihre Augen weiteten sich so wie vor ein paar Stunden, als sie auf mich zugetreten war, um mich ohne die geringste Vorwarnung zu küssen.

«Wart, wart nur, eine ganz kurze Zeit mit mir reicht, und du wirst mir ein würdiger Befriediger sein!»

Ihr Atem ging schneller, mit einem Satz kniete sie neben mir nieder und begann fieberhaft die Kordel ihres Morgenrocks aufzunesteln, der jetzt zur Abwechslung meine Blöße bedeckte. Da sie sich verfitzt hatte, hielt sie sich keine Sekunde länger damit auf, den Knoten zu lösen. Mit einer Bewegung, die mich bezauberte und überwältigte, zerriß sie den Gürtel, und schon verhüllte mich nichts als meine Haut.

«Du mein Schöner!» flüsterte sie stammelnd.

«Sie meine Schöne …» wiederholte ich ebenso.

Diesmal hatte sie Tränen in den Augen.

«Du großer Gott!» hauchte sie, mit unglaublicher Behendigkeit ihre Wäschestücke abwerfend. «Nicht im Traum hätte ich je zu hoffen gewagt, daß mich einer dabei siezen würde!»

Nie werde ich dieses mein drittes Liebeserlebnis vergessen, denn dabei fiel ich zum ersten Mal nicht in Ohnmacht. Endlich lernte ich also bei vollem Bewußtsein die berühmte Wonne kennen, von der die meisten meiner Schulkameraden schon lange vor der Hopfenernte gekostet hatten, allesamt bei der Paulová. Und die wenigen, die damals ebenso verschämt und zurückhaltend gewesen waren wie ich, versetzten mich ein paar Jahre später mit der Schilderung ihrer diesbezüglichen Errungenschaften in Staunen, im Dunkel der Armeebaracke, das meine Phantasie noch stärker entfachte, obwohl meine Eltern unter den Fenstern Wache schoben. Ich litt, denn ich war nicht weniger normal als jeder andere meiner Kameraden. Wie oft fragte ich mich in schlaflosen Nächten, ob meine unbefleckte Ehre einen Bruchteil ihres Preises wert war, den mich meine Entsagung kostete. Jetzt aber, in der lustvollen Umschlingung sämtlicher Glieder meiner Frau liegend, immer von neuem überrascht, daß ich die nächste Welle ihrer Leidenschaft überlebte, wußte ich mit aller Klarheit, daß ich keinen Fehlgriff getan hatte. Lieben konnte sie mich nur deshalb so unersättlich, weil ich mir gerade für diese Festnacht die ganzen fünfundzwanzig Jahre meine Reinheit bewahrt hatte. Ja, sie hatte tausendmal recht, keine zehn Stunden waren seit jenem Augenblick vergangen, da ich ihre Schwelle übertrat, und schon war ich mir trotzdem sicher, ihr ein begehrter Liebhaber werden zu können. Der Berg meiner Zweifel schien dahinzuschmelzen wie ein Gletscher, den eine plötzliche Verschiebung der Erdmassen in die Tropen geschleudert hatte. Selbst die unzüchtigen Bilder in dem mitleidlosen Spiegel des Helikons zu unseren Häupten empörten mich nicht mehr, von Zeit zu Zeit ertappte ich mich sogar dabei, daß sie meinen Blick anzogen, obwohl ich jedesmal gleich wieder die Augen schloß, damit meine Frau ja nichts davon bemerkte. Dennoch trafen sich unsere Blicke zu guter Letzt darin. Im Nu legte sich der Sturm, und eine Ruhe breitete sich aus, die mich erschreckte.

«Seien Sie nicht böse ...» sagte ich mit schwacher Stimme, «ich ...»

Weiter kam ich nicht. Die Zunge versagte mir den Dienst. Meine Frau richtete sich rasch auf und fühlte mir mit erfahrenem Griff den Puls. Dann kniete sie sich hin, tätschelte mir leicht die Wangen und sprach dabei in eindringlichem Ton:

«Na ...! Na also ...! Hübsch atmen! Ganz tief! Ganz tief durchatmen! Wir werden hier doch nicht gleich wieder in Ohnmacht fallen!»

Die suggestive Stimme und die liebevollen Handgriffe taten ihre Wirkung. Ich spürte ihre Sicherheit auf mich übergehen, und bald stand schon fest, daß ich meine Krise überwunden hatte. Vor Stolz wollte ich aufschreien, doch meine Mattigkeit ließ nicht zu, daß ich mehr sagte als wieder nur:

«Seien Sie nicht böse ...»

«Böse sein», sagte meine Frau zärtlich, «könntest allein du, mein Käferchen, weil ich viel zu sehr an mich gedacht habe. Aber jetzt», fügte sie hinzu, munter auf den

Teppich hinabspringend, «jetzt gehst du dafür hübsch in die Heia, und Liliane macht dir was zum Aufpäppeln!»

Ich nahm ohne Protest an. Ermattet auf der Couch hingestreckt, sah ich voll Rührung zu, wie gefährlich sie das Brot an ihren Busen gedrückt schnitt, wie sie mit dem Bügeleisen eine Wurstkonserve aufmachte und dann den Türkischen überlaufen ließ, alles mit einer göttergleichen Selbstsicherheit und Leitmotive pfeifend, die sie uns am Abend zum Tanz aufgespielt hatte. Ich war schwach wie nach einer Krankheit, doch stolz wie nach dem Abitur. Das änderte nichts daran, daß ich das Töpfchen nicht bis an den Mund zu bringen vermochte und meine Frau mir den Kaffee, nachdem sie auf jeden Löffel behutsam pustete, schlückchenweise einflößte. Als wäre das ganz selbstverständlich, erzählte sie mir dabei von ihrer Liebe zum Damenboxen, und ich mußte bei jedem Schluck mehr und mehr ihren Takt bewundern. Nach dem Frühstück bettete sie mich wieder auf die Couch, nahm das Helikon von der Wand und spielte mir ihre liebsten Melodien vor, von denen mir, wie meine Frau es benannte, das Aufbaulied der Schlosserstoßbrigaden, ‹Ich schraub ihn dir mal rein›, am meisten im Gedächtnis haftenblieb. Wann immer ich mich dieses Morgens entsinne, werde ich bis ans Lebensende das Helikon meiner Frau sehen, das ihr Busen umschloß, und mich, der den ohnmächtigen Wunsch verspürt, den Platz mit ihm zu tauschen. Als ich schließlich allein aufstehen konnte, half mir meine Frau beim Anziehen und ließ es sich nicht nehmen, mich wenigstens ein Stück Wegs zu begleiten. Es war Freitag, und die Hausmeisterin wischte wütend die Treppe. Diese Beschäftigung nahm sie voll in Anspruch, so daß wir unbemerkt hätten vorbeischlüpfen können. Doch meine Frau sagte:

«Freundschaft, Genossin Kovárnová, ein wunderschöner Tag heute, nicht!»

Diese blickte auf, und just da legte mir meine Frau den Arm um die Taille. Das war eine schlichte Geste, doch sie enthielt alles. Dem erstaunten Blick der Knienden, der zugleich weich wurde, entnahm ich mit Gewißheit, daß meine Frau so etwas zum ersten Mal tat. Ich zögerte keine Sekunde und bot ihr auf der Stelle meine Lippen dar. Im Weitergehen sah ich, wie sich die Hausmeisterin mit dem Scheuerlappen die Augen wischte.

Meine Kräfte hatten sich auf wundersame Weise erneuert, deshalb lehnte ich zur Freude meiner Frau Krankenwagen wie Straßenbahn ab und schlug vor, zu Fuß zu gehen. Dafür wurden wir auf der Burgrampe mit einem herrlichen Blick auf die Hauptstadt belohnt, die uns in der durchsichtigen Herbstluft wie ein Verlobungsgeschenk zu Füßen lag. Auf den Schloßstiegen trug meine Frau mich lieber ab und zu, doch über die Karlsbrücke gingen wir wieder eng umschlungen. Mir schien, und das sprach ich auch laut aus, als sei sie seinerzeit schon, vor Jahrhunderten, nicht nur für die böhmischen Könige, sondern auch für uns zwei gebaut worden. Meine Frau stimmte voll Bewunderung zu und kaufte mir am Altstädter Brückenturm ein Sträußchen Astern.

«Ein hübsches Söhnchen haben Sie», sagte die Verkäuferin bewundernd.

Schnell wandte ich mich ab, um meine roten Wangen zu verbergen.

«Wir haben uns gerade verlobt», entgegnete meine Frau stolz.

«Ach nein! Das bringt mir Glück!» strahlte die Verkäuferin. «Sie sind heute meine ersten Kunden.»

Sie wollte um keinen Preis Geld nehmen. Meine Frau hielt ihr jedoch nicht minder resolut das Doppelte der Summe hin, die auf dem Preisschild angegeben war. Den drohenden Streit legte die Verkäuferin bei, indem sie

die Scheine nahm, mir aber noch einen Asternstrauß
reichte.

«Sie werden, junger Herr, eine brave Gemahlin kriegen!» sagte sie zum Abschied. «Enttäuschen Sie sie nicht!
Frauen, die ihren Verlobten heutzutage noch einen Blumenstrauß kaufen, sind schon so rar wie Safran.»

Das erste Laub raschelte unter unseren Füßen, und
eine Schar hungriger Möwen umkreiste uns. Ich schnupperte an den Astern und erzählte meiner Frau, wie ich jahrelang Sonntag um Sonntag mit Mutsch Hand in Hand in
den Prager Baumgarten gegangen war, um Schwäne und
andere Vöglein zu füttern. Dann kam leider der Wehr-
dienst, und eines Sonntags machte ein Oberstleutnant unserer schönen Tradition ein Ende, der schrie, ich machte
die Uniform einer sozialistischen Armee lächerlich. Damals hätte ich beinahe geweint, doch Mutsch hatte mich
schnell hinter die Sträucher geführt und getröstet.

«Was soll's, Vilémek, alles hat seine Zeit. Wenn du eines Tags heiraten und Kinder haben wirst, kannst du mit
ihnen hierhergehen und weiter die Himmelsvögel füttern.»

Bei der Erinnerung an sie stieg erneut die Angst in mir
hoch. Doch bevor ich mich meiner Frau anvertrauen
konnte, blitzte in ihren Augen eine merkwürdige Flamme
auf.

«Bleib hier!» befahl sie und lief, ehe ich's mich versah,
auf den Fahrdamm, schlängelte sich hurtig zwischen Straßenbahnen und Autos durch und verschwand in der Tür
des Cafés Slavia. Einsam blieb ich zurück, und plötzlich
durchzuckte mich ein schrecklicher Gedanke: Wenn sie
nun nicht wiederkäme? Wenn sie mir nicht ins Gesicht
sagen wollte, daß sie mich nicht mehr liebte, und lieber
eine unauffällige Trennung wählte? Wie aller Sinne be-
raubt stand ich da, ohne zu wissen, ob ich ihr zwischen

den Fahrzeugen nachrennen oder mich lieber gleich in den kalten Fluß werfen sollte. Ich war mit meiner Überlegung noch nicht ganz fertig, da war sie schon wieder bei mir.

«Auf die Schwäne und auf deinen Sproß wirst du noch ein Weilchen warten müssen», sagte sie lachend und reichte mir eine Papiertüte. «Zuerst will ich dich ein paar Jahre für mich allein haben. Bis dahin aber kannst du wenigstens die Möwen füttern!»

In der Tüte waren frische Hörnchen. Meine Angst war wie Nebeldunst verflogen, und während ich begeistert Bröckchen abbrach und mich freute, wie geschickt die Vögel sie mit ihren flinken Schnäbeln im Flug erhaschten, brachte mir meine Frau bei, was ich dem Chef und den Kollegen zu sagen hätte. Das war der richtige Augenblick, ihr meine größte Sorge zu gestehen.

«Und meinen Eltern …?» fragte ich unsicher.

«Zu deinen Eltern geh ich mit», erwiderte sie geradeheraus. «Damit sie wissen, daß ich es ernst mit dir meine.»

Damit fiel mir der schwerste Stein vom Herzen.

«Und jetzt», sprach sie, «müssen wir uns für kurze Zeit trennen. Ich soll schon seit einer Stunde im Rundfunkorchester sitzen, wo ich mit angeklebtem Schnurrbart heimlich für Jungs einspringe, die krankmachen, um sich auf Beerdigungen was dazuzuverdienen.»

Vor Schreck fiel mir die Tüte mit dem restlichen Gebäck aus der Hand. Ein Gekreisch setzte ein, und auf dem Wasser entbrannte eine Schlacht des Federviehs. Mich interessierte das jedoch nicht mehr.

«Aber warum haben Sie mir das nicht gesagt??» rief ich verzweifelt. «Ich will nicht, ich will auf keinen Fall, daß Sie meinetwegen Scherereien kriegen! Ich möchte Ihnen im ganzen Leben nur Freude bereiten!»

«Aber die bescheißen sich doch nicht!» sagte sie ohne einen Schatten von Zweifel ungewohnt scharf, und ich konnte nicht anders, als erneut ihr natürliches Selbstvertrauen bewundern. «Die eine Hälfte ist mir schon was schuldig, und die andere ist noch geil auf mich.»

Ich fühlte, wie mir das Blut aus dem Gesicht wich. Bestimmt war ich kreidebleich, denn sie hielt augenblicklich inne und legte mir besänftigend den Arm um den Hals.

«Entschuldige, mein Goldstück, das war natürlich wieder nur ein schlechter Witz ... das hast du davon, wenn du vorwiegend in einer Damenkapelle malochst, unter Mädchen redet man schon gar nicht mehr anders. Ich hab das wirklich nicht so gemeint, ich verzichte seelenruhig auf die zweite Hälfte. Höchste Zeit, daß ich dich kennengelernt hab, du mein Schatzi!»

Sie wartete noch so lange, bis in meine Wangen wieder Farbe zurückgekehrt war. Ich beschwor sie mehrmals, ich sei schon wieder da, doch sie ließ meine Hände nicht los, ehe sie nicht völlig sicher war, daß ich wirklich fest auf den Beinen war. Dann begleitete sie mich noch zur Haltestelle, bestieg mit mir die Straßenbahn, zog mir aus dem Automaten einen Fahrschein und küßte mich zum Abschied leidenschaftlich, ohne sich darum zu scheren, was der Fahrer und die Fahrgäste dazu sagten. Unterdessen rollte der Wagen an.

«Sie fahren in die falsche Richtung!» hauchte ich.

«Nur keine Angst!» antwortete sie mit heller Stimme, die durch die ganze Tram schallte, «ich geh schon nicht verloren. Komm von der Arbeit gleich zu mir!» Und mit lautem Flüstern, als teile sie mir etwas Vertrauliches von einem gegenüberliegenden Berg mit, setzte sie hinzu: »Ich freu mich riesig, mein Süßer! Ich will dich schon wieder!»

Dann winkte sie mir freundschaftlich, riß mit Gewalt

die Tür auf, sprang behend von der schnell fahrenden Bahn ab, kam mit der Sicherheit einer Olympiasiegerin auf, steckte die Hände in die Taschen ihres Hosenanzugs und entfernte sich, ohne sich nur ein einziges Mal umzudrehen, wie eine echte Dame, die genau weiß, daß sich alle nach ihr umdrehen.

Mein Chef, von Gewissensbissen und Angst gepeitscht, war die Güte und Huld in Person. Zunächst versuchte er zwar, mir ein Gefühl moralischer Mitschuld zu suggerieren, indem er bedeutungsvoll an meinen Astern schnupperte und fragte, ob sie wohl der Lohn dafür seien, daß ich die schwere Last getragen habe, oder ob ich nicht vielleicht selber zur süßen Last geworden sei. Ich antwortete, getreu der Anweisung meiner Frau, daß die diensttuenden Polizisten das Geld für die Blumen untereinander gesammelt hatten, damit ich schneller vergäße, daß ich in einem Staate der Werktätigen, dessen Stützen sie seien, eine so schandbare Form der Ausbeutung hatte erleben müssen. Darauf setzte der Chef zu der Behauptung an, er leide seit einer gewissen Phase der letzten Nacht an Gedächtnisschwund, und die Folge davon sei zum Beispiel, daß er den Heimweg gar nicht erst gefunden und seine Ankunft im Büro nur dem wundersamen Zufall zu verdanken habe, morgens in einem abgelegenen Stadtviertel der Sekretärin des Generaldirektors begegnet zu sein. Dann teilte er mir eifrig mit, er habe alle zwei Stunden seinen Fahrer zu meinen Eltern geschickt, um ihnen zu versichern, daß die Feier noch immer andauere, und schloß ganz aufgeregt das Gespräch, indem er meinem Antrag auf Gehalterhöhung stattzugeben versprach, den ich nie gestellt hatte. Was die übrigen Kollegen betraf, die kamen nach der durchsumpften Nacht allesamt erst mühsam wieder zu sich, so daß sie meinen Zustand überhaupt nicht wahrnahmen. Trotzdem verbrachte ich die restlichen Bürostunden in unablässiger Spannung.

Bei meinen bescheidenen Erfahrungen hatte ich keinen triftigen Grund anzunehmen, daß mein Glück wirklich und wahrhaftig war. Einige Bemerkungen meiner Frau, vor allem die letzte, hatten bewirkt, daß der nagelneue Stachel, der plötzlich in meinem Herzen steckte, immer stärkere Zündnadelsalven von Eifersucht abfeuerte. Obwohl ich von Zeit zu Zeit Rundfunk hörte, wäre es mir nie in den Sinn gekommen, er könnte so etwas wie eine Hinterbühne haben. Für mich steckte er ausschließlich in dem kleinen Kästchen, das seit Urzeiten auf dem Wandbord über unserem Küchentisch stand. Seit dem Tage, da es für meine Kinderfinger erreichbar war, hing an seinem Hauptknopf ein schweres Vorhängeschloß, das Paps nur an jenen Feiertagen abnahm, wenn Partei und Regierung ausnahmsweise die heilige Messe genehmigt hatten, in der Regel nach mißglückten Aufständen in den Nachbarländern. Zu dieser Maßnahme hatte er gegriffen, als er auf seine Bitte, ihm aus Gründen meiner Erziehung die Texte aller Sendungen vorher zuzuschicken, keine Antwort erhalten hatte. Ein einziger Satz meiner Frau fügte dem Rundfunk jetzt riesige und rätselhafte Räume hinzu, aus denen eine Kühle zog wie aus den Grotten der tschechisch-sächsischen Schweiz, die zu durchqueren ich mich auf einem Schulausflug so schaudernd geweigert hatte, daß die ganze Klasse einschließlich der Frau Lehrerin über das Felsmassiv klettern mußte, um zum Dampfer zu gelangen. Heute, nachdem ich ein paarmal vor der Pförtnerloge des Rundfunks auf meine Frau gewartet und ihr einmal sogar, selbstverständlich in Begleitung eines bewaffneten Werkschutzmannes, das vergessene Instrument bis ins Studio nachgetragen habe, macht mich meine damalige Vorstellung lachen. Damals aber, in den ersten Stunden unserer jungen Liebe, wütete meine Phantasie ohne jede Einschränkung.

Im Geiste stellte ich mir den Rundfunk als ein großes Nachtlokal vor, als die vielfache Vergrößerung einer Bar, in die mich vor den Abschlußprüfungen meine Klassenkameraden schleppten, nachdem sie zuvor meinen Eltern eine gefälschte Anweisung des Direktors geschickt hatten. Aus Unachtsamkeit nahm ich damals einen Schluck vom gespritzten Obstwein und war davon so betrunken, daß ich in der Nacht die ganze Klasse zu uns nach Hause brachte, damit sie sich meine Eisenbahn ansähe, die durch die ganze Wohnung fuhr. Als Mutsch die zwanzig jungen Männer mit Fliegen vor ihrem Bett stehen sah, hätte das leicht ihr Tod sein können. Noch dazu stellte sich heraus, daß ich mir eine solche Eisenbahn seit Kindertagen nur vergebens gewünscht hatte, und so dachte ich noch lange voll Scham daran zurück, wie meine Schulkameraden beifällig zuguckten, als ich den Gürtel von Paps' Hose holen und mich über den Sessel beugen mußte, um von ihm gezüchtigt zu werden. Ich entsann mich trotzdem, daß es in jenem Nachtlokal viele mit Purpursamt verhängte Séparées gab, aus denen alle Augenblicke Frauengekreisch drang. Da im Rundfunk überdies, wie ich mir weiter denken konnte, weder Gäste noch Personal vorhanden waren, sondern ausschließlich meine Frau und die Musiker, suchten mich den ganzen Nachmittag über quälende Bilder heim, wie die zweite Hälfte des Orchesters, wann immer es sein Tacet hatte, hinter einem der purpurnen Vorhänge verschwand, um meine Frau ihrer Erwartung zum Trotz für die Unpünktlichkeit geil abzustrafen. Obwohl sie mir versichert und übrigens auch überzeugend bewiesen hatte, daß die Unzahl der Liebhaber keine Schäden an ihrem Leib hinterlassen und daß sie das Schönste, ihre Seele, ausschließlich für mich aufbewahrt habe, zitterte ich bei dem bloßen Gedanken, es hätte ihr einer von ihnen allein körperlich mehr bieten können als ich.

Ich ahnte freilich, daß die Liebe, wie jeder Bereich menschlichen Tuns, ihre Regeln, ihre Gesetze und Verordnungen, ihr Abc und ihr kleines Einmaleins hatte. Doch was für ein Jammer, daß mich keiner darin eingeweiht hatte! Meine Eltern waren allzu ehrenwerte Christen, als daß sie sich zu der lügnerischen Behauptung erniedrigt hätten, die Kinder bringe der Storch. Dennoch begingen sie nach der Episode mit Tante Eliška, offensichtlich um mich einzuschüchtern, einen pädagogischen Fehler, als sie mir auf Umwegen andeuteten, die Kinder kämen vom Küssen. Wie heute höre ich den schicksalhaften Satz, den sie wochenlang nach dem Morgen- und Abendgebet unauffällig an die Adresse unserer Hausmeisterstochter gerichtet sagten, die zu Beginn des Schuljahres erneut in die Ferien fuhr.

«Die hat so lange in unserer Durchfahrt rumgeknutscht, daß sie jetzt ein Lediges kriegen wird!»

Als ich endlich begriffen hatte, um was es ging, hätte das tragische Folgen haben können. Da ich kurz zuvor von der Hopfenernte heimgekehrt war, verbrachte ich die folgenden paar Monate in der unaussprechlichen Furcht, ich würde mit der Paulová ein vaterloses Kind haben. Dieser Irrtum wurde noch bestätigt, als die Paulová eine Woche vor ihrem Abitur tatsächlich niederkam. Bis ich zum Zwecke des Selbstmords ausreichend Streichholzköpfchen abgekratzt hatte, die ich mir, da ich kein Taschengeld bekam, Stück für Stück bei den Mitschülern zusammenschnorren mußte, benannte die Paulová zum Glück den Mathematiklehrer als Kindesvater, was jener auch zugab, wofür er strafweise zum Handarbeitslehrer degradiert wurde. Damals hatte ich schon für immer die Möglichkeit verpaßt, die mir nachträglich als das Natür-

lichste vorkommt, nämlich meine Kameraden zu fragen.
Aus ihren Anmerkungen zum Fall Paulová, die von fremd-
sprachigen, mir leider völlig unbekannten Begriffen wim-
melten, wie Vagina, Koitus und Interruption, gewann ich
jedoch die Überzeugung, daß sie bei weitem aufgeklärter
waren als ich und obendrein über unvergleichlich größere praktische Erfahrungen verfügten. Feinfühlig wie ich
war, hätte ich ihren Spott kaum überlebt. Und so wandte
ich mich wieder und wieder dringlich an meine Eltern.
Endlich hatte ich offenbar mein Ziel erreicht, denn eines
Nachts vernahm ich, wie immer an die undichte Schwelle ihres Zimmers gepreßt, in der vergeblichen Hoffnung,
sie würden mich vielleicht durch ihr eigenes Beispiel auf-
klären, ein leises Zwiegespräch.

«Ich glaube», sagte Paps hörbar besorgt, «wir werden
es ihm wirklich sagen müssen!»

«Aber Vilibald!» widersetzte sich Mutsch unglücklich,
«er ist doch noch so jung, wozu ihm so früh die Illusionen
rauben?»

«Seine Illusionen kann er anders und viel schlechter
verlieren», erwiderte Paps, «die erstbeste Nutte, die sich
verheiraten will, hängt ihm einen Bastard an, und er weiß
noch weniger als die Jungfrau, wie er zum Kind gekommen ist!»

Obwohl ich längst nicht alle Worte verstand, war mir
klar, daß seine Sorge um mich weitaus größer war als
sonst.

«Aber wer wird es ihm sagen?» meinte Mutsch wieder.
«Ich, Baldi, lade mir das nicht auf die Seele. Und du, antworte mir aufrichtig, würdest du dich nicht schämen?»

Diese völlig ungewöhnliche Anrede zeugte davon, daß
sie außer sich war, während das Ächzen des Bettes, auf
dem er sich unruhig wälzte, den quälenden Zwiespalt in
seinem Inneren wiedergab. Ich wollte schon ganz und gar

verzweifeln, als erneut sein vorsichtiges Flüstern vernehmbar wurde.

»Ich glaube, ich weiß, wie wir das machen. Wir werden es so einrichten, daß er sich langsam und ohne Gewalt selber aufklärt. Ich besorge ihm ...»

Die letzten Worte flüsterte er ihr leider offenbar ins Ohr. Vor Ungeduld konnte ich nicht einschlafen. Am nächsten Morgen ließ sich Paps zum Frühstück nieder, mit dem ich mir besonders Mühe gegeben hatte, und während Mutsch eifrig den Ofen heizte, obwohl wir wenig später alle weggehen mußten, patschte er mir ungewöhnlich freundschaftlich auf die Schulter und stellte eine ebenso ungewöhnlich leutselige Frage.

«Na, wie steht's Vilém ...?»

«Ich weiß nicht, was Sie meinen, Paps«, antwortete ich aufgeregt.

Er hielt einen Moment inne, fuhr dann aber doch fort.

«Ich denke, in absehbarer Zeit erwartet dich das Ende der Schule, was auch den Beginn des praktischen Lebens bedeutet. Es ist also an der Zeit, daß du mehr über das Geheimnis des Lebens erfährst.»

Wider Willen lief ich rot an, und Paps wechselte augenblicklich das Gesprächsthema.

«Übrigens, es brennt nicht. Hast du alle Aufgaben gemacht, mein Junge?»

«Ja, Paps», stieß ich hastig hervor, «aber bitte, ich hätte dieses Geheimnis so gern gekannt ...!»

Forschend musterte er mich, beruhigte sich dann aber wieder.

«Na schön, schön ... wenn du gut lernst, bekommst du von uns etwas zu Weihnachten, was dich bestimmt sehr, sehr interessieren wird!»

Ich bin nie ein schlechter Schüler gewesen. Was blieb mir auch, wo ich als einziger aus der Klasse weder Techtelmechtel mit Mädchen noch Fernsehen hatte, als zu lernen, zu beten und zu lesen, zumeist Paps' Ereiferungen gegen Unrechtmäßigkeiten auf dieser Welt, die Mutsch an jedem Freitag verbrannte, damit sie uns bei einer zufälligen Haussuchung nicht in Schwierigkeiten brachten. Doch weder zuvor noch später habe ich je solche schulischen Triumphe gefeiert wie vom Oktober bis zum Dezember jenes Jahres. Endlich nahte der ersehnte Heiligabend heran. Wenn meine Eltern auch schon zugaben, daß nicht der Storch die Kinder bringe, so blieben sie dagegen desto zäher bei ihrer Behauptung, daß die Geschenke vom Christkind kämen. Das lag nur auf der Hand, denn die Verleugnung des Storches brachte sie nicht in Konflikt mit der Glaubenslehre, die sie trotz der Mißachtung von Kirche nach wie vor anerkannten. Obwohl ich mit der Zeit an Gott zweifelte, seit dem Augenblick, da ich meine gesamte Habe an Murmeln vergebens dem Klingelbeutel in der Sankt-Nikolaus-Kirche geopfert hatte, damit er mir Tante Eliška zur Frau gebe, wagte ich ihnen das nie einzugestehen. Ich befürchtete zu Recht, dann im Handumdrehen ein Waisenkind zu werden. Nur einmal, ich war vielleicht zwölf, schlich ich mich in die Diele und hielt das Auge an das Schlüsselloch der Guten Stube, um zu sehen, wie die Engel den Baum schmückten. Da gellte hinter mir Mutschs entsetzter Aufschrei.

«Er guckt dir zu!»

Und aus dem Zimmer polterte eine vertraute Stimme zurück.

«Dann hau ihm halt eine runter!»

Da Paps jedoch zu jener Zeit regelmäßig seine Spaziergänge unternahm, auf denen er nach immer neuen Unrechtmäßigkeiten für seine Entrüstungen Ausschau hielt, glaubte ich trotz meiner Zweifel noch ein paar Jahre, der beleidigte HERR habe in seiner Stimme gegrollt. Wieder saß ich damals also, wie dann jedes Mal seit jenem Ereignis, den ganzen Tag in der Küche, las Weihnachtsmärchen und fragte, um keinen Verdacht zu erregen, alle Augenblicke Mutsch, wann es denn klingele. Endlich hörte ich Paps' leisen, mit den Jahren immer lauter werdenden Schritt, je mehr ihn seine erschlafften Muskeln daran hinderten, auf Zehenspitzen zu gehen, und schon tönte durch die Wohnung das Bimmeln des Glöckchens, welches das ganze Jahr über neben dem Weihnachtsbaumschmuck und der Krippe in dem alten Klappbett versteckt lag. Unter dem leuchtenden Weihnachtsbaum, wo ich bisher Jahr für Jahr frisch gewaschene Taschentücher oder neu gestopfte Socken vorgefunden hatte, lag diesmal ein rätselhaftes Päckchen, in dem ich beim ersten Hinsehen ein Buch für Erwachsene erahnte. Vor Aufregung vergaß ich die Worte der Weihnachtslieder und erntete dafür Mutschs ernste Warnung. Endlich hatten wir auch die ‹Stille Nacht› abgesungen, und ich stürzte mich ungeduldig auf mein Geschenk. Ich hatte mich nicht getäuscht! Es war das Buch ‹Die Vermehrung der Pilze›, das mir endlich das Tor zur Erkenntnis aufstieß. Noch heute, nach so vielen Jahren, erinnere ich mich an den Wortlaut des ersten Absatzes.

«Die Vermehrung der Pilze geschieht entweder auf ungeschlechtlichem Wege, wobei sich der einzellige Keim in ein neues Pilzgeflecht (Myzelium) teilt, oder auf geschlechtlichem Wege, mittels Vereinigung zweier Geschlechtszellen (Gameten).»

Mehr durfte ich an diesem Abend nicht lesen, denn meine Eltern befürchteten, meine Phantasie könne durch eine Überdosis an Informationen belastet werden. Zu meinem Pech bekam ich tags drauf Ziegenpeter, was Mutsch noch lange als Strafe Gottes ansah. Erst zu Frühlingsanfang, als ich ihnen hochheilig versprach, nie wie-

50

der daran zu erkranken, durfte ich die Lektüre fortsetzen. Der Plan meiner Aufklärung hatte sich durch den Mumps beträchtlich verlangsamt, so daß ich vom Sommerferienlager, aus dem die letzten beiden Mitschüler ihre erste Liebeserfahrung mit Küchenfrauen heimbrachten, unter Aufsicht der Eltern, die am Rande des Lagers ihr Zelt aufgeschlagen hatten, nur mit einem großen Beutel getrockneter Pilze wiederkam. Erst als die Eltern, die dreimal täglich meine Temperatur, mein Gewicht und meine Größe notierten, schließlich feststellten, daß mein physisches und seelisches Gleichgewicht nicht meßbar gestört worden war, setzten sie die Durchführung der weiteren Etappen von Paps' Vorhaben bereits gelassener fort. Bis zum Schulabschluß wußte ich ins Detail, wie sich Schmetterlinge, Fische und Kriechtiere vermehren, und die Soldatenuniform, die mich noch mehr in einen Mann verwandelte, machte sogar einen solchen Eindruck auf Mutsch, daß sie sich selber erkühnte, ohne Umschweife zu den Vögeln überzugehen. Leider trat genau zu dieser Zeit jener unselige Oberstleutnant an dem Schwanenseeteich auf den Plan. Obwohl er, wie ich meinte, die ganze Sache offensichtlich nur als pazifistische Demonstration gegen den Warschauer Pakt beurteilte, glaubte Mutsch in ihrem tödlichen Schreck, er durchschaue vielleicht deren wahren Sinn. Das erachtete sie als einen weiteren Fingerzeig von oben, und so betete sie den ganzen Heimweg über reumütig und flehte nächtens Paps an, die Sorge um mein weiteres Heranreifen ganz dem Allerhöchsten zu überlassen, der mich schon nach seinem Willen zurechtstutzen werde.

Damals sah ich mich genötigt, einen letzten Versuch auf eigene Faust zu unternehmen. Aus den Gesprächen meiner Waffengenossen, denen ich immer begieriger lauschte, und auch aus den Aufschriften an den Wänden der öffentlichen hygienischen Einrichtungen erriet ich, daß so etwas wie eine Organisation von Frauen existierte, die gegen geringes Entgelt weniger erfahrenen Werktätigen des anderen Geschlechts praktische Lektionen erteilten. Da dieselben mit einer besonderen Bezeichnung belegt wurden, die auch mein Paps in dem Gespräch mit Mutsch verwendet hatte, faßte ich Vertrauen zu ihnen. Diese Aufklärerinnen, so hieß es, stünden an späten Abendstunden vor verschiedenen gesellschaftlichen Zentren herum, und ansprechen dürfe sie auch derjenige, der ihnen nicht vorgestellt worden sei. Die Schwierigkeit bestand darin, daß ich abends ohne meine Eltern nicht aus dem Haus durfte. Wie ich die Burschen beneidete, die in normalen Einheiten Dienst taten und in den Kasernen wohnen durften, wo sie ab und zu Ausgang bis Mitternacht erhielten! In der größten Not kam mir jedoch ein glücklicher Zufall zu Hilfe. Mein Vorgesetzter, Leutnant Lánsky, kriegte eines Tages von Hauptmann Kverková den Befehl, sie abends in ihrer Wohnung aufzusuchen, da der Divisionskommandeur plötzlich zu einer Stabsübung abgereist war. Weil der Leutnant ausgerechnet an diesem Tag Aufsicht im Magazin für ‹Halbliter› genannte Stiefel hatte, befahl er mir, den Dienst für ihn zu übernehmen, was meine Eltern ungern gestatten mußten. Zu seinem Pech handelte es sich jedoch nur um einen kurzen Probealarm. Oberst Kverek kam um neun Uhr nach Hause, und bereits um zehn erschien Leutnant Lánsky im Magazin, wonach er mich fortschickte, um ungestört den Selbstinfarkt begehen zu können.

Das konnte ich nicht ahnen und beschloß deshalb sogleich ohne Gewissensbisse, die unverhoffte Gelegenheit für mein Vorhaben zu nutzen. Im Gewaltmarsch klapperte ich ein paar Konzerthäuser und Vortragssäle ab, doch niemand stand davor herum. Eine momentane Eingebung brachte mich auf den Gedanken, daß auch Massenunterkünfte gesellschaftliche Zentren sein könnten. Vom Smetana-Theater aus steuerte ich deshalb auf das Hotel Esplanade zu. Als ich die bescheidene Grünanlage durchquerte, pochte mir das Herz vor Freude. Auf dem Gehsteig, unter einer hellerleuchteten Markise, stand wahrhaftig eine Frau im besten Alter, die nach Erscheinung und Kleidung meinen Vorstellungen entsprach. Ich kannte mich viel zu gut, um nicht zu wissen, daß ich nie mehr den Mut fände, wenn ich zögerte. Ich sah nach, ob meine Knöpfe alle geschlossen waren, holte Luft, brachte die paar Schritte, die mich von ihr trennten, rasch hinter mich, legte vorschriftsmäßig die Hand an den Rand der Militärmütze und sprach sie höflich an.

«Verzeihen Sie, Genossin, sind Sie eine Nutte?»

An das Folgende denke ich bis heute wie an einen bösen Traum zurück. Nach einer Ohrfeige, die mich regelrecht von den Füßen hob, begann sie unwahrscheinlich laut zu zetern, und ehe ich es mich versah, wurde ich brutal von dem hünenhaften Portier angefallen, der mich wie einen Ranzen am Koppel bis vor die Rezeption schleppte. Wie sich herausstellte, war die betreffende Dame die Postministerin für die Tschechoslowakische Volkspartei, ihr Gatte war gerade um die Ecke gegangen, den Wagen zu holen. Das war einfach zuviel für mich. Die schlotternden Beine trugen mich nicht mehr, also hockte ich mich auf den roten Teppich und schwamm in Tränen. Der Anblick des herzzerreißend weinenden Soldaten war anscheinend für alle Anwesenden überraschend, denn der Empfangschef unterließ es, die Polizei zu rufen, gleichermaßen die Ministerin ihren Mann. Meine Angst war größer als die Scham, und so sah ich keinen anderen Ausweg, als schluchzend den Sinn meines Tuns zu erläutern. Als ich fertig war, trat Stille ein. Der Portier schaute zu Boden, der Empfangschef putzte sich die Brille, und die Ministerin zog ein Batisttüchlein aus der Handtasche.

«Da», sagte sie beinahe mütterlich, «trocknen Sie Ihre Tränen. Ich glaube, Genosse, Sie sollten möglichst bald heiraten. Die Familie ist die grundlegende politische Zelle des sozialistischen Staates, und dort werden Sie auch alles das finden, was dieser, ja sogar die Kommunistische Partei, obwohl sie unsere führende Kraft ist, Ihnen nicht bieten kann!»

Das Taschentuch habe ich heute noch. Darin sind Sichel, Hammer und ein Telefon eingestickt.

Und das war alles, was ich erfahren, erlebt und errungen hatte in diesem Vierteljahrhundert meiner Existenz bis zu jener denkwürdigen Nacht, als mich das Schicksal in Gestalt eines Helikons in die Arme meiner Frau führte. Kein Wunder, daß ich so unvorstellbar eifersüchtig war auf die unbekannten Musiker, die bei intimer Beleuchtung hinter den unzähligen Samtvorhängen des Rundfunks mein zerbrechliches Glück allein dadurch in Frage stellten, daß sie ganze Sinfonien des Liebens wie vom Blatt beherrschten, wogegen ich zu ihr nicht einmal den Violin-, geschweige denn den Helikonschlüssel kannte.

Als die Bürostunden endlich vorüber waren, flog ich nicht wie ein freigelassener Vogel zu meiner Frau, sondern schleppte mich wie ein weidwundes Tier am Flußufer hin, vom Gedanken an meine bevorstehende Niederlage gelähmt. An der Stelle, wo ich mittags die Möwen gefüttert hatte, lehnte ich mich erschöpft ans Geländer und stierte in die trüben Wellen, so benommen, daß mich nicht einmal der übliche Schwindel überkam. In meinen Ohren tönte die liebliche Stimme meiner Frau, die so sehr an ihr Instrument erinnerte. Mein Gott, dachte ich, womit kann ich sie überhaupt fesseln, was kann ich ihr bieten, um nicht nur einer von vielen, aber wenn schon

54

nicht der erste, so doch wenigstens der letzte von allen zu sein! Unwillkürlich tastete ich in der Tasche nach dem halben Hörnchen, das ich mir morgens zum Andenken gelassen hatte, und warf es resigniert in den Fluß. Ein paar dicke Möwen, die sich behaglich auf dem Wasser ausruhten, ruderten bedächtig darauf zu. Sie hatten offenbar Erfahrung genug, um zu wissen, daß der Happen für alle reichen würde. Da schoß aus heiterem Himmel ein Pfeil herab. Eine junge Möwe schnappte ihnen die Beute weg, die sie schon in Schnabelweite gehabt hatten, und stieg mit siegreichem Gekicher in die Höhe, ohne ihres Protestgeschreis zu achten.

Und ich, der einzige Zeuge, hatte jetzt meine Antwort gefunden. Es gibt also doch etwas, womit ich sämtliche Orchester der Welt aussteche: meine Jugend! Gegen die Virtuosität werde ich meine frische Kraft setzen. Gegen die übersättigte Völlerei meinen gesunden Hunger. Ach, Liliane! Nach den trägen Genußmenschen, die Sie als einen Dutzendbissen genommen haben, stürzt sich aus den Wolken eine junge weiße Möwe auf Sie herab! Als wollte ich nicht zehn Minuten, sondern ein Dutzend verlorene Jahre einholen, rannte ich über die Karlsbrücke, eilte die Neuen Schloßstiegen hinauf, lief über den Hradschin-Platz und rannte in das Haus, das mein künftiges Heim werden sollte. Erst auf der Treppe fiel mir ein, daß ich immer noch nicht wußte, wie meine Frau weiter hieß, doch es beruhigte mich, daß ich sie einstweilen Genossin nennen konnte. Da war ich schon nach zwei Treppen vor ihrer Tür und warf mich mit meinem ganzen leidenschaftlichen Körper gegen die Klingel, als mir der Nachname Jámová von der Visitenkarte ins Auge fiel. Noch spürte ich die Kühle, die mir aus dem Wortstamm Jáma, ‹Grube› also, entgegenschlug, doch da flog schon die Tür auf, und auf der Schwelle stand niemand anderes als meine Frau.

Ihr Lächeln wich aber einem Ausdruck von Schrecken, als sie meiner Miene ansichtig wurde.

«Um Gottes willen, was ist dir passiert ...?»

Ich schlug die Tür hinter mir zu, trat ins Zimmer, warf ohne ein Wort, da ich kaum Luft zu holen vermochte, Sakko, Krawatte, Hemd ab ... Sie begriff. Das Blut kehrte in ihre Wangen zurück, und das vertraute Feuer flammte in ihren Augen auf. Mit einem Ruck riß sie sich die Bluse herunter, daß es Knöpfe regnete. Im Nu war der Fußboden von unseren Textilien bedeckt. Dann umarmte ich sie und riß sie begierig unter das Helikon, bis einige Schiffsmodelle umkippten. Eine gewisse Zeit war es still. Dann drang an mein Ohr ihr Seufzer.

«Liebling ... du willst mich nicht mehr??»

3

Das Betriebsvergnügen, die Fahrt mit dem Helikon, das Gespräch mit meiner Frau, das Übermaß an Alkohol, das erste Liebeserlebnis, der mangelnde Schlaf, die Angst vor den Eltern, die Angst vor dem Chef, das zweite Liebeserlebnis, die erste Eifersuchtsqual, das dritte Liebeserlebnis, die Fußwanderung vom Hradschin bis hinunter zur Moldau, die zweite Eifersuchtsqual, die schmerzliche Depression, die selige Ekstase und zu allem der wilde Lauf von der Moldau bis hinauf zum Hradschin – das alles war nicht ohne Folgen geblieben. Das vierte Liebeserlebnis blieb ein frommer Traum, der zu meiner Schande zerstob. Es war mir eine harte Lehre, daß auch eine junge weiße Möwe nicht hopp schreien kann, ehe sie nicht übersprang. Zu meinem maßlosen Erstaunen setzte meine Frau mich nicht etwa vor die Tür, sie verurteilte mich nicht einmal mit spöttischem Gelächter. Ganz im Gegenteil! Kaum hatte sie festgestellt, daß mein seltsames Gebaren nicht der Ausdruck fehlender Liebe war, sondern die schlichte Folge körperlicher und geistiger Überanstrengung, tat sie etwas, wozu keine andere fähig wäre. Sie drehte die kalte Brause auf und setzte mich mit einer Selbstverständlichkeit in die Wanne, als hätte ich nicht meine Geliebte besucht, sondern ein Dampfbad. Auf dem Wannenrand sitzend, hielt sie in der einen Hand die brennende Zigarette und in der anderen eine Bürste.

«Du darfst nicht alles auf einmal haben wollen, du Brummbär», besänftigte sie mich, mir den Rücken schrubbend. «Vergiß nicht, du bist nur ein Mann. Bedenk, wie wenig Männer sich von der Liebe ernähren können.»

«Aber ich liebe Sie!» flehte ich unter dem Wasserschwall.

«Gerade deshalb darfst du dich nicht übernehmen, damit du mich möglichst lange beglücken kannst.»

«Aber wenn ...» würgte ich.

«Wenn was?» ermunterte sie mich.

«Wenn ich doch Angst hab, Liliane!»

«Wovor denn, du mein Närrchen?»

«Daß ich ... ich Ihnen ... Ihnen nicht werde bieten können, was die anderen Ihnen geboten haben ...»

Ich nahm die eiskalte Peitsche nicht mehr wahr und richtete meine unglücklichen Augen auf die Hügel ihrer steilen Brüste, auf denen ich wie auf zwei gleichzeitig eroberten Gipfeln so stolz die Siegesfahnen hatte aufpflanzen wollen und von denen ich in so peinlicher Weise hinunter bis in diese Wanne gestürzt war. Sie schien nachdenklich. Weiß Gott, wäre der Abfluß nur ein wenig größer gewesen, ich hätte den Metallstöpsel herausgerissen und wäre auf ewig in der trüben Kanalisation verschwunden. Doch da begann meine Frau zu sprechen.

«Weißt du, Läuschen», sagte sie mit ungewöhnlichem Ernst, der die männliche Schönheit ihres Gesichts unterstrich, «als ich fünfzehn, zwanzig und fünfundzwanzig war wie du, da glaubte ich wie so viele, der menschliche Körper wäre nichts anderes als eine einzige große Drüse in zwei verschiedenen Ausführungen. Denn es ist kein Zufall, daß von allen Musikinstrumenten, die es gibt, mein Schicksal ausgerechnet die Flöte und das Helikon wurden, die Symbole beider Pole, aus deren Vereinigung das Leben entsteht. Ich war immer schlank, begehrlich, sorglos und frech wie die Flöte, ich wollte mich überall durchsetzen, jede Komposition mit meiner unermüdlichen Melodie beherrschen. Doch die Zeit verging, und ich reifte zu der Frau heran, die meinem neuen Instrument gleicht.

58

Das ist keins, das mit vibrierenden Läufen besticht, mit hurtigen Passagen oder melodischen Solfeggien, vielmehr ist sein gewaltiger Korpus dazu angetan, den Klang des ganzen Orchesters zu verschlucken und mit sekundierenden Kanonenschüssen zu repetieren, die allein schon imstande sind, Festungsgemäuer zum Einsturz zu bringen. Die Flöte ist ein braver kleiner Soldat, der tapfer von Sturmangriff zu Sturmangriff läuft, dazwischen aber oft pausiert. Das Helikon ist ein Feldherr, der Stunde und Ort der Schlacht ankündigt, der Siege und Niederlagen verkündet. Ein Feldherr kennt keine Pausen und darf daher auch keine Erschöpfung kennen. Unermüdlich lockt er immer neue Gegner an, um sie in immer weiteren Schlachten zu schlagen, denn sonst hörte er bald auf, ein Feldherr zu sein. Er trägt eine weit größere Last als der Soldat, was am Ende oft nicht einmal gewürdigt wird. Schließlich gibt es reichlich Gräber unbekannter Soldaten, doch nicht ein einziges Grab eines unbekannten Feldherrn. Und trotzdem bin ich gern einer geworden, an der Front der Musik und der Liebe.»

«Ach», fuhr meine Frau fort, «du hast Angst, Frätzchen», und hielt mich immer kräftiger unter der Dusche fest, die mir rasch die letzten Kräfte raubte, trotzdem muckste ich nicht, denn einerseits wollte ich ihre Beichte nicht unterbrechen, andererseits hätte ich schwerlich mein Zähneklappern übertönt, «vor denen, die bei mir vor dir waren. Was für eine Torheit! Ich bin wie das große China, äußerlich eine wehrlose Beute, die sich trotzdem der Vielzahl ihrer Freibeuter einfach dadurch erwehrte, daß sie sie restlos verschlang. Keiner von denen ist dir mehr gefährlich. Keiner, nur ich. Denn ich hab dich überfallen. Ich bin deine Li-Liane geworden, nicht etwa, um dich in meiner Umschlingung zu ersticken, sondern im Gegenteil, um dich vor allen Gefahren der weltlichen

Dschungel schützend abzuschirmen. Aber du wirst nicht mein Fußsoldat sein und ich dein Feldherr, denn dir verdanke ich die Erkenntnis, daß der Körper auch ein Herz hat. Ich will anders leben, als ich bisher gelebt habe. Und deshalb erwarte ich nicht von dir, daß du dich in vergeblichen Versuchen erschöpfst, es denen gleichzutun, welche die Liebe mit mir wie ein Kriegshandwerk betrieben haben. Denn die Liebe, mein Teuerster, die Liebe ist doch nicht allein dieses zerwühlte Bett, sondern auch eine Menge anderer Sachen, wie nur du sie mir geben kannst, nämlich Vertrauen, Aufrichtigkeit, Freundschaft, Hilfe und wechselseitige Zusammenarbeit oder sogar Schweigen … ja, auch das Schweigen! Denn du bist, daß du's weißt, der erste Mann in meinem ganzen Leben, der die einmalige Bereitschaft bewiesen hat, mir schweigend zuzuhören, und wenn das soviel bemerkenswerte Bilder, Gleichnisse und sonstige Gedanken in mir weckt, ist das vor allem dein Verdienst …»

Bei diesen Worten warf sie endlich wieder einen Blick auf mich und konnte deshalb das Maß ihrer edlen Taten krönen, indem sie im letzten Augenblick die Dusche abdrehte, meinen blaugefrorenen Leib zurück zur Couch trug, mich durch Mundbeatmung zum Leben erweckte und so lange mit einem Leinenlaken abrieb, bis meine Haut wieder durchblutet war und nur noch ein paar weiße Flecken aufwies.

«Na siehst du, du mein Eiszäpfchen», meinte sie lachend, als jegliche Gefahr vorüber war, «ist das nicht hübscher als die lächerlichen Bewegungen, die jeder kann? Wie schön das der einzige ausgedrückt hat, der es mir nicht besorgt hatte, weil er ein Dichter war und die ganze Nacht an Versen arbeitete, die sich als unvergeßlich erwiesen, ich zitiere: ‹Zu schlaff zum Schlaf / scheint dir mein Glied? / Er will nicht stör'n / des Herzens Lied!›»

Nachdem sie den schwarzen Kaffee in mich hineingeschüttet hatte, den sie aus verschiedenen Tassen zusammengoß, welche ich beim Abwasch gestern übersehen hatte, da sie irrtümlich im Kohlenkasten abgestellt worden waren, war es endlich an der Zeit, zu meinen Eltern zu gehen. Trotz meiner ehrlichen Versicherung, ich sei schon wieder völlig auf dem Damm, ließ meine Frau nicht locker und bestellte ein Taxi. Im Wagen legte sie sich meine Hand auf den Schoß und nutzte jedes Klappen des Taxameters, um mir ein Küßchen zu geben. Mit Stolz registrierte ich, daß der Fahrer mich beneidete, denn er drehte nach einer Weile wütend den Rückspiegel herunter und rülpste widerlich. Auf dem Wenzelsplatz ließ meine Frau plötzlich anhalten und zog ihre Geldbörse.

«Wart hier!» forderte sie mich auf, ähnlich wie schon am Morgen.

Ich war sicher, daß sie mir wieder Hörnchen bringen würde, doch zu meiner Überraschung kam sie mit einem riesigen Blumenstrauß zurück.

«Teerosen?» rief ich erstaunt.

«Die Kaffeerosen waren leider alle», erwiderte sie scherzend, «doch vielleicht mag deine Mammi auch Tee.»

Die liebe, liebe Liliane! Sie dachte wirklich an alles. Doch obwohl ich ihr grenzenlos vertraute und mich an ihrer Seite völlig in Sicherheit wiegte, verfiel ich, als vor der Frontscheibe des Wagens unser Haus in Sicht kam, dennoch fast in Panik. Ich versuchte einen epileptischen Anfall vorzutäuschen, um die Begegnung mit meinen Eltern wenigstens um ein paar Tage hinauszuschieben. Leider hatte ich keine schauspielerischen Anlagen, denn meine Frau zog mich nur vom Boden hoch, hielt mir mit einer Hand den Mund zu, damit mein Geschrei nicht ihre Verständigung mit dem Fahrer behinderte, und drohte mir, nachdem sie bezahlt hatte, fröhlich mit dem Finger.

»Ja doch, ja doch! Solange wirst du, mein Biberle, schon noch warten können! Das ist ganz typisch für dich, erst salopp und dann hopphopp!«

Obwohl sie meine Hand nicht losließ, klopfte mir das Herz während der ganzen Zeit, da wir zum dritten Stock hinaufstiegen, bis zum Hals. Während wir nacheinander die Türen des Hausmeisters, der Familien Říha, Láriš, Jankovec, Roubíček, Novák, Ježdík, Landsman und Urban passierten, kam ich mir vor wie ein Kahn mit gebrochenem Steuer, der vom Strom fortgerissen wird und untätig abwarten muß, wie er den tödlichen Wasserfall überstehen wird. Und als wir alle glücklich hinter uns hatten, war das Ende näher als zu Beginn, denn über dem Horizont der Treppe erhob sich jetzt wie ein Blutgerüst die Tür, hinter der ich geboren wurde. Jetzt mußte ich, mußte ich endlich meine Frau warnen! Mit der freien Hand hielt ich mich am Geländer fest, so daß auch sie stehenblieb.

«Was gibt's denn nun schon wieder ...?»

Es kostete mich eine entsetzliche Überwindung, mir die Worte abzuringen.

«Kommen Sie lieber nicht mit nach Hause ...»

«Warum nicht?»

«Paps ...» sprach ich mit zundertrockener Kehle, «Paps ist streng ...»

«Nun, er wird uns schon nicht beißen», meinte meine Frau.

«Das nicht, aber wenn ich doch Angst habe ...»

«Schon wieder?» sagte sie tadelnd.

Ich ließ nicht locker, mochte es für mich auch noch so beschämend klingen. Es war meine Pflicht.

«Ich habe Angst, er wird Sie hauen ...!»

Sie strich mir über den Kopf. Ich bemerkte, daß sie alle Mühe hatte nicht loszulachen.

«Aber Vilémek, Bräute haut man nicht!»

Ich beschloß, ihr alles zu sagen.

«Aber sie haben nicht gewollt, daß ich mich schon jetzt verheirate. Vielleicht fällt Mutsch in Ohnmacht!»

«Dann hast du das, armes Kerlchen, also von ihr!» sagte meine Gattin mit ungeheucheltem Mitgefühl, setzte jedoch sogleich fest hinzu: «Weißt du was? Du bleib nur fein still und überlaß alles hübsch mir, ja? Wirst du mein braves mäuschenstilles Käferchen sein?»

«Ja», sagte ich mit maßloser Erleichterung, «ja, das werde ich, aber ...» in meinen Augen glomm neue Befürchtung auf, «... aber sagen Sie ihnen, ich flehe Sie an, wenigstens nicht, daß ... daß wir ... daß wir beide zusammen ...»

«Daß wir beide zusammen was ... Ach, du meinst ...»

«Ja, daß wir beide zusammen die Möwen gefüttert haben ...»

Das überraschte meine Frau.

«Aber warum denn nicht?»

«Das ... das ist ... ist so eine ... so eine alte ... eine alte Geschichte ...» stotterte ich verlegen, denn es war keine Zeit mehr, sie mit der bewegten Historie meiner Aufklärung vertraut zu machen, «Mutsch würde sofort erkennen, daß wir beide ... wir beide uns ... uns zusammen ... zusammen vermehrt haben ...!»

Endlich hatte meine Frau mit ihrem Scharfsinn begriffen.

«Ach so! Das meinst du! Aber, Närrchen», fuhr sie in entschlossenem Ton fort, «hab ich dir nicht selbst gesagt, daß ich erst dann Nachkommen haben will, wenn wir unsere Ehe reichlich konsumiert haben? Du brauchst nicht im mindesten Angst zu haben, heute hat nichts passieren können!»

In dieser felsenfesten Gewißheit lag etwas Geheimnisvolles. Konnte sie etwa das Schicksal voraussagen? Das hätte mich in der Tat nicht gewundert. Trotzdem umkrampfte ich auch weiterhin fest das Geländer und hinderte meine Frau so am Weitergehen.

«Mutsch ist fromm …!» flüsterte ich eindringlich. «Wenn sie erfährt, daß … daß wir … wir noch vor dem Sakrament der Vermählung gesündigt haben, würde sie uns nie ihren Segen geben!»

Meine Frau wurde ernst.

«Das ist freilich etwas anderes», sagte sie. «Gut, daß du mir das nicht verschwiegen hast. Ich möchte, daß du in deinem ganzen Leben zu mir rückhaltlos aufrichtig bist, denn selbst die grausamste Wahrheit ist für die Beziehung zweier Menschen heilsamer als die barmherzigste Lüge. Hab keine Angst, Pinscherchen», setzte sie dann hinzu, «jetzt weiß ich genug, wie ich mit ihnen zu reden habe. So, und nun komm!»

Die letzten Worte sprach sie gebieterisch und riß mich mit einem Ruck ohne Mühe vom Geländer los. Als sie die Hand zur Klingel ausstreckte, fragte sie mich unerwartet.

»Wie oft klingelt ihr?»

Ich schwankte. Noch nie hatte ich das einem Menschen verraten, eingedenk der gestrengen Weisung, die mir schon im zarten Kindesalter eingebleut worden war. Doch sogleich wurde mir klar, daß meine Frau bald zu meiner Familie gehören würde, und das gab ihr das Recht, auch deren Geheimnisse zu kennen. Deshalb gab ich zu.

«Paps einmal, Mutsch zweimal und ich dreimal …»

«Das ist schlau», sagte meine Frau anerkennend. «Merk dir also, ich werde viermal klingeln.»

Teure, teure Liliane! Wie sie trotz ihrer ungeheuren Überlegenheit an Jahren und Erfahrungen nicht den Bruchteil einer Sekunde lang zögerte, sich in der familiären Stufenfolge erst nach mir, ihrem Gatten, einzuordnen!

Die Tür wurde fast im selben Augenblick geöffnet. Auf der Schwelle stand meine blasse Mutsch, und ihrem Gesichtsausdruck wie ihrer Körperhaltung war unschwer zu entnehmen, daß sie schon seit Mitternacht meiner harrte. Sie sah meine Frau so wissend an, als habe ihr deren viertes Klingeln alles verraten. Erneut muß ich denken, daß die Frauen tatsächlich so etwas wie einen siebten Sinn haben, der uns anderen Geschlechtern versagt geblieben ist. Des Rates meiner Frau eingedenk, sagte ich kein Wort, sah aber mit um so größerer Bangigkeit abwechselnd auf sie und Mutsch.

«Gelobt sei Jesus Christus», grüßte meine Frau.

Erst jetzt vermochte ich zu beurteilen, wie vorausschauend es von ihr war, sich für diesen Besuch ein schwarzes Kleid von schlichtem Schnitt und Absatzschuhe anzuziehen, die sie einen Kopf größer machten als mich. Das verlieh ihren Worten eine so überzeugende Würde, daß Mutsch verwirrt und ohne zu zögern antwortete.

«In Ewigkeit. Amen.»

«Ich habe Ihnen Ihren Buben gebracht, teure Schwester», hob meine Frau an, und ich hatte dabei für einen Augenblick das drückende Gefühl, sie könne in Wahrheit meine Tante sein, «meine Freundinnen und ich haben ihn völlig erschöpft vor unserem Heim gefunden und ihn die ganze Nacht sorgsam gepflegt. Wir haben Ihnen keine Nachricht geben können, denn er war in einem solchen Zustand, daß er uns nicht einmal sein Geschlecht andeuten konnte. Deshalb haben wir ihn Erna genannt, bis wir heute früh feststellen konnten, daß er sein Sakko rechts knöpft. Ich hoffe, Sie haben keine allzu große Angst ausgestanden, und wenn ja, dann möge es Ihnen ein Trostpflaster sein, daß Ihr Sohn die kritische Nacht bei voller Gesundheit überstanden und bewiesen hat, welch gute Wurzel er besitzt. Ich wollte die Gelegenheit nutzen, um persönlich die beneidenswerte Mutter zu begrüßen, die ihn so vorbildlich geboren hat.»

Wider meine Erwartung begann Mutschs Blässe auf wundersame Weise zu schwinden. Sie betrachtete meine Frau von Kopf bis Fuß, und ihr Gesicht hellte sich auf.

«Treten Sie näher», sagte sie freundlich. «Ich bin froh, daß mein Vilémek in so guten Händen war!»

Es war das erste Mal seit jenem Besuch meiner zwanzig Klassenkameraden, daß ein Gast über unsere Schwelle trat. Meine Angst verebbte. Für mich stand fest, daß meine Frau eine Zauberin war, und ich war bereits sicher, daß sie auch das erreichte, was mir noch im Treppenhaus völlig unmöglich erschienen war. Da sprang jedoch mit einem Krach eine Tür auf, und Paps erschien, den Riemen in der Hand.

«Wo hast du dich herumgetrieben?» schrie er mich an.

Meine Hoffnung platzte wie eine Seifenblase. Vor meinem inneren Auge sah ich bis in alle Einzelheiten, wie ich vor meiner Frau die Hosen und Unterhosen herunterließ, um die schmähliche Strafe zu empfangen, und auf der Stirn perlten mir Tröpfchen Todesschweiß.

«Gesegneten Abend, Bruder Rosol», sagte meine Frau, «ich habe mir erlaubt, Ihrer Frau Gemahlin und Ihnen eine kleine Aufmerksamkeit mitzubringen!»

Sie schlug das Seidenpapier auseinander, das sie gleich sorgfältig zusammenlegte und ordnungsbewußt an ihrem Busen barg. Paps sah die Teerosen an, als überreichte sie ihm die Krönungskleinodien.

«Sie sind aus dem Loreto-Garten», fuhr meine Frau in liebenswürdigem Ton fort, «und ich habe sie mit Weihwasser besprengt. Haben Sie ein Bildnis der Muttergottes da?»

«Ja, bitte sehr ...» sagte Paps heiser und mußte sich räuspern, «im Schlafzimmer ...»

«Dann wollen wir sie dort gleich hinstellen, nicht wahr?» schlug meine Frau vor und trat sicher ins Schlafzimmer. Paps und Mutsch folgten ihr wie Traumwandler. Als ich jedoch ebenfalls mitwollte, schüttelte meine Frau entschieden den Kopf und wandte sich zu Paps um.

«Haben Sie auch eine Küche?»

«Ja, bitte sehr …» sagte Paps erneut, «in der Küche …»

«Dann lauf hin, Vilémek», befahl mir meine Frau, «und nimm dir brav was zu lesen. Ich hätte mit deinen elterlichen Herrschaften gern unter vier Augen gesprochen!»

Die Stunde, die nun folgte, möchte ich kein zweites Mal erleben. Ich saß an dem alten Küchentisch und starrte mit blicklosen Augen auf die Seiten eines Buches, in dem ich erst lange Zeit später ein altes Kursbuch erkannte. Ich erstarb vor Begierde, mein Ohr an die Schlafzimmerschwelle zu drücken, wo sich durch mein jahrelanges heimliches Lauschen schon eine kleine Vertiefung gebildet hatte. Doch seltsam: Was ich mich meinen gestrengen Eltern zum Trotz immer wieder getraut hatte, wagte ich meiner liebevollen Frau nicht anzutun. Nein, ihr Vertrauen gedachte ich nicht im geringsten zu enttäuschen. Und so ließ ich nur den Blick von einem Gegenstand zum andern wandern, bis mir bewußt wurde, daß ich von meinem Stuhl aus die ganze Landschaft meines bisherigen Lebens überschaute. Da der Winkel, in dem ich für meine Versehen von der ersten bis zur fünften Klasse der Volksschule auf Erbsen gekniet habe, hier das Bügelbrett, an dem man mich festband, damit ich mich in den Pubertätsjahren nicht herumtriebe, und dort das Regal mit dem kleinen Klappult, auf dem ich zuletzt nach dem Selbstmord meines Vorgesetzten hundertmal kalligraphisch geschrieben habe:

«Ich darf Mutsch und Paps nicht ärgern, um sie nicht

wie den Genossen Leutnant zu verlieren», und noch vorher zum Beispiel: «In der Schule nicht sagen, daß die Eltern sagen, daß die Kommunisten lügen, daß der Mensch vom Affen abstammt!»

Manch einer mag glauben, besagte Landschaft gemahne mich eher an eine Folterkammer. Doch das wäre ein Irrtum! Schließlich war da ja auch der Herd mit der Backröhre, in der ich jedes Jahr so gerne meine Weihnachtswichtel und Osterlämmchen buk, die Lada-Nähmaschine, auf der ich meinen Eltern beim Besäumen von Bettbezügen und Hefteln von Kappnähten geholfen hatte, und vor allem das Bett, auf dem ich mich so oft mit dem Gefühl eines rechtschaffen verbrachten Tages niedergelegt hatte, den lieben Gott bittend, mich am kommenden Tage nicht minder folgsam und nützlich sein zu lassen. Es war ein schmales, hochbeiniges Eisenbett aus jener Zeit, da mein Paps die Mutsch genommen hatte, und ich mochte es schon deshalb gern, weil ich darin, obwohl es hart war, geboren wurde.

Wie immer beobachtete ich es mit einem zärtlichen Lächeln, das mir aber buchstäblich auf den Lippen gefror. Hatte ich etwa nicht gerade letzte Nacht am eigenen Leibe erfahren, daß das Bett, dieser Unschuld vortäuschende Gebrauchsgegenstand, der in fast jedem Haushalt steht, nicht auch zu ganz anderen Verrichtungen als zu Beten und Ruhen dienen kann? In meiner Seele keimte ein fürchterlicher Verdacht. Sprach nicht etwa alles dafür, daß Paps mit Mutsch seinerzeit hier auf diesem Stück Möbel etwas ganz Ähnliches getrieben hat wie meine Frau heute nacht und heute morgen mit mir? Und war ich nicht womöglich zufällig selber dank der Ironie des Schicksals der lebende Beweis ihrer Unkeuschheit? Ich schüttelte mich vor Abscheu. Wenn dem wirklich so war, konnte ich sie da jemals wieder achten?? Hatte ich vor wenigen

Minuten noch mein kindliches Reich mit dem wehmütigen Gefühl betrachtet, es könne mir bald genommen werden, so packte mich nun das Entsetzen, ich könnte lebenslänglich daran gefesselt sein. Die fleischliche Begierde der Eltern nahm mir nicht nur ihrer Ungeheuerlichkeit wegen den Atem, sondern zog auch vor allem ihre sämtlichen Verbote, Gebote und Strafen in Zweifel. Für einen Augenblick war mir sogar die Kommunistische Partei näher, da sie offenbar immer und in allem log, so daß sie niemanden je einem solchen Kardinalirrtum aussetzen konnte. Ich verspürte den dringenden Wunsch, meine Frau möge mich so früh wie möglich, am besten jetzt gleich, von hier wegbringen. Und da fiel mir ein, daß ich schon über eine halbe Stunde keinen Sterbenslaut aus dem Schlafzimmer vernommen hatte.

Du mein Gott! Wenn nun etwas Gräßliches passiert ist!! Wenn nun Paps und Mutsch, um die Familienehre reinzuhalten, die Verführerin ihres einzigen Kindes mit dem Gürtel erwürgt haben und nun beratschlagten, ob sie sie zur Strafe dafür, daß die Juden den Herrn Jesus gekreuzigt haben, bei Roubíčeks im Keller vergraben sollten, oder bei den Urbans, die zwar ebenfalls Christen waren, aber von Mutsch einmal sagten, sie sei eine Himmelsziege. Diese grauenhafte Vorstellung nagelte mich fürs erste am Stuhl fest. Sogleich riß ich mich aber mit Gewalt los, durcheilte mit zwei Sätzen den Gang und raste, ohne anzuklopfen, so wild ins Schlafzimmer, daß eine Glasscheibe aus der Türfüllung fiel. Der Krach machte erstaunlicherweise keinem meiner beiden Eltern etwas aus, die hinter dem Stuhl meiner Frau standen und gespannt zusahen, wie flink sie glänzende bunte Karten umwandte und umlegte. Nur meine Frau warf mir einen kurzen strafenden Blick zu, widmete sich aber sogleich wieder ihrem eigenartigen Tun. Noch ein paar Minuten raschelten und klatschten die kleinen Kartonblätter leise, bis meine Frau plötzlich triumphierend den Blick zu meinen Eltern hob.

«Nun?» fragte sie knapp.

«Es ist Gottes Wille!» hauchte Mutsch.

«Amen!» fügte jetzt Paps hinzu und bekreuzigte sich mit einem Blick zur Zimmerdecke.

Daraufhin drehten sich beide zu mir um.

«Komm herein, Vilémek!» sagte Mutsch friedlich, wodurch sie mir zu verstehen gab, daß sie mir mein schlechtes Benehmen für diesmal verzieh, «aufräumen wirst du das später.»

Nach der ungeheuren Anspannung setzte logischerweise bei mir die Erschöpfung ein. Mit letzter Kraft ging ich über den Scherbenteppich. Paps lächelte verlegen, während Mutsch feierlich dreinschaute. Weil sie sah, wie mir die Knie schlotterten, winkte sie mir, mich zu ihr auf den Schoß zu setzen.

«Stell dir vor, Söhnchen», sagte sie behutsam, da sie offenbar befürchtete, mich zu verschrecken, «das Fräulein Jámová hier hat um deine Hand angehalten. So nennt man das nämlich, wenn eine Frau dem Manne den heiligen Ehebund anbietet oder umgekehrt. Vati und ich waren anfangs dagegen, denn wir meinten, daß du noch viel zu jung für derlei Sorgen bist, außerdem willst du erst einmal auf eigenen Füßen stehen. Fräulein Jámová hat uns aber ihre Gehaltsstreifen vorgelegt, die zweifelsfrei beweisen, daß sie gut und sogar mehrere Ehemänner ernähren könnte. Als wir trotzdem immer noch schwankten, schlug sie schließlich vor, das Schicksal zu befragen. Und stell dir vor, Kind, dreimal hintereinander sind am Schluß Herzdame und Herzbube rausgekommen!»

Vor Erleichterung atmete ich geräuschvoll auf. Anscheinend deuteten sie das als Schreck, denn Paps begann, wie es seine Gewohnheit war, vom anderen Ende her.

«Du mußt keine Angst haben, mein Sohn. Selbstverständlich haben wir Fräulein Jámová mitgeteilt, daß wir
in dieser so gewichtigen Angelegenheit auch dich anhö-
ren möchten. Nicht etwa, daß sich dadurch etwas änderte, denn ich habe ihr bereits mein Wort gegeben, sondern
damit sie direkt aus deinem Munde erfährt, ob du sie aus
Liebe heiratest oder unter Zwang.»

Wenn mir auch nach seiner Mitteilung, er habe sein
Wort gegeben, das Herz hüpfte, denn Paps hat noch nie
seine Worte gebrochen, sogar damals nicht, als er bei einer zufälligen Begegnung einem früheren Kommilitonen
versprach, ihn nach Hause zu begleiten, nicht ahnend,
daß der Betreffende im fernen Pilsen wohnte, worauf er
sich einen Wolf lief, so hatte seine Aufforderung, einen
eigenen Standpunkt zu äußern, doch zur Folge, daß ich
blitzschnell nüchtern wurde. Die Frage war listig gestellt,
und ich wußte genau, daß eine falsche Antwort die Erfüllung unseres Traums um eine beträchtliche Zahl von Jahren hinausschieben konnte.

«Ihre Frage, Papa», sagte ich laut, das Beben in meiner
Stimme mit aller Gewalt unterdrückend, «ist zwar lauter
und geradlinig wie die Heilige Schrift, aber dennoch kann
ich sie nicht mit einem einfachen Ja ja, Nein nein beantworten. Wie könnte ich ohne weiteres erklären, daß ich
das Fräulein Jámová aus Liebe heiraten werde, wo doch
mein Herz selbst in diesem frohen Augenblick bis in den
letzten Winkel von der Liebe zu Gott und zu meinen geliebten Eltern erfüllt ist. Ebensowenig kann ich reinen
Gewissens erklären, daß ich sie unter Zwang nähme, denn
Ihr Wort, teurer Papa, ist für mich als gehorsamer Sohn
Gesetz. Ist es jedoch Ihr und Gottes Wille, werde ich sie
ohne Liebe, aber auch ohne Zwang heiraten!»

Ich erkannte sogleich, daß meine Antwort ihn völlig
zufriedenstellte, und noch mehr erwärmte mich, wie sehr

sogar meine Frau offenkundig von meiner Schlagfertig-
keit überrascht war.

«Gut, gut», murmelte Paps, blickte zur Sicherheit noch
einmal nach oben, und als von dort kein weiteres Zeichen
kam, sprach er schließlich zum vierten Mal im Leben den
Satz, mit dem er seinerzeit in der Folge über meine Ent-
sendung in die Schule, zur Armee und ins Büro entschieden hatte, «nun denn also, Gott befohlen!»

Ich sprang von Mutschs Schoß, stürzte auf ihn zu, packte seine beiden Hände und bedeckte sie ohne seine Erlaubnis mit dankbaren Küssen. Paps riß sich zwar los, war
aber anscheinend ebenfalls so gerührt, daß er mich nicht
ein einziges Mal schlug. Dafür richtete Mutsch als Frau,
die sie war, ihr Augenmerk auf die praktischen Dinge.

«Mein Gemahl und ich haben Ihnen schon erklärt, wer-
tes Fräulein, daß wir Vilémek frühestens in fünf bis acht
Jahren verheiraten wollten. Deshalb eilte es auch nicht
mit seiner Aussteuer, denn ihm sollte nicht das gleiche wi-
derfahren wie einst seiner Mutter. Ich war ein sehr ent-
wickeltes Mädchen, und deshalb haben die Meinen mir
verhältnismäßig früh Handtücher, Servietten und Bett-
wäsche besorgt. Mein Verlobter hatte jedoch als jüngster
Sohn seiner Mutter versprechen müssen, daß er nicht heiraten werde, solange sie lebte, damit ihr das bittere Schicksal verlassener Greisinnen erspart blieb. Als er dann nach
fünfzehn Jahren an Sklerose verschied, gab mir seine Mutter, von Vorwürfen geplagt, ihren Erstgeborenen bereits
ohne Wartezeit, doch wie sich herausstellte, hatten die
Motten inzwischen die Stoffe gefressen.»

«Bis auf die Knöpfe», setzte Paps hinzu, der nicht die
kleinste Ungenauigkeit duldete, «doch die wiederum waren von den Mäusen angenagt, so daß sie sich nicht mehr
gebrauchen ließen.»

«Deshalb», knüpfte Mutsch an, «hatten wir beschlossen, die Aussteuer für Vilémek erst kurz vor der Hochzeit zu besorgen, und nun weiß ich nicht, ob sie vor einem Jahr fertig sein wird.»

«Ach, Mammilein!» beeilte ich mich, jede weitere Gefahr zu bannen, «du weißt doch, wie mir die Arbeit von der Hand geht, wenn einer unserer Nachbarn seine Tochter auf die Schnelle verheiratet! Ich verspreche dir, ich werde für meine eigene Hochzeit fleißig jede freie Minute nähen und notfalls auch die Nächte dazunehmen!»

«Ich denke, das ist überflüssig», rettete mich meine Frau, indem sie sich als Frau von Frau zu Frau um Unterstützung an Mutsch wandte, «ich möchte nicht, daß er mir vorzeitig altert, wie es so viele meiner Freundinnen mit ihren Männern erlebt haben, deren Schönheit von der häuslichen Schufterei zugrunde gerichtet wurde. Ich bin zwar eine gute Christin, von meinen verewigten Eltern ebenfalls streng gehalten, doch daneben bin ich auch eine moderne, ja sogar eine emanzipierte Frau. Meine Einkünfte, wie Sie bereits wissen, gestatten es uns ohne weiteres, die unerläßlichen Inletts bei der besten Hochzeitsausstattungsgenossenschaft anzuschaffen. Übrigens scheint es mir das Gescheiteste», wandte sie sich diesmal klugerweise an Paps, «wenn wir drei Erfahrene das in die Hand nehmen, damit der künftige Bräutigam sich ganz der geistigen Vorbereitung auf seinen neuen Stand widmen kann.»

Die trefflich gewählten Worte und der besonnene Ton taten ihr übriges, so daß Paps zustimmte. Ums Haar hätte ich vor Freude aufgejauchzt. Mutsch erhob jedoch noch einen Einwand.

«Das ganze Leben haben mein Gemahl und ich Vilémek so erzogen, daß er eines Tages in Weiß heiraten kann. Deshalb darf er Ihnen heute, geehrtes Fräulein, ohne Scham in die Augen sehen. Ihr heutiger Besuch wird jedoch bestimmt nicht verborgen bleiben, und viele unserer Nachbarn, vor allem die Urbans, die nur deshalb in der Kirche sind, um sich durch die heilige Beichte von ihren unablässigen Verleumdungen, Diebereien und offenbar auch von verbrecherischer Unzucht reinigen zu können, werden gewiß wie die Luchse darauf lauern, seinen glasklaren Ruf im letzten Moment zu besudeln. Deshalb möchte ich mir wünschen, daß Sie sich beide bis zur Hochzeit nicht mehr sehen werden, es sei denn hier und in unserem Beisein.»

«Aber das versteht sich doch von selbst, teure Schwester!» rief meine Frau zutiefst überzeugend aus, «und damit auch nicht der geringste Schatten an mir haften möge, werde ich bei den gelegentlichen Besuchen meine Vorgesetzte, die Kapellmeisterin aus der Frauenkirchenkapelle, als Anstandsdame mitbringen!»

Das erfüllte mich zwar mit Trauer, doch ich wußte allzugut, daß kein anderer Weg zu meinem Glück führte. Im übrigen hoffte ich in tiefster Seele – ja, eine solche Stufe hatte meine erwachte Sinnlichkeit bereits erreicht! –, meine Frau würde heimlich bei mir im Büro anrufen, so daß ich wenigstens während einer der Mittagspausen in ihren heißen Armen ruhen könnte. Meine Frau hatte offenbar bemerkt, daß ich litt, deshalb stand sie auf und begann die Karten einzusammeln.

«Ich denke also, Schwester und Bruder, wir sind uns über alles schlüssig geworden, wie es sich für fromme und ordentliche Leute geziemt und gebührt, und jetzt ist es vielleicht das beste, wenn Vilémek mich zur Schwelle Ihres Hauses begleitet, während Sie auf der Treppe stehen bleiben, denn just so werden wir jedem Zweifler den allfälligen Beweis für unser gutes Gewissen und unsere ehrenhaften Absichten liefern.»

Die Eltern waren auch diesmal einverstanden, und ich

74

empfand noch größere Bewunderung für meine Frau. Nur Mutsch bat sich noch aus, zum Andenken die Karten behalten zu dürfen, durch die der Himmel selbst unser Tun gutgeheißen hat. Meine Frau willigste erst nach kurzem Zögern ein. Gleich darauf gingen wir also die Treppen hinunter, den gebührenden Abstand einhaltend, und ich mußte übermenschliche Kräfte aufbringen, um der Versuchung zu widerstehen, meine Gefühle in einer leidenschaftlichen Umarmung auszudrücken. Mein Wunsch wurde jedoch erfüllt. Als wir im Torweg waren, den die Eltern nicht einsehen konnten, preßte meine Frau mich begierig an die Briefkästen. Im selben Moment knackte der Spion in der Hausmeistertür, deshalb, ein Stolpern vortäuschend, ließ sie blitzschnell von mir ab, reichte mir nur die Hand zum Kusse und flüsterte dabei.

«Sei ruhig, Bübilein, gleich morgen ruf ich dich an. Und was mein heutiges Verhalten betrifft, bedenke, es war nur eine fromme Lüge, die uns helfen sollte, zum Ziel zu kommen. Du aber darfst mich nie belügen, auch nicht in Kleinigkeiten, denn dann könnte ich dich nie mehr vorbehaltlos gern haben. Vergiß nicht: Nur das Wort macht den Mann, und wenn du wieder oben bist, radiere unauffällig die Zeichen auf der Rückseite von Herzdame und Herzbube aus. Schlaf süß und fürchte nichts. Bis wir uns wiedersehen, wird mich in den einsamen Nächten nur mein Instrument umarmen!»

4

Die nachfolgenden Tage gehörten zu den schönsten, die mir je beschieden waren. Die sonntäglichen Ausflüge zu den Schwänen, Tante Eliškas Liebkosungen, die Näschereien von den Lehrern und Vorgesetzten und das Prachtbildbuch ‹Die Vermehrung der Pilze› – all das scheinbar Unvergeßliche, womit mich die Vergangenheit beschenkt hatte, taute und schmolz dahin wie Schnee vom vergangenen Jahr, verglichen mit jenem Geschenk, mit dem ich jetzt buchstäblich überhäuft war. Meine Frau hielt ihr Versprechen, und schon tags darauf und von nun an jeden Tag, außer sonn- und feiertags, verbrachte ich die Mittagspausen statt mit Essen bei Liebesspielen. Um nicht eine Sekunde von den Minuten unserer gemeinschaftlichen Wonne, die für uns so rar waren, unnütz zu vertun, hatte meine Frau sich die nahe gelegene Wohnung ihrer Kapellmeisterin geliehen, der sie dafür, wie sie mir anvertraute, alle ihre Bekanntschaften abtrat, denen gegenüber sie bestimmte Verpflichtungen hatte, einschließlich derer, die, wie sie scherzhaft sagte, auf der Warteliste standen. Dazu gehörte auch die erwähnte Orchesterhälfte, so daß meine Anwandlungen von Eifersucht gänzlich aufhören konnten.

Je mehr ich vom Fleische fiel, desto höher stieg mein Selbstvertrauen. Mit jedem Tag war ich fester und klarer überzeugt, daß das, was mir im Leben bisher völlig gefehlt hatte, nichts anderes war als meine Frau. Immer seltener überwallte mich die Röte, und es gab Tage, an denen ich nicht ein einziges Mal in Ohnmacht fiel. Schon schwitzten mir nicht mehr die Hände, wenn Mutsch mich in der Nacht aufweckte, um sich stichprobenweise zu überzeugen, ob ich mir denn auch die Zähne geputzt hatte, und auch Paps mußte eine gewisse Veränderung an mir wahrnehmen, denn er schlug mich nun viel weniger als sonst. Das stolze Bewußtsein, eine Geliebte zu haben, die in Kürze auch noch meine Gattin werden sollte, hatte auch auf meine Arbeitsleistungen einen positiven Einfluß. So machte ich beispielsweise den ungewöhnlichen Vorschlag, die abgetragenen Gummistiefel, die ich bilanzierte, nicht wie früher zum Verbrennen freizugeben, sondern nach Abschneiden des Fußteils anstelle von Ärmelschonern aus Serge an die Verwaltungsbeamten auszugeben. Der Vorschlag wurde zwar, nach Erörterung in allen Instanzen, leider vom Gewerkschaftsverband der Werktätigen in der Serge-Industrie abgelehnt, zog aber dennoch das Augenmerk zu Recht auf mich, weil ich auf der Arbeitsstelle die Hängekarte ‹Kandidat für den Helden der sozialistischen Arbeit› tragen durfte. Zugleich war ich zur Belohnung aus Gründen gebrechlichen Körperbaus für die nächsten fünf Erste-Mai-Aufmärsche entschuldigt.

Der Generaldirektor persönlich, wie ich bald durch die bereits erwähnte WC-Trennwand erfuhr, kam in die Betriebskantinenküche, um mich heimlich durch den Essenschalter zu betrachten, und mein Chef, der noch immer die Verantwortung für meinen Leidensweg mit dem Helikon verspürte, ohne zu wissen, daß er in Wirklichkeit der Stifter meines Glücks war, richtete für mich ein selbständiges ‹Ressort Gummistiefel› ein. Ich war zwar auch als Leiter nach wie vor ganz allein da, hatte jetzt aber Anspruch auf eine Prämie von einem Heller je verwaltetes Paar. Doch obwohl sich der Bau der Untergrundbahn für mich vorteilhaft in die Länge zog, da soeben festgestellt wurde, daß durch Prag ein größerer Fluß floß, womit die sowjetischen Projektanten im bergigen Alma Ata verständlicherweise nicht gerechnet hatten, konnte ich mir fernerhin nicht erlauben, wovon ich schon lange geträumt hatte: meiner geliebten Frau ein von Herzen kommendes Geschenk zu machen. Bisher war das einfach nicht möglich gewesen: Damit ich nicht etwa den Zigaretten und dem Alkohol verfiele, holte Mutsch meinen Lohn ab, die mir dann jeden Morgen zwei Kronen für die Straßenbahn ausfolgte, und zwar in zwanzig Zehnerln, um mein Selbstbewußtsein zu stärken, am Abend jedoch unglücklicherweise die gebrauchten Fahrkarten kontrollierte. Jetzt aber war mein Wunsch, meine Frau zu beschenken, so stark, daß ich mir gleich zweifach Rat wußte: von der Arbeit, wo ich allein zur Straßenbahn durfte, kehrte ich im Indianerschonlauf heim und lieferte einen von jemand anderem weggeworfenen Fahrschein ab. Inzwischen wärmten mich im Hosenaufschlag die gesparten Heller, bevor ich sie tags drauf zu den anderen in einem der beiden Sonderstiefel versteckte.

Ich wußte sehr wohl, was ich wollte. Unter dem Vorwand, von Mutsch zum Friseur gebracht zu werden, auf den ich als Ressortleiter Anspruch hatte, nahm ich mir einen Vormittag frei und klapperte eine stattliche Zahl von Musikalienhandlungen ab. Wie groß war meine Enttäuschung, als ich überall schroff abgefertigt und vielfach mit spöttischem Lächeln bedacht wurde. Zerknirscht kehrte ich wieder ins Amt zurück und stieg, statt ins Büro zu gehen, in die Garage hinunter, damit kein Untergebener auch nur eine der Tränen sah, die mir nach vielen Tagen zum ersten Mal aus den Augen schossen. Mein Schluchzen weckte das Echo der leeren Öltonnen, und die Folge war, daß mich der Garagenmeister entdeckte, der nie mit seinen Sympathien für mich hinterm Berg gehalten hatte. Oftmals hatte er in der Betriebskantine gewartet, in die jahrealten Wandzeitungen vertieft, um sich in der Schlange zum Mittagessen gleich hinter mir anzustellen, was seine männliche Gestalt noch mehr zur Geltung brachte. An den Tagen, da es ihm gelang, mit mir als Köder eine Mitarbeiterin anzulocken, war sein Feldbett in der Garagenmeisterei anschließend stets in regem Gebrauch, was ich schon anderntags wie in einem Beichtstuhl durch die Toilettenwand erfuhr.

«Wer ist da?» rief er wachsam, einen geübten Schnalzer von sich gebend, der den Eindruck erweckte, als drehte er eine Revolvertrommel. Nachdem er mich auf der hochgekurbelten hydraulischen Hebebühne erblickte, fragte er teilnahmsvoll:

«Warum weinst du, Rosolchen?»

Ich war so geknickt, daß ich gar nicht erst versuchte, eine passende Ausrede zu finden.

«Ich kann … kann keinen … keinen Helikondämpfer auftreiben …» schluchzte ich.

«Einen Helikondämpfer?» erwiderte er verwundert, «wozu brauchst du überhaupt einen Dämpfer, und besonders fürs Helikon?»

«Ich wollte meiner Frau eine Freude bereiten …!»

«Du hast eine Frau?» fragte er noch verwunderter.

«Ja!» setzte ich meine Klage fort, «und gerade eine mit Helikon, und ich wollte ihr mit einem Verlobungsdämpfer beweisen, daß ich ehrlich gesonnen bin, sie zu ehelichen …»

Im nächsten Moment hätte ich mir für dieses Geständnis, das unwillkürlich meinem Mund entwichen war, die Zunge abbeißen wollen, es war jedoch zu spät.

«Was??» staunte der Garagenmeister, «du willst heiraten?»

Ich konnte meine Worte nicht mehr zurücknehmen und versuchte deshalb, da er als Firmentratschtante galt, wenigstens auf dem Gefühlswege sein Gewissen wachzurufen. Entsetzt durch den Weinkrampfausbruch, den er noch nie in solchem Ausmaß bei mir erlebt hatte, wie durch die Drohungen, er werde mich bald entseelt und entleibt unter der herabgelassenen Hebebühne finden, schwor er mir schließlich beim Leben seiner Kinder, er werde zu keinem, wirklich zu keinem Menschenwesen auch nur ein Sterbenswörtchen sagen. Um sein freundschaftliches Mitgefühl zu bekunden, kam er wieder auf meinen Kummer zurück.

«Ich denke, Rosolchen, ich kann dir helfen!» erklärte er. «Wasch dich in meinem Kabuff, damit keiner sieht, daß du dich gegrämt hast, geh in das Geschäft auf der Hauptstraße, und kauf dir einen blechernen Nachttopf.»

Er mußte mir seinen Vorschlag immer deutlicher wiederholen, ehe ich sicher war, daß er mich nicht zum Narren hielt. Die Beschaffung des Nachttopfs zog sich ein wenig in die Länge, da ich aus Verlegenheit zuerst ein Reibeisen, eine Kanne, ein Sieb und ein Pfropfmesser kaufte, bis ich endlich allein im Laden war und flüsternd meine Bitte vorzutragen wagte. Erstaunlicherweise brachten sie mir die Nachtvase ohne unflätige Bemerkungen, die sie sich jedoch nicht verkniffen, als ich aus dem mitgeführten Stiefel 2137 Zehnhellerstücke abzählte.

Die unnützen Gegenstände wurde ich auf der nächsten Schrottablage los und ließ den Potschamber in der Gärtnerei nebenan mit Azalien bepflanzen, was mich zu der Forderung berechtigte, man möge ihn mir in Kreppapier einpacken. In der Pförtnerloge brauchte ich nur zu melden, ich wolle meinen Arbeitsraum zur Feier der Oktoberrevolution verschönern. Als ich in die Garage stürzte, hatte der Meister schon die Lötlampe bereitgestellt und telefonierte gerade mit dem Sekretariat der Tschechischen Philharmonie. Damit man dort nicht sofort auflegte, stellte er sich als Luftfahrtingenieur vor.

«Ich bin», sagte er, «mit der Konstruktion eines Spezialflugzeugs zum Transport von Musikkörpern beauftragt und muß Sie deshalb bitten, mir die technischen Parameter eines Helikons durchzugeben.»

Man fertigte ihn jedoch ziemlich von oben herab ab, Sinfonieorchester ihres Niveaus kennen nur die Tuba, und wenn er eine Maschine für das Helikon projektierte, möge er sich an jede beliebige Regimentskapelle wenden. Ich verhehle nicht, daß mir das für meine Frau weh tat, und war um so mehr von der Zweckmäßigkeit meines Geschenks überzeugt. Trotzdem akzeptierten wir diesen Rat, der zwar boshaft, aber brauchbar war, und riefen die Blasmusik der Burgwache an. Der diensthabende Offizier gab nach längerem Leugnen zu, sie besäßen ein Helikon, weigerte sich aber kategorisch, dessen Maße aus Gründen der Geheimhaltung mitzuteilen. In allerhöchster Not entsann ich mich der Genossin Hauptmann Kverková. Als ich ihr mein Begehr darlegte, bat sie nachdrücklich, fünf Minuten später anzurufen, wenn sie allein im Zimmer sei. Dann ließ sie mich zärtlich wissen, daß sie bereit sei, mir alle Maße offenzulegen, die ich nur wünschte, unter der Bedingung, daß ich diese selber messen komme. Vor Verlegenheit tat ich, als sei die Leitung gestört, um mir mein weiteres Vorgehen zu überlegen. Auf den Rat meines Gönners rief ich ein drittes Mal an und sagte, ich benötigte die erwünschten Angaben unverzüglich zu Versicherungszwecken, denn ich sei bei einer der feierlichen Ausschachtungen für die Metro gerade unter ein Helikon geraten und liege nun mit einem Gipspanzer darnieder, was mir der Garagenmeister, sich für meinen behandelnden Arzt ausgebend, ins Telefon bestätigte. Als er sich ehrenwörtlich verpflichtete, sie ebenfalls gründlich zu behandeln, sobald er ein Bett frei habe, erteilte sie uns binnen einer Stunde die erwünschte Information. Dennoch mußte ich ihr hoch und heilig versprechen, sie zu Hause zu besuchen, sobald der Gips abgehe und der Divisionskommandeur zu Manövern gefahren sei, doch ich gab die Zusage mit ruhigem Gewissen, da ich genau wußte, daß ich sie nie einhalten würde.

War es nicht meine Frau selbst gewesen, die mir frommes Lügen beibrachte?

Der Rest war das Werk weniger Augenblicke. Fingerfertig trennte der Meister den runden Henkel mit einer Lötlampe ab und trieb den umgebogenen Rand des Nachttopfs in die gewünschte Form. Den Griff zerknipste er dann mit der Kneifzange in vier gleichgroße Stücke, modellierte sie zu elastischen Streben und lötete sie fest am Topf an, damit sie den Dämpfer in der Kehle des Instruments festhielten, die in der streng geheimen Militärdokumentation als Warschauer-Pakt-Schalltrichter 218/68 bezeichnet wurde. Ich war vor Freude außer mir.

Am nächsten Morgen, kaum daß mich meine Frau anrief, um sich wie jeden Tag zu vergewissern, daß ich sie heute wesentlich stärker liebte als gestern, bat ich sie dringend, zu unserem mittäglichen Stelldichein in der Wohnung der Kapellmeisterin ausnahmsweise auch das Helikon mitzubringen.

«Geht es dir vielleicht nicht gut?» fragte sie, und in ihrer Stimme hallte mühsam unterdrückte Enttäuschung nach.

Ich verstand nicht.

«Nun, ich meine, Frätzchen, ob du etwa an deiner einstigen Ermattung leidest?»

Da jemand gerade mein Büro betrat, versicherte ich ihr eilig, daß ich meine Aufgaben zur absoluten Zufriedenheit aller Auftraggeber erfüllen werde. Da wurde sie froh und erklärte, wir kämen über Mittag mit den alten Instrumenten aus, denn zu musikalischen Matineen hätten wir Zeit genug, wenn wir alt seien. Ich bestand jedoch beharrlich auf meinem Wunsch, und ein gewisser neuer Ton in meinen Worten sorgte dafür, daß sie einwilligte, ja sogar halb im Scherz, halb im Ernst die Hoffnung ausdrückte, ich würde ihr einen Fingersatz beibringen, den sie noch nicht kenne. Die Verantwortung preßte mir die Kehle zu, doch ein Zurück gab es nicht mehr. Im Gegenteil, es war dringend geboten, den Wunsch meiner Frau zu überbieten und so ihre Freude ins Unermeßliche zu steigern. Unter der Bedingung, Paps wolle mir neue Schuhe kaufen, die ich als Abteilungsleiter unbedingt benötigte, nahm ich wieder im Amt frei und eilte ins nächste Modegeschäft, um mir eine leere Hutschachtel auszubitten. Eine ältere Verkäuferin teilte mir strikt mit, diese seien schon jahrelang Mangelware, seit man die Hüte gleich nach der kommunistischen Machtübernahme im Februar 1948 als bourgeoises Überbleibsel hinstellte, was sie zum Symbol der Ausbeutung des Proletariats machte.

Mein Gesicht mußte eine derartige Niedergeschlagenheit widergespiegelt haben, daß sie sogleich auftaute und mir mütterlich riet, irgendeinen billigeren Hut zu einer noch vorhandenen alten Schachtel zu kaufen, den ich später anderweitig verwenden könne. Als ich mich wunderte, daß sie dann überhaupt noch Hüte führe, verriet sie mir, daß man selbige gleich seit dem Juni 1948 wieder herstelle, da die Gattin des ersten kommunistischen Präsidenten mit einem ausgegangen sei, womit sie denselben zum Symbol des Sieges der Arbeiterklasse erhöht habe: Die private Kartonfabrik blieb jedoch aufgelöst, denn gleichzeitig wurde diese Produktion für das gesamte Friedenslager der Mongolei zugeteilt, der allerdings die geeigneten Rohstoffe zur Herstellung von Pappe fehlten.

Ich jubelte auf und wählte mit ihrer liebenswürdigen

Hilfe ein Exemplar aus, von dem sie mir gerührt verriet, daß sie es seit Kriegsende immer wieder selber hatte haben wollen. Der Hut war der billigste nicht, hatte aber unstreitig die größte Schachtel. Wieder im Büro, schloß ich den Safe auf, nahm den Dämpfer heraus und legte statt dessen den Hut hinein, den ich als Grundstein für die Ausstattung meiner künftigen Tochter nehmen wollte. Behutsam bettete ich den Dämpfer in die Schachtel, schlug sie in das Kreppapier des Nachttopfs und umschlang das Ganze mit einer Trikolore, die mein Vorgänger irgendwann bei dem feierlichen Durchstich der Metro hatte mitgehen lassen. Sie war zwar in der Mitte durchgeschnitten, doch ich hatte sie früher schon mit rotem, weißen und blauem Faden so geschickt zusammengeheftet, daß die Naht überhaupt nicht erkennbar war. Den Rest des Vormittags über freute ich mich schon grenzenlos. Als mir meine Frau nach dreimaligem Klingeln öffnete – sie hatte schon vor der Zeit entschieden, ich solle die alten Gewohnheiten auch bei ihr beibehalten, um mich nicht durch unnötige geistige Anstrengungen zu entkräften –, wollte sie ihren Augen nicht trauen.

«Nicht doch, Vilémek!» stieß sie hervor, als sie wieder eines Wortes fähig war, «du hast mir einen Hut gekauft? Woher weißt du bloß, daß ich mir schon seit Lebzeiten einen Hut wünsche?»

Ihre Begeisterung war so ungeheuchelt, daß ich sogleich allen Mut sinken ließ.

«Das ist kein Hut …» gab ich geschlagen zurück.

Meine Frau stutzte.

«Nein? Und was ist es dann?»

Ich war so aufgeregt, daß ich keinen vernünftigen Satz mehr zustande brachte. Voll wachsender Angst sah ich zu, wie sie mit ihren kerngesunden Zähnen die Trikolore durchbiß, mit ihren roten Nägeln das Kreppapier zerriß

und schließlich mit einem Korkenzieher die Schachtel auf-
schlitzte. Begierig fuhr sie hinein. Dann blickte sie, ohne
zu begreifen, auf den Gegenstand in ihren Händen und
öffnete stumm den Mund.

«Das ist ein Dämpfer», sagte ich am äußersten Rand
der Verzweiflung, «ich wollte doch, teure Liliane, daß Sie
auf Ihrem Instrument auch ernste Stücke spielen können…»

Ihre Augen verschleierten sich.

«Vilémek», sprach sie mit einer Stimme, die genau den
Klang hatte, den ich von ihrem Helikon mit meinem
Dämpfer zu hören wünschte, «mein Liebchen und Leib-
chen, du hast mir eine ungeheure Freude gemacht…!»

«Aber Sie … Sie haben … haben sich doch seit Lebzeiten einen Hut gewünscht…» stotterte ich.

«Seit Lebzeiten ja», antwortete sie überzeugend, «doch
lange vorher schon wollte ich einen Dämpfer haben. Am
Helikon hat mich immer nur eins deprimiert, daß es nicht
lyrisch genug ist, denn das schließt es erbarmunglos von
der Teilnahme an vielen bedeutenden Werken, dem ‹Schwanensee› etwa, aus. Doch nicht einmal meine früheren
Liebhaber vom Amati-Instrumentenstaatsunternehmen,
welches für die gesamte sozialistische Gemeinschaft Klang-
körper herstellt, vom Triangel bis zur Tretorgel, waren
bisher imstande, mir zu einem Dämpfer zu verhelfen.
Wie hast du das nur fertiggebracht?»

Erfreut und ermuntert schilderte ich ihr die Entstehung
und den Verlauf der ganzen Aktion, ohne die geringste
Einzelheit auszulassen. Meine Frau lachte und tränte und
klatschte manchmal sogar bewundernd in die Hände. Als
jedoch die Anfrage bei Genossin Hauptmann Kverková
zur Sprache kam, verdüsterte sie sich und gab eine gewisse Zeit kein Lebenszeichen von sich. So sehr ich mich
auch bemühte, sie erneut zu rühren oder zu erheitern, nur

eisiges Schweigen war die Antwort. Als sie endlich wieder sprach, wurde mir ein ernster Tadel zuteil.

«Es ist recht so, daß du mir alles ehrlich gestanden hast, und ich habe mich entschlossen, dir zu verzeihen, weil du dabei an mich gedacht und offensichtlich keine Nebenziele im Auge gehabt hast. Künftig wünsche ich aber nicht, daß du mit solchen Frauen verkehrst!»

«Aber ich hab doch nur mit ihr telefoniert…» verteidigte ich mich.

«Solche Frauen», sagte meine Frau entschieden, «bringen es fertig, unerfahrene Knaben wie dich sogar am Telefon zu verderben! Eine ähnlich veranlagte Frau, die ich zufällig sehr gut kannte, brachte es mit ihrer ungezügelten, zeitweise bis zur Virtuosität gesteigerten Leidenschaft so weit, daß ein junger Mann, mit dem sie irrtümlich verbunden wurde, als er seinen Vikar anrief, um mit ihm den Kommuniontag auszumachen, noch während dieses einen Telefongesprächs bereit war, ihretwegen aus der Kirche auszutreten, von der Schule abzugehen, seine Ersparnisse zu verschleudern, die Eltern zu bestehlen und ihre sämtliche Sparbücher zu plündern, bloß um der Telefonierenden eine würdige Hochzeit auf der Burg Karlstein gönnen zu können. Die Phantasie, die sie in ihm geweckt hatte, war so üppig, daß er sich, nachdem er sie am Ende des besagten Gesprächs um ihre Hand bat und von ihr lachend abgewiesen wurde, mit der Telefonschnur um den Hals aus dem fünften Stock stürzte. Ein wahres Glück, daß in seiner Wohnung weder Briefe noch Fingerabdrükke von mir gefunden werden konnten. Deshalb sage ich dir klar und unzweideutig: Willst du mich behalten, dann hüte dich vor solchen Frauen!»

Bis zum Ende der Mittagspause gelang es mir, meine Frau auf Knien zu erweichen, mir nicht mehr böse zu sein und ihr Vertrauen wieder zu schenken. Liebe gab es zur

Strafe nicht mehr, doch ich kehrte wenigstens beruhigt und ausgeruht zur Arbeit zurück. Der Dämpfer machte es möglich, einen frommen Wunsch meiner Eltern zu erfüllen – meine Frau spielen zu hören. Immer öfter fragten sie mich morgens wie abends, warum sie nicht ihr Versprechen einlöste und uns im Verein mit ihrer Kapellemeisterin besuchte. Manchmal weckten sie mich deswegen sogar in der Nacht, und ich mußte alle Kraft aufbringen, um ihnen aus dem Schlaf heraus richtige Antwort zu geben, daß ich nämlich keine Ahnung habe, da ich mit meiner Frau nur über sie beide in Verbindung stehe, und daß sie sich offensichtlich die elterliche Sorge um meinen Ruf allzu sehr zu Herzen nehme. Zur Sicherheit wiederholte ich mir diesen Satz vor dem Einschlafen anstelle des Gebets. Als sie jedoch schon Anzeichen allzu großer Beunruhigung zeigten, ob meine Braut nicht womöglich einen anderen Gatten gefunden habe, bat ich eindringlich meine Frau samt der Kapellmeisterin – die ich inzwischen ebenfalls gut kannte, da ich fünfmal die Woche zweimal täglich zur Mittagszeit in ihrem Treppenhaus an ihr auf wie ab vorbeiging –, sie sollten wenigstens auf ein Stündchen bei uns hereinschauen. Als unter unserer Tür der Brief lag, in dem sie sich höflich für übernächsten Donnerstag ankündigten, schrieb Paps meiner Frau umgehend, sie möge auf keinen Fall ihr Instrument vergessen, da wir alle danach dürsteten, ihre Kunst zu erleben. Daraufhin erlebte ich sie überaus wortkarg.

«Was haben Sie, geliebte Liliane?» drang ich wiederholt minutenlang in sie, bis sie schließlich meine Stimme vernahm und antwortete.

«Bis jetzt hab ich in meinem Leben nichts im mindesten bedauert, mache mir aber heut zum ersten Mal den Vorwurf, die Flöte aufgegeben zu haben. Eine Kapelle ohne Helikon ist wie ein Acker ohne Dung, doch ein

Helikon ohne Kapelle wiederum ist leider genau das Gegenteil. Seine herrlichen Vorzüge können sich nicht im Solospiel entfalten, schon gar nicht in der intimen Atmosphäre eines Wohnzimmers. Ich fürchte, die Wirkung auf deine Eltern wird ganz anders sein, als daß es unseren Plänen dienlich sein könnte. Ich hab da mal eine ganz junge Schimpansendresseurin gekannt, die in der Manege ungeheure Ovationen erntete. Mehr als einmal erhielt sie Rosensträuße mit der leidenschaftlichen Visitenkarte: ‹Ich liebe Sie, erwarte Sie heute in meiner Residenz, bin ganz der Ihre!›, doch als wir dann wirklich hingingen, ließ man weder den Schimpansen vor noch mich ...»

Gerade diese traurige Geschichte war die Mutter des Gedankens gewesen, meiner Frau einen Dämpfer zu beschaffen, und nun stand ihr also das Tor zu uns sperrangelweit offen. Am übernächsten Donnerstag ertönte bei uns ein viermaliges Klingeln, das mir das Herz höher schlagen ließ. Paps und Mutsch machten gemeinsam die Tür auf, um den Nachbarn zu bekunden, daß der Besuch in aller Ehrbarkeit verlaufe. Ich glaubte, die nahmen das auch durch die Schlüssellöcher und Briefeinwurfschlitze an, denn auf unserer Schwelle standen zwei Damen in hochgeschlossenen schwarzen Kleidern. Bei meiner Frau war das nichts Neues, doch die Kapellmeisterin hätte ich fast nicht erkannt. Ich hatte sie bisher ausschließlich in Kleidern gesehen, die im wesentlichen aus Ausschnitt bestanden. Ihre heutige Aufmachung ließ nicht im entferntesten ahnen, daß sie nächtelang ungezügelt dem Alkohol frönte und, wie meine Frau sich abfällig ausdrückte, trotz ihres Alters keinen Hosenschlitz unbehelligt ließ. Jetzt standen sie beide vor uns, die schöne Novizin und die gestrenge Äbtissin, und das Gold des Helikons und das Perlmuttweiß der Ziehharmonika stachen wie Schmuckstücke vom Schwarz der Kleider ab. Die Damen verfügten sich ins Schlafzimmer, wo sie unverweilt vor dem ewigen Licht zu Boden sanken und erst dann ihre Instrumente ablegten, um bequemer am Tisch in der Guten Stube Platz nehmen zu können, wo bereits mein vorzüglicher Napfkuchen duftete, seiner Reichhaltigkeit wegen von den Eltern Putittphar genannt. Meines Rats eingedenk zeigten sie jedoch weder für einen Bissen noch für einen Schluck Interesse, ehe sie nicht gefragt hatten, wie uns der liebe Gott an allen vergangenen Tagen behütet und womit wir ihm dafür Lob gezollt hätten. Erst nach Paps' erschöpfender Antwort, die mit einem kurzen Gebet beschlossen wurde, tranken sie rasch den ganzen Kaffee aus, aßen den gesamten Kuchen auf und machten sich ans Werk.

«Wir werden Ihnen, meine Teuren in Christo, ein paar weniger bekannte fromme Lieder spielen», sprach meine Frau, meinen Dämpfer, für den sie sich schon ein kleidsames Futteral aus Krokodilsimitat hatte anfertigen lassen, sorgsam in den Schalltrichter einpassend, «die ich und die hier anwesende Schwester Vorgesetzte vor kurzem durch einen glücklichen Zufall in alten Gesangbüchern entdeckt haben.»

«Haben Sie diese nicht mitgebracht, liebe Schwestern?» fragte Paps mit lebhaftem Interesse, «ich, meine Frau und mein Sohn könnten Sie gegebenenfalls mit Gesang begleiten.»

«Leider Gottes, nein», erwiderte meine Frau mit aufrichtigem Bedauern, «da es sich um wahrhaft einmalige und unersetzliche Drucke handelte, mußten wir unsere Parts in der Bibliothek des Klementinums direkt vom Blatt auswendig lernen. Übrigens ergäben sich auch gewisse Textschwierigkeiten, denn es handelt sich um eine irische Liturgie.»

«Ach!» freute sich Paps, «hörst du das, Mammilein? Hörst du das, Vilém? Nun, da sind wir Ihnen freilich doppelt dankbar, denn die irische Kirche gehört bekanntlich zu den wenigen, die bislang den Beinamen ‹kämpfende› verdienen, so daß wir bestimmt wenigstens Vilém in sie entsenden würden, wenn Irland im Lager des Sozialismus läge und unser Junge Irisch beherrschte.»

Im Laufe ihres Gesprächs begegnete ich flüchtig dem Blick der Kapellmeisterin, die mir mehrmals höchst sonderbar zuzwinkerte. Ich hatte nicht die mindeste Erklärung dafür, und mein angeborener männlicher Stolz hinderte mich daran, diesen Gruß einfach so zu erwidern. Deshalb lächelte ich unbestimmt und machte lieber rasch die Augen zu, als sei ich bereits darauf eingestellt, ihre Kunst in mich aufzunehmen. Endlich fingen sie an. Das tiefe Register des Akkordeons, das sich kaum von der Orgel in einer Pfarrkirche unterschied, da das Größenverhältnis zwischen Orgelpfeifen und Kirchenschiff in direkter Beziehung zu dem zwischen der Ziehharmonika und unserem Wohnzimmer bestand, präludierte das Vorspiel, an das der noch tiefere Ton des Helikons anschloß. Ich war begeistert, als ich vernahm, welch diskrete Anmut ihm mein Dämpfer verlieh. Die erhabene Melodie der irischen Gläubigen schien mir überaus vertraut und bestärkte mich in der Überzeugung, daß frommer Geist keine Grenzen kenne. Je länger ich lauschte, desto eher hätte ich geschworen, daß ich sie schon öfter gehört hatte, ja, daß ich sie sogar ohne Noten wiedergeben könnte. Da durchfuhr mich ein leichter Verdacht, und ich machte erschrocken die Augen auf. Paps und Mutsch hielten zum Glück ebenfalls die Augen geschlossen, und so sah ich als einziger die vergebens zurückgehaltenen Lachtränen auf den Wangen der Kapellmeisterin und den Zeigefinger der freien Hand, den meine Frau warnend auf mich richtete. Und schon wußte ich, daß mir das Lied der irischen Gläubigen zuletzt auf dem Betriebsfest zu Ohren gekommen war, das mich mit ihr zusammengebracht hatte. Damals war es jedoch mindestens dreimal so schnell gespielt und vom Gebrüll aller Anwesenden ohne Unterschied der Konfession begleitet worden, wobei der Refrain «Watschen gab's, Watschen gab's im Saale» hieß. Nach langer Zeit fiel ich endlich wieder einmal in Ohnmacht.

Als ich wieder zu mir kam, war der Besuch lange fort, denn Mutsch hatte befunden, es gehöre sich nicht, daß die Braut in der Wohnung verbleibe, wenn der Bräutigam im Bett liege, was meine Frau und ihre Begleiterin völlig guthießen. Wider alles Erwarten stellte ich fest, daß das Konzert einen großen Eindruck bei meinen Eltern hinterlassen hatte. Stunden und Stunden bedauerten sie, daß es ein so jähes Ende nahm, trösteten sich aber gegenseitig damit, daß meine Frau schon in Kürze ihre Tochter sein und ihnen dann zahllose ähnliche Erlebnisse umsonst verschaffen werde, die ihren Lebensabend verschönten. Ja, sie äußerten sogar den Gedanken, man solle die Hochzeit nicht mehr allzu lange hinausschieben.

Die schlaue, schlaue Liliane. Wieder mußte ich sie im Geiste um Verzeihung bitten.

Schon am nächsten Tage harrte jedoch eine gefährliche Überraschung meiner. Als ich die Tür meines Büros öffnete, hieß mich nicht der übliche karge Raum willkommen, der nur mit Tisch, Schrank, Safe und der Glasvitrine für die Muster sämtlicher Arten und Größen des von mir verwalteten Schuhwerks bestückt war. Im engen Zimmer standen und saßen auf dem Fensterbrett und der Zentralheizung fast alle Damen der Direktion, angeführt von der Sekretärin des Generaldirektors persönlich, deren Büste ich einst so sehr bewundert hatte, solange sie noch nicht von den Brüsten meiner Frau in den Schatten gestellt worden war. Die Vitrine war erbrochen, und die

Gummistiefel, randvoll mit Wasser, dienten als originelle Vasen der Blumenfülle, die augenscheinlich im Park gegenüber gepflückt worden war. Auf dem Schreibtisch thronte wie eine von Küken umgebene Glucke eine Flasche Prager Auslese inmitten gewaschener Senfgläser. Ehe ich dazu kam, diese Szenerie zu bestaunen, stürzten die Kolleginnen auf mich zu und überschütteten mich, eine um die andere, mit herzlichen Küssen, wobei sie mir um die Wette Glück, Gesundheit, viele Jahre, ein braves Weib und eine kinderreiche Familie wünschten. Ein paar Minuten lang war ich überzeugt, Geburtstag zu haben, bis ich erschüttert begriff, was die Uhr geschlagen hatte: daß der Garagenmeister nämlich, der beim Leben seiner Nachkommen geschworen hatte, mein süßestes Geheimnis zu hüten, absolut kinderlos war. Das Einfachste, was sich in der gegebenen Situation tun ließ, war, erneut in Ohnmacht zu fallen. Ich zog mich also in meine Ecke zurück, wo ich am liebsten bewußtlos wurde, weil es dort weder Kanten noch scharfe Gegenstände gab, doch der Dusel stellte sich nicht ein. Mir wurde plötzlich bewußt, daß es nichts gab, wofür ich mich zu schämen hatte, wenn auch der Ausdruck ihrer Gesichter verriet, daß sie mich im Grunde aus tiefstem Herzen beneideten. Schließlich hatten sie doch meine Frau bei dem Betriebsvergnügen gesehen, und der Gedanke mußte ihnen schwerfallen, daß sie kaum jemals eine begabtere, ergebenere, vornehmere und erfahrenere Gattin finden würden. Zu ihrer Ehre sei es gesagt, daß sie sich das nicht allzusehr anmerken ließen und sich im Gegenteil bemüht zeigten, mir wertvolle Ratschläge zu erteilen, wo das Hochzeitsmahl stattfinden, wohin die Hochzeitsreise gehen solle und vor allem, wie ein junger Haushalt zu führen sei.

«Hauptsache, ihr paßt auf!» redete die Sekretärin des Generaldirektors auf mich ein, «es gibt zwar Familien,

die alles dafür tun, um in kürzester Zeit möglichst viele
Kinder zu zeugen, damit sie mühelos von den Sozialzu-
schüssen leben können, doch junge Leute wie Sie, Rosolchen, sollten zusehen, daß sie möglichst viel vom Leben
haben, ehe die Sorgen und Falten kommen. Deshalb rate
ich Ihnen noch einmal dringend: Aufpassen!»

Dankbar stimmte ich zu und fragte, worauf denn
hauptsächlich. Sie schien überrascht.

«Was heißt worauf …? Mein Gott», sagte sie dann beunruhigt, «wissen Sie überhaupt, was Antikonzeption ist?»

Ich sah etliche besorgte Augenpaare auf mir ruhen und
war daher froh, wahrheitsgemäß antworten zu können,
daß ich das selbstverständlich wisse. Zur Bestätigung ergänzte ich, daß unsere Direktion, um ein Beispiel zu nennen, das auf der Hand liege, in ihrer Tätigkeit den ver-
schiedensten Konzeptionen folge. Deshalb seien alle, die
diesen zuwiderliefen, Antikonzeptionen, die erbarmungslos ausgemerzt werden müßten, da sie unser gemeinsames
fortschrittliches Bestreben in Frage stellten.

Aus unbegreiflichen Gründen fingen sie lauthals zu lachen an, was mir um so weniger behagte, als sie bei politischen Schulungen zur selben Thematik stets einmütig
zugestimmt hatten.

«Hab ich euch nicht gesagt, meine Damen», meinte
dann meine einstige Favoritin, «daß unser Rosolchen ein
Engel ist? Nun, ich denke, wir werden es seiner Gattin,
die anscheinend bunteste Erfahrungen besitzt, überlassen
müssen, ihn selbst aufzumassieren. Wie schade, daß wir
nicht dabeisein werden …»

Es freute mich sehr, daß sie so nett von meiner Frau
dachten, und ich lud sie ohne Zögern dazu ein, die Hochzeitsnacht mit uns zu verbringen. Obwohl ich ihnen vorerst noch kein Datum nennen konnte, stellte sich heraus,
daß sie sowieso keine Zeit hätten. Wenig später begannen

sie recht unzusammenhängend und unverständlich zu reden, doch sie waren so vertieft in ihr Geplauder, daß sie
mich unter dem Schreibtisch weiter evidieren ließen. Als
sie die fünfte der Weinflaschen geleert hatten, die ich ihnen nacheinander aus der Kantine holte, begriff ich, daß
sie sich über meine Hochzeitskleidung in die Haare
kriegten. Die Mehrheit schlug einen weißen Hosenanzug
vor, nur die Sekretärin des Generaldirektors fing aus un-
erfindlichen Gründen an zu schreien, ich solle mir eine
Rüstung anfertigen lassen. Sofort brachten die anderen
sie mit vereinten Kräften hinaus und entschuldigten sich
bei mir, sie habe das nicht so gemeint. Um es besser zu
verstehen, eilte ich auf die Herrentoilette und lauschte
begierig den Stimmen im Waschraum der Damen. Leider
scholl diesmal durch die Trennwand brüllendes Gelächter, nur noch vom Kreischen der Sekretärin des Generaldirektors übertönt, die nicht müde wurde, in regelmäßi-
gen Abständen zu wiederholen:

«Und ich sag euch, meine Mädel, die zerfickt uns un-
sern Vilémek bis auf die Gräten!»

Als ich mittags meiner Frau davon erzählte, wurde sie
schrecklich zornig und erklärte, sie würde den Beteiligten
nach Feierabend mit der ganzen Kapelle auflauern.

«Denen werde ich die Rüstung schon zeigen!» wiederholte sie ebenso regelmäßig wie zuvor die Sekretärin, «denen werde ich ihre Gräten vorzählen! Die kriegen eine so
bunte Massage verpaßt, daß sie bis ans Lebensende nur
noch im Stehen verkehren werden!»

Mir schien es allzu hart, daß sie sich eines einzigen,
wenn vielleicht auch schlechten Scherzes wegen nie mehr
in Verkehrsmitteln hinsetzen könnten, deshalb versuchte
ich, meine Frau zu erweichen. Das gelang mir auch, doch
ich mußte ihr versprechen, kein Wort mehr mit denen
dort zu wechseln.

«Das schwöre ich Ihnen!» betonte ich feierlich. «Wenn sie mich aber von sich aus aufsuchen oder mich in einer dienstlichen Sache kommen lassen?»

«Vilém!» sprach sie streng, und mich fröstelte, als sie zum ersten Male die gleiche Anrede wählte wie mein Paps, wenn er mich strafen wollte, «du mußt dich entscheiden, was dir mehr bedeutet: die Karriere oder die Ehre deiner Gattin? Im ersteren Fall allerdings ...»

«Nein!» rief ich entsetzt, «nein und hundertmal nein, ich will tun, was Sie wünschen!»

«Das verlange ich nicht!» antwortete meine Frau. «Du mußt tun, was du wünschst!»

«Aber ich wünsche mir alles, was Sie sich wünschen!»

«In diesem Fall», sagte sie milde, «ist das auch mein Wunsch. Und jetzt werden wir nie mehr drüber reden.»

Mein freier und kühner Entschluß zeitigte erstaunlicherweise keine größeren Komplikationen. In den ersten Tagen meinten die Kolleginnen offenbar, ich sei taub geworden, und schrieben mir ihre Mitteilungen auf Zettelchen. Als sie jedoch beobachteten, daß ich mit dem Chef und den übrigen Angestellten männlichen Geschlechts ganz normal redete, hatten sie offensichtlich kapiert und unterließen jeglichen Umgang mit mir. Auf die Toilette ging ich lieber gar nicht mehr, da ich befürchtete, sie könnten von meiner Frau noch viel schlechter reden, was ich ihr freilich nicht hätte verschweigen dürfen und mir daraufhin auf eigenen und ihren Wunsch vielleicht eine andere Stelle hätte suchen müssen. Übrigens verlor ich die Geschichte bald aus dem Kopf, da ich ihn voll anderer Sorgen hatte. Nach einem Abendessen, als Mutsch mir das Nachthemd anzog, ergriff ich nämlich in einer plötzlichen Aufwallung von Zärtlichkeit ihre Hände.

«Ach, Mammilein», sagte ich bewegt, «das wird mir bis ans Lebensende fehlen!»

«Was wird dir fehlen?» erwiderte sie verständnislos.

«Wer wird mir das Nachthemd anziehen, wenn ich verheiratet bin?» seufzte ich.

«Na ich», sagte sie beschwichtigend, «das, Vilémek, ist nun mal der Mütter ewiges Los.»

Ich stutzte.

«Das heißt, Sie werden zu uns kommen?» fragte ich.

«Wohin zu uns …?» stutzte auch sie.

«Na, zu uns nach Hause …» fuhr ich mit immer schwächerer Stimme fort, da ich deutlich spürte, daß eine unerwartete Komplikation eintrat.

«Aber Vilémek», sagte sie und faßte mir besorgt an die Stirn, um zu fühlen, ob ich auch kein Fieber hatte, «wovon redest du? Zu Hause bist du doch hier!»

«Aber wenn ich heirate, bin ich doch bei meiner Gattin zu Hause!» wandte ich verzweifelt ein.

Da richtete Mutsch sich auf, stürzte mit abwesendem Blick ins Schlafzimmer, und ich hörte, wie sie im selben klagenden Ton ausrief, in dem sie zu verkünden gewohnt war, daß ich die Soße hätte anbrennen lassen, das Hemd schlecht gebügelt oder eine Zwei in Turnen heimgebracht.

«Um Christi willen, Vilibald! Er will von daheim ausreißen!!»

Kurz darauf erschien an meinem Bett Paps, der ebenfalls im Nachthemd war und, da er vor Schlaftrunkenheit den Gürtel nicht gefunden hatte, die Schnur der Stehlampe, die Mutsch ihm nachtrug, in der Hand hielt. Nachdem er mir meine Tracht Prügel verpaßt hatte, war er wach genug zu fragen, was ich ausgefressen hätte. Kaum hatte Mutsch zu Ende berichtet, geriet er in Zorn.

«Davon», polterte er, «war nie die Rede! Reicht es nicht, daß ich ein wildfremdes Frauenzimmer in meine Familie aufnehmen muß, soll ich nun auch noch das einzige Kind verlieren? Das Elternhaus ist kein Taubenschlag, aus dem du ausfliegst, wie es dir paßt! Schämst du dich nicht, deine alte, abgehärmte Mutter mit dem Nachthemd durch ganz Prag werweißwohin zu scheuchen?? Nein, nein, wenn dich jemand mit aller Gewalt zum Gatten haben will, dann soll er sich gefälligst hierher scheren!!»

In seiner Erregung strafte er mich noch einmal und fügte entkräftet hinzu:

«Und im übrigen kann doch auch ich nicht, wenn ich dich ordentlich erziehen will, mit dem Gürtel täglich zu allen Teufeln rennen!»

Wonach er sich bekreuzigt hatte. Ärger noch als die Striemen brannte mich in dieser Nacht die Vorstellung, daß selbst eine Hochzeit, falls sich meine Frau unter diesen Umständen überhaupt darauf einließe, nichts an ihrem und meinem wenig beneidenswerten Schicksal ändern würde. Mich bedrückte der Gedanke, daß wir vielleicht bis ins hohe Alter kein warmes Essen bekämen, wenn die Mittagspausen auch weiterhin der einzige Augenblick blieben, in dem wir uns wie Gehetzte unser Glück stahlen. Gottlob schwand gerade dieses Hindernis, das ich für unüberwindlich hielt, schon nach einer knappen Woche gleich einer Sommerwolke dahin, als ich bei der Heimkehr von der Arbeit auf Weisung meiner Frau ein ansehnliches Päckchen an unsere Türklinke hängte, das sie mir mitgab. Mutsch log ich mit Erlaubnis meiner Gattin vor, es habe dort bereits gehangen, und sah dann gespannt vom Fenster aus zu, wie sie vor dem Haus auf- und abging, um Paps, der frisches Weihwasser holen ging, auf das nichtalltägliche Ereignis vorzubereiten. Wie ich angenommen hatte, wollte Paps das Päckchen zuerst zur Polizei bringen, dann in die Moldau werfen und schließlich heimlich den Urbans an die Klinke hängen.

«Aber wenn nun», wisperte ich, wie mir befohlen, «eine Botschaft darin ist, die uns der Himmel auf diesem

Wege sendet, da er wohl weiß, daß Sie, Paps, nicht nur Bluttransfusionen und künstliche Beatmung sondern auch jeglichen Postverkehr ablehnen? Bringen wir uns dadurch nicht vielleicht ein für allemal um Gottes Rat?»

Mein Argument zog. Paps kleidete sich um, ließ sich von uns die Füße waschen und öffnete, dergestalt gereinigt, endlich die geheimnisvolle Sendung. Wie groß war seine Überraschung, als er ihr eine Bibel entnahm. Er geriet in Verlegenheit, denn unsere ganze Bibliothek bestand ausschließlich aus Bibeln, die er und Mutsch sich, seit sie sich kennen gelernt hatten, zu Weihnachten und zu den Geburtstagen schenkten, sogar immer in der gleichen Ausgabe, um einander daran zu gemahnen, daß die Heilige Schrift unveränderbar sei. Diese Bibel unterschied sich nicht nur im Format von den anderen, sondern vor allem dadurch, daß in ihr Stellen mit goldener Farbe unterstrichen waren wie:

«Und den Segen ihrer Eltern empfangen habend, nahmen sie einander bei der Hand und machten sich gemeinsam auf ins Land Kanaan, um dort selber Kinder zu zeugen und Seine Gebote zu achten.»

Auf dem Vorsatz waren dann mit Zierschrift, deren nur ein übernatürliches Wesen oder ein diplomierter Notenschreiber fähig war, die Worte eingetragen:

«Auch ich habe Meinen eingeborenen Sohn gesandt, auf daß mein Reich erweitert wurde. HE. G.»

Als Paps das gelesen hatte, küßte er die Unterschrift mit aufgesprungenen Lippen, fiel auf die Knie, zerriß sich das Sonntagshemd und rief, in Demut den Kopf auf den Fußboden schlagend:

«Gerechter Gott, verzeih mir Elendem, daß ich im Stolz gesündigt habe! Auch ich werde meinen Erstgeborenen opfern, auf daß dieses Bollwerk des Glaubens auf zwei vermehrt werde!»

Ein solches Gelübde verpflichtete natürlich auch Mutsch, und so konnte ich mich schon ungestört auf den Augenblick freuen, da ich meine Frau über die Schwelle meiner neuen Heimstatt tragen würde. Auch meine Ausstattung war schon gekauft, und ich verbrachte die Abende damit, wieder und wieder die linden Staub-, die weichen Frottier- und die rauhen Handtücher zu zählen und das kühle Alabaster der Bettbezüge und Laken zu streicheln. Sogar ein liniertes Oktavheft legte ich mir zu, um in meinem Haushalt sorgsam deren Ausgabe, den Umlauf und Abgang in Evidenz zu halten. Beschlossen wurde, die Hochzeit zuerst auf dem Rathaus und erst dann in der Kirche zu vollziehen. Die Reihenfolge hatte ebenfalls meine Frau bestimmt, welche die Eltern überzeugte, daß ich mich in der Kirche wahrscheinlich erkälten würde, so daß es vorteilhaft sei, mich von dort im Fieber ins Bett zu schaffen als mit dem Bett aufs Rathaus. Meine Eltern, immer noch von der vorausgehenden Mahnung des Himmels erschüttert, überließen ihr auch, das zuständige Gotteshaus selbst zu wählen und uns erst im letzten Augenblick bekanntzugeben, damit wir, wie sie sagte, freudig überrascht wären. Ich war überzeugt, sie würde die nächstliegende und zugleich größte Kirche, den St. Veits-Dom, wählen, und fragte sie eines Tages verschwörerisch, ob sie schon das Aufgebot bestellt habe. Sie lachte rätselhaft und meinte, daß man die Kirche, in der man uns beide trauen würde, erst noch bauen müsse. Als sie mein Entsetzen sah, umschlang sie mich innig und flüsterte:

«Versteh doch, mein Goldschatz, das sind Dinge, die du noch nicht begreifen würdest. Deine Eltern sind gewiß ehrbare Leute, doch sie kapieren nicht, daß wir jungen Menschen manches besser wissen als sie. Ginge es nach ihnen, würdest du nie mein Gatte werden, da die Kirche unter unbegreiflichen Vorurteilen leidet. Wichtig ist, daß der Staat, der in dieser einzigen Hinsicht erheblich verständnisvoller ist, dich mir zuschlägt. Damit entgehst du sofort dem Machtbereich deiner Eltern und kannst bereits völlig frei meine weiteren Wünsche erfüllen.»

Kluge, kluge Liliane! Wie sie mir schon wieder die Gewißheit verschaffte, daß sie in allem nur auf mein Wohl bedacht war!

Endlich stand die Vermählung wahrhaftig vor der Tür. Von meiner Seite sollte die ganze Verwandtschaft aus Mähren teilnehmen, meine Frau hatte beschlossen, die Damenkapelle einzuladen, um nicht als Waisenkind dazustehen. Tante Eliška erhielt eine Einladung mit Mutschs Bemerkung, ihre Teilnahme sei unerwünscht. Wie es schien, konnte nichts mehr auf der Welt die anstehende Freude trüben. Aber das Unglück schreitet nicht nur über Berge, sondern auch durchs Treppenhaus. Am Vorabend der Hochzeit, als die Wohnung schon nach meinem Gebäck duftete und mein Hochzeitsgewand auf einem Bügel im Schrank hing, hallte ein zweifaches Klingeln durch die Wohnung. Weil Mutsch zu Hause war, wußten wir sogleich, daß sie das nicht sein konnte. Als die Türglocke zum zehntenmal schrillte, entschloß sich Paps zu öffnen. Zu unserer übergroßen Überraschung war es ein Briefträger, der ihm ein Telegramm überreichte. Mir schien, als zwinkerte er mir zu. Im Hinblick auf das neuerliche Ereignis nahm Paps das Telegramm entgegen, wobei er dem Zusteller nicht zu erklären vergaß, daß er eine einmalige Ausnahme mache. Es ging jedoch um keine Gratulation. Es war eine Aufforderung an Paps und Mutsch, unverzüglich zur Lungen-Reihenuntersuchung zu erscheinen, falls sie nicht polizeilich vorgeführt werden wollten. Meine Eltern befolgten nicht nur die göttlichen, sondern auch die weltlichen Weisungen mit gleicher Sorgfalt, damit man sie um so mehr in Ruhe lasse. Im gegebenen Falle entsetzte sie des weiteren die Vorstellung, in Handschellen mitten aus dem Hochzeitsgejubel und unter den Blicken der gesamten Familie abgeführt zu werden. Deshalb zogen sie sich unverzüglich an, geboten mir, sofort zu Bett zu gehen, schlossen mich in der Wohnung ein und eilten von dannen. Es dauerte nicht lange, und die Klingel schrillte viermal. Ich schrie vor Freude auf, wurde aber sogleich still, da meine Frau ausschließlich nach Anmeldung bei den Eltern erschien. Mir klopfte das Herz bis zum Halse, als ich mich zu der Tür schlich und durch den Briefschlitz flüsterte.

«Wer da ...?»

Es war meine Frau.

«Ich bin's», gab sie atemlos zurück, «hab keine Angst und mach mir auf die Schnelle auf!»

«Ich ... ich hab keinen Schlüssel ...» wisperte ich.

Meine Frau fluchte. Dann hörte ich das Knipsen ihrer Tasche und ein Klirren von Metall. Gleich darauf ging die Tür geräuschlos auf, meine Frau schlüpfte in unsere Wohnung und steckte den Dietrich wieder ein.

«Ein Unglück ist geschehen», sagte sie erregt, «das Telegramm habe ich durch falschen Boten geschickt, um sofort mit dir sprechen zu können!»

«Was für ein Unglück??» hauchte ich.

«Alle meine Verwandten kommen her!»

«Aber das ist doch ... ist doch herrlich ...» strahlte ich verständnislos.

«Kacke ist das!» entgegnete meine Frau. «Die Kacke ist am Dampfen, sie sind allesamt Zirkusleute! Jawohl! Fahrendes Volk! Sie betreiben einen Wanderzirkus mit Schießbude!»

5

Nach dieser Mitteilung meiner Frau wäre selbst der beste Chirurg auf keinen Tropfen Blut mehr in mir gestoßen. Zuweilen hatte ich während unserer gemeinsamen Mittagspausen, wenn mir im Büro anspruchsvolle Rechenleistungen bevorstanden – etwa um das Verhältnis zwischen der durchschnittlichen Lebensdauer der Gummistiefel zur durchschnittlichen Lebensdauer ihrer Benutzer zu eruieren –, nach einer wirksamen Methode gesucht, ohne meine Frau zu kränken, ihre Leidenschaft, die mich ein bißchen erschöpfte, wenigstens zuweilen teilweise einzuschränken. Nach dem Vorbild meines einzigen und zugleich beliebtesten Buches ‹Tausendundeine Nacht›, das ich jahrelang im Keller hinter den Kohlen las – ich hatte es bei einem Mitschüler aus der Fünften gegen meinen Schulranzen eingetauscht und daheim steif und fest behauptet, ein unbekannter Greis hätte ihn mir geraubt, was leider zur Folge hatte, daß Mutsch mich bis zum Abitur zur Schule brachte und von dort wieder abholte –, hatte ich begonnen, meiner Frau bei unseren Schäferstündchen spannende Geschichten aus meiner Kindheit zu erzählen, um sie auf andere Gedanken zu bringen. So war ihr auch bekannt, welche beiden Schicksalsschläge gerade der Zirkus unserer Familie versetzt hatte. Ich weiß nicht, ob meine Beichte zur Genüge erhellt, daß ich stets recht streng gehalten worden bin. Meine Eltern achteten sehr auf meine Erziehung und ließen nichts aus, um mich vor der frühzeitigen Erkenntnis zu bewahren, die das Tor zur Todsünde zu sein pflegt. Sie wußten am besten, daß das Grundübel, das selbst Heilige moralisch zu verderben vermochte, die unselige Existenz zweier verschiedenartiger Geschlechter war, denn sie waren selber zufällig Pfarrerkinder aus Nachbargemeinden. Deshalb hatten sie dieses gottlose Spiel der Natur geschickt vor mir verborgen gehalten. Mutsch ging immer in langen Hosen, die Haare kurz geschnitten, so daß ich ziemlich lange glaubte, zwei Papse zu haben. Spielplätze besuchten sie mit mir ausschließlich im Winter, wenn die warme Kleidung der Kinder jenen unwesentlichen Unterschied, der so unabsehbare Folgen in der Menschheitsgeschichte gezeitigt hatte, völlig verdeckte. Nachdem das Ersuchen meiner Eltern, mich im Hinblick auf eine mögliche Gefährdung meiner Sittlichkeit daheim unterrichten zu dürfen, von den Behörden verworfen worden war, hatten sie wenigstens eine reine Knabenschule für mich ausgesucht, wo die Lehrer ausnahmslos Männer waren und der Schulmeister Witwer. Sie hatten jedoch nicht im mindesten ahnen können, daß wir Schüler eines Tages ohne Vorwarnung auf dem Hof in Reihen aufgestellt und klassenweise in den Zirkus geführt würden. Wie schwer, ihren Schreck zu beschreiben, als ich nach dem Abendbrot, aufgefordert, den Grund für meine seltsame Einsilbigkeit zu erläutern, jene schicksalhafte Frage stellte.

«Papse», fragte ich die beiden mutig, «warum tragen manche Herren Röckchen?»

«Aber Vilémek …» lachte befremdet Paps, und zwar jener, der sich später als meine Mutsch erwies, «wo hast du bloß den Unsinn her?»

«Röckchen», fügte der Paps hinzu, der mein wirklicher Paps war, «tragen nur die Schotten, und die haben einen guten Grund dazu, denn sie protestieren damit gegen die Protestanten, weil diese ihnen einst auf schändliche Weise ihre fromme Königin geköpft haben. Da, schau her!»

Mit diesen Worten holte er aus dem Wäscheschrank

den Werbeprospekt eines schottischen Reisebüros hervor, den er wohl für diesen Notfall schon längst vorsorglich bereitgelegt hatte. Gehorsam betrachtete ich die bunten Abbildungen, doch die dicken Schotten mit ihren krummen und haarigen Beinen glichen nicht entfernt den schlanken Herren in den weißen Röckchen und Netzstrümpfchen, die heute vormittag vor uns mit kleinen Regenschirmen auf dünnem Seil getanzt hatten. Ich fand jedoch nicht mehr den Mut zu widersprechen und begann deshalb erst nach geraumer Weile ganz anders.

«Paps», fragte ich die spätere Mutsch, «darf ich fragen, was eine Löwin ist?»

«Eine Löwin?» wiederholte er, später die Sie, und warf einen nun schon verstörten Blick auf den anderen Paps.

«Eine Löwin ist nichts!» antwortete dieser sogleich, «hast du schon alle deine Aufgaben für morgen?»

«Nein», gestand ich ohne Pein.

«Dann red kein dummes Zeug, und hopp ans Pultchen!» kommandierte jener Paps schroff.

«Aber wenn ich doch einen Aufsatz gerade über eine Löwin schreiben soll», sagte ich niedergeschlagen.

«Über eine Löwin ...?» entgegnete er nervös, und es war ihm deutlich anzusehen, wie fieberhaft er überlegte, «nun ja, Löwin ist eigentlich nur ein anderer Ausdruck für Löwe. Ja, ja», rief er erfreut, «schreib den Aufsatz einfach über den Löwen!»

«Aber was ... was wenn ... wenn ich ... ich eine schlechtere Note kriege?» fragte ich ganz erschrocken.

«Eine schlechtere Note??» erregte sich derselbe Paps. «Das wäre ja ...! Nun mal langsam! Prrr! Wo sind wir denn!! Warum solltest du eine schlechte Note kriegen, wenn du fehlerlos über den Löwen schreibst??»

«Vielleicht weil der Löwe keine Löwin ist ...» wandte ich tapfer ein, zutiefst von mir selbst überrascht.

«Was heißt das, er ist es nicht?» Der Paps erbleichte.

«Weil ein Löwe ein bißchen mehr hat ...»

Das war schlimm. Am ganzen Leibe zitternd, mußte ich dem späteren echten Paps den Riemen bringen. Weil es damals das erste Mal war, dachte ich zuerst, er wolle mich aufhängen. Gleich darauf bedauerte ich fast, daß er es nicht getan hatte, denn in dieser ersten Tracht Prügel schien er seine Manneskraft zum letzten Mal zur Höchstleistung hinaufzupeitschen.

«Da hast du dein bißchen!» schrie er dabei unablässig, «ich werd dir ein bißchen zeigen, wie du's noch nie gesehen hast!!»

Seine Schläge hörten erst auf, als er mir das Geständnis entrungen hatte, mit diesem bißchen meinte ich die Mähne. Jenes Ereignis hatte weitreichende Folgen für meine Erziehung. Um die Sache möglichst ganz zu vergessen, wurde ich für ein Jahr aus gesundheitlichen Gründen mit einem meiner Papse zu den Verwandten nach Mähren geschickt. Inzwischen ließ sich der andere die Haare wachsen und Röcke nähen, so daß ich nach meiner Rückkehr mit der Mitteilung überrascht wurde, daß ich auch eine Mutsch hatte.

Beim zweiten Mal schlug der Zirkus bei unserer schwergeprüften Familie noch grausamer zu. Tante Eliška, durch Mutsch von meiner Wanne vertrieben, entflammte in ungemeiner Rachgier. Damals im Badezimmer hatte sie nämlich noch behauptet, sie habe nie etwas anderes gewollt, als alles, was sie hat, der Familie zu überlassen. Als Mutsch ihr kreischend vorwarf, sie hätte momentan überhaupt nichts, nicht mal etwas an, versetzte Tante Eliška rätselhaft, sie habe immer noch viel mehr, als wenn sich Mutsch einen Skaphander anzöge. Darauf verfluchte Mutsch sie und jagte sie von dannen. Tante Eliška küßte mich zum letzten Male besonders lange, und da sie genau wußte, wie

sie die Familie am stärksten traf, ging sie aus unserem Bad
geradewegs zum Zirkus. Wenig später trafen aus verschiedenen Welthäfen Ansichtskarten bei uns ein, bei deren Anblick Mutsch stumm die Hände rang und Paps lauthals loswetterte. Obwohl sie bunte Marken trugen, nach
denen ich gierte, verbrannte er sie stracks im Ofen und
ließ mich zur Strafe sogar auf Graupen knien. Eine Zeitlang kniete ich tagelang darauf und versündigte mich sogar mit dem gottlosen Wunsch, Tante Eliška möge von
einer Löwin gefressen werden. Zum Glück erklärte die
Postbotin bald, sie werde nicht mehr zu uns kommen, da
sie wahrlich nicht wisse, warum sie täglich solche Schwei-
nereien lesen solle. Daraufhin richtete Paps an die Post-
verwaltung die Forderung, sämtlichen Postämtern auf
der Welt zu verbieten, auch nur noch eine einzige Sendung von Tante Eliška zu befördern. Als man das ablehnte, teilte er mit, daß er sich in diesem Falle ein für allemal
weigere, Postsendungen beliebiger Art entgegenzuneh-
men, die an die Absender zurückgeschickt werden müßten. Da wir keine anderen kannten, kam seither nichts
mehr. Das Telegramm für die Eltern brachte die Kapellmeisterin, mit angeklebtem Schnurrbart verkleidet.

Als ich meine Frau in der Diele so niedergeschmettert
anblickte, begriff ich, warum sie bei meinen Erzählungen
über den Einfluß des Zirkus auf das Schicksal unserer Familie immer geseufzt hatte und warum einmal sogar ein
Schrecken über ihr Gesicht gehuscht war, als ich Paps'
Worte wiederholte, er werde bei einer dritten Begegnung
mit dem Zirkus mehrfach das fünfte Gebot übertreten,
was Gott ihm gewiß verzeihen werde.

«Was wollen wir tun?» raunte ich. «Wenn er erfährt,
daß Sie fahrender Herkunft sind, gibt er mich Ihnen nie!»

«Ja», erwiderte sie, «deshalb bin ich gleich zu dir gelaufen, damit wir gemeinsam einen Ausweg finden.»

«Ich kenne nur einen», sagte ich ratlos, «Ihre Verwandten sollen hingehen, wo sie hergekommen sind. Könnten Sie sie nicht inständig anflehen, unsere Zukunft nicht zu zerstören?»

«Sie??» erwiderte sie zornig. «Die haben nur Interesse an Schnaps, Bier und Braten, dessen Duft sie selbst auf Hunderte Kilometer unfehlbar eine Woche im voraus wittern.»

«Aber wenn sie die Hochzeit schmeißen und Paps sich völlig verhärtet, verlieren sie sowieso das eine wie das andere!»

«Dann», sagte meine Frau mit prophetischem Glanz im Auge, «dann freilich werden sie bestimmt euer Obdach und die Anwesen eurer Verwandten niederbrennen, um die Schmach zu tilgen, die mir und ihrem Stand angetan worden ist. Wir sind ein rauhes Volk, Vilém, und ich weiß selbst nicht, ob ich es fertigbringe, abseits zu bleiben!»

Die Vorstellung, wie das grausame Sippensittengesetz meine Frau zwang, blutenden Herzens unseren Hausrat anzuzünden, war unerträglich. Mein gepeinigter Kopf arbeitete auf Hochtouren.

«Wieviel sind es eigentlich?» wollte ich wissen.

«Zwölf!» antwortete sie mitleidlos.

«Und wenn sie sich nun», überlegte ich laut, «wenn sie sich nun als etwas anderes ausgäben …?»

Meine Frau schüttelte den Kopf.

«Das würde ihr angeborener Stolz nie und nimmer zulassen!»

«Aber wenn», fuhr ich fieberhaft fort, «wenn wir sie als etwas anderes ausgeben würden? Sie brauchten das nicht einmal zu wissen! Denn meine Familie ist so vertrauensselig. Im Gegenteil! Ihre Verwandten werden das wohltuende Gefühl haben, die Trottel seien wir!»

Sie begriff nicht. Doch als ich ihr meinen Plan im einzelnen erläuterte, schrie sie geradezu vor Bewunderung auf, daß es mich fröstelte.

«Vilémek, du bist ein Teufelchen!»

Zur Belohnung nahm sie mich auf ihre göttlichen Arme, trug mich in die Küche und nahm mich in Eile auf demselben Bett, in dem ich geboren wurde und wo ich gerade heute meinen letzten Junggesellentraum hatte träumen sollen. Als dann nach einer Stunde von der Straße unten der Pfiff ihrer Komplizin ertönte, das Zeichen, daß meine Eltern heimkehrten, stand sie auf, strich sich sorgfältig Haar und Rock glatt und sagte zum Abschied:

«Siehst du, nichts ist so furchtbar, wie es im ersten Moment scheint. Ich gehe jetzt, um gebührend Abschied von meiner Freiheit zu nehmen, doch um acht Uhr früh bin ich bei mir zu Hause und warte auf deinen Papa. Wenn du dich deiner Aufgabe entledigt hast, schlafe wohl, Piepmätzchen, und schöpfe Kraft. Schon morgen erwartet uns beide die Hochzeitsnacht, in der ich dir alle meine süßen Geheimnisse enthüllen werde!»

Dann winkte sie mir zu, verschloß mit dem Dietrich die Tür, und ich wartete atemlos darauf, daß sie sich wieder öffnete. Paps und Mutsch kamen völlig zerknirscht heim. Weil die Röntgenstation selbstverständlich längst geschlossen hatte, waren sie von sich aus zur Polizei gegangen, um eine Selbstanzeige zu erstatten. Dort setzte man ihnen lange und vergeblich auseinander, daß sie ohne Zustimmung des Staatsanwalts nicht verhaftet werden könnten. Als sie es dennoch nicht glauben wollten, aus Angst, sie würden dann um so härter bestraft, eskortierten zwei Schutzmänner sie bis zu unserem Haus und entwichen dort ins Dunkel. Doch weder zum Lamentieren noch zum Jammern blieb meinen Eltern Zeit, denn das erste, was sie erblickten, war ich, der im Nachtgewand auf den Fliesen der Diele kniete, die Hände zum Gebet gefaltet und einen frommen Glanz in den Augen. Ich hätte nie geahnt, daß ich mich je hätte so verstellen können. Offenbar hatte die schrankenlose Liebe zu meiner Frau mir die Kraft verliehen, wie eine Wölfin um meine Ehe zu kämpfen.

«Vilémek!» schrie Mutsch entsetzt auf, «Vilémek, was ist dir geschehen??»

«Die Jungfrau war da», erwiderte ich wie in Trance.

Paps war von den vorhergehenden Erlebnissen so erschöpft, daß er ganz mechanisch fragte:

«Und was hat sie hier wollen?»

«Wie redest du da?» mahnte Mutsch ihn erschrocken, doch er war anscheinend reichlich überanstrengt, denn er erwiderte gereizt.

«Herrgott noch mal, man wird zu Hause doch wohl noch fragen dürfen!»

Da richtete Mutsch sich kämpferisch auf und schrie ihn das erste Mal im Leben mit gewaltiger Stimme an.

«Vilibald, versündige dich nicht!»

Paps bekreuzigte sich bußfertig und verstummte.

«Kind ...!» sprach Mutsch liebevoll auf mich ein und kniete zu mir nieder, «sag, hast du wirklich eine Erscheinung gehabt?»

«Ja», antwortete ich schwärmerisch, «ich hatte die Erscheinung, daß sich die heilige Jungfrau zu mir aufs Bett legte, um mir zu verkünden, daß unsere Ehe nur dann gesegnet wird, wenn wir ein Dutzend Arme zu unserer Vermählung einladen.»

Paps fand seine Sprache wieder.

«Ein Dutzend Arme!» jammerte er. «Was hat sie sich nur, um des lieben Herrn Jesu willen, in den Kopf gesetzt?»

«Eben gerade!» donnerte Mutsch weiter. «Hast du etwa schon die Heilige Eucharistie vergessen? Steht Vilé-

mek nicht etwas Ähnliches bevor? Von allein hätten wir
drauf kommen sollen!»

«Aber woher nehmen und nicht stehlen?» fragte Paps
immer noch verzweifelt und wandte sich zu mir um, «darüber hat sie dir nichts gesagt?»

Da war er, der Augenblick, auf den ich ungeduldig gewartet hatte.

«Hat sie nicht, Paps, aber als ich hier verzückt gebetet
habe, fiel mir ein, du solltest dich an meine Gattin um
Hilfe wenden. Sie hat mir in jener Nacht, als sie mich auf
der Straße fand, anvertraut, daß sie nicht selten mit ihren
Genossinnen für wohltätige Zwecke auftritt. Falls jemand
überhaupt an einem einzigen Vormittag ein Dutzend Arme
auftreiben kann, dann nur sie allein!»

«Gelobt sei Gott», half mir Mutsch, «Baldi, gleich morgen früh gehst du mit einer dringlichen Bitte zu ihr, und
sie wird dich bestimmt erhören. Und jetzt wollen wir gemeinsam dem Himmel danken und schlafen gehen, um uns
für den morgigen Tag zu stärken, wenn Vilémek aufhört,
unser Kind zu sein, und wir seine Eltern.»

Am nächsten Morgen empfing meine Frau Paps, wie er
uns nach der Rückkehr erzählte, barfuß und im Morgenrock mit stürmischen Küssen, ihn zugleich tadelnd, daß er
fast nach Torschluß komme. Weil sie nicht aufhörte, ihn
mit Franzi anzureden, stellte er sich förmlich vor. Das er-
freute sie, erzählte er uns, noch mehr, und sie entschuldigte sich, daß sie ihn nicht hereinbitten könne, da bei ihr
im Zimmer gerade eine Ärztekommission tage, die über
ihren Gesundheitszustand befinde. Als ich später fragte,
warum nicht auch ich untersucht worden bin, verriet sie
mir lächelnd, daß sie mit Rücksicht auf Paps nicht die
volle Wahrheit sagen konnte.

«Auf dem Rückweg von dir ist mir gerade die Orchesterhälfte über den Weg gelaufen, von der schon mehr-

mals die Rede war», teilte sie mir vertrauensvoll mit. «Ein unglücklicher Zufall wollte es, daß sie ihre Wohnungsschlüssel verloren hatten und gezwungen gewesen seien, über Nacht auf der Straße herumzuirren. Ich hab ihnen Obdach gewährt, weil ich mir sicher war, daß du nicht anders gehandelt hättest. Übrigens», setzte sie bedeutungsvoll hinzu, «hat die Nacht vor der Hochzeit ihre ungeschriebenen Gesetze, und auch ich werde dich nie und nimmer fragen, wie du sie verbracht hast.»

Als Paps ihr erklärte, mit welcher Bitte er zu ihr käme, umwölkte sich ihre Stirn.

«Das ist allerdings eine überaus schwierige Aufgabe, Bruder in Christo», sagte sie zu ihm. «Sie müssen genausogut wie ich wissen, daß die Armen in unserem sozialistischen Lande teils ihre Lage grundlegend verbessert haben, teils ausgestorben sind.»

«Was soll ich nur tun?» stöhnte mein armer Paps und mußte sich vor Schwäche an den Türrahmen lehnen, denn im Geiste erschien vor ihm das Antlitz von Mutsch, die seit gestern abend sichtlich alle Macht in unserem Heim übernommen hatte.

Da schlug sich meine Frau vor die Stirn.

«Es gibt jedoch eine Lösung, mich wundert, daß sie mir nicht gleich eingefallen ist. Denn trotz der revolutionären Veränderungen, welche die Armut bei uns für immer beseitigt haben, damit sie uns auf unserem Weg vorwärts nicht mehr behindern kann, haben wir auch hierzulande doch noch die Armen im Geiste!»

«Meinen Sie», stierte Paps sie an, als wolle er seinen Ohren nicht trauen, «vielleicht etwa die Depperten?»

«Das ist ein etwas hartes Wort, Bruder Rosol!» ermahnte sie ihn, «glauben Sie wirklich, ich wäre so töricht, waschechte Irre einzuladen, die meine zukünftige Familie gefährden könnten?»

«Nein, das glaube ich nicht …!» wand sich Paps.

«Ich dachte an jene, von denen die Heilige Schrift ausdrücklich sagt, ihrer ist das Himmelreich, und welche die Mehrheit der registrierten Wähler aller zivilisierten Länder ausmachen. Ihre geistige Störung beruht zumeist nur darin, daß sie eine kleine fixe Idee haben, beispielsweise die Wahrheit und die Liebe walten zu lassen oder ein gesundes Rülpsen nach dem Mahl gesetzlich zu verankern, aber sonst sind sie völlig harmlos. Im übrigen handelt es sich bei vielen um eine vorübergehende Indisposition, die mit der Pubertät, mit den Wechseljahren oder mit einer hohen Funktion gänzlich verschwindet. Ich hab mal ein Mädchen gekannt, das hatte sich im zarten Kindesalter in den Kopf gesetzt, sich alle Männer der Welt erotisch zu unterwerfen. Da sie jedoch in der Praxis erkannte, daß dies so gut wie ausgeschlossen ist, beschränkte sie sich auf ein Land und später auf eine Stadt, um schließlich einen braven Jungen zu finden und sich ihn zum Manne zu machen, denn ich habe begriffen, daß das für uns beide das beste ist. Nun denn, was sagen Sie zu meiner Idee, ist sie nicht herrlich? Der Himmel wird zufrieden sein und Ihr Sohn unter der Haube!»

«Ja …» brachte Paps mühsam hervor, der kaum noch jedes fünfte Wort wahrnahm, «aber … aber … aber …»

«Sie stellen mir gewiß die Frage», fuhr meine Frau fort, als sie erkannte, daß er alles gesagt hatte, «ob es möglich ist, solche Leute auch in der kurzen Zeit aufzutreiben, die uns verblieben ist. Ich antworte: Es ist! Ich kenne ein paar ausgesprochene Gutmenschen, ja, stellen Sie sich vor, es ist ihrer zufällig genau ein Dutzend, deren Armut im Geiste sich darin ausdrückt, was gerade unserer Hochzeit den nötigen Pfiff geben könnte. Denn Trauriges werden wir danach mehr als genug erleben! Obendrein kenne ich sie aus meiner Missionstätigkeit persönlich so gut, daß sie ab und zu sogar glauben, sie seien mein Vater, meine Mutter, meine Brüder und was weiß ich noch alles, während ich eine staatlich anerkannte Waise bin. Aber auch das ist nur ein Spiel der armen Teufel, die immer wieder einmal nicht wissen, was sie tun, und auch Sie werden gewiß höchstens lächeln, wenn etwa der eine oder andere Ihnen freundschaftlich auf den Rücken haut und Sie Schwiegerpapa nennt!»

«Ja ... gewiß», pflichtete Paps bei.

«Nun also, dann sind alle Gefahren glücklich gebannt, und Sie kehren in Frieden in den Kreis Ihrer Familie zurück, damit ich die Untersuchung abschließen, mich festlich ankleiden und gemeinsam mit Ihnen dem herrlichen Augenblick entgegensehen kann, da Sie mich Ihre Mutter nennen können!» sagte meine Frau absichtlich, um seinen Sinnenzustand zu überprüfen.

«Ja», versetzte Paps ein drittes Mal, und als er gehorsam die ausgestreckte Hand geküßt hatte und schwerfällig die Treppe hinabstieg, war meine Frau überzeugt, die Hälfte sei geschafft.

Die zweite Hälfte machte ihr nach eigenem Bekunden längst nicht soviel Mühe. Nachdem die Musiker zur Probe gegangen waren – später fand ich im Dämpfer des Helikons ein zusammengerolltes dickes Bündel Männerunterhosen, und meine Frau erinnerte sich, daß ihre Besucher sie vor dem Weggehen dort aus Dankbarkeit deponiert hatten, damit sie dieselben mir als Glücksgabe zur Hochzeit schenken konnte, womit ich mir jetzt törichterweise die Überraschung verdorben hatte –, warf sie sich in Schale und nahm einen Schluck Wacholderschnaps, ungeduldig nach ihrer Familie ausschauend. Als ihre Leute endlich eintrafen und sie mit Küssen und Verwünschungen überhäuften, da sie sie habe übergehen wollen, schenkte sie ihnen aus allen übriggebliebenen angebrochenen Flaschen ein und erzählte von meiner Familie, was ich ihr gestern eingegeben hatte. Ganz im Vertrauen verriet sie, mein ganzes Geschlecht sei tragischerweise von erblicher Schizophrenie befallen, die nur mich verschont habe, so daß meine Eltern und weitere Anverwandte für den heutigen großen Tag nur gegen Revers aus der Anstalt entlassen worden seien. Gewalttätigkeit sei zwar nicht zu befürchten, dafür müsse man damit rechnen, daß sie zuweilen ein wenig anders als gesunde Menschen reagierten. So seien sie zum Beispiel felsenfest überzeugt, daß nur sie völlig normal seien, ja, sie hätten sogar die Neigung, alle anderen für geistig verwirrt zu halten. Meine Frau bat Vater, Mutter, die Schwestern, die Brüder und auch den sogenannten Onkel Alois – von dem die älteren Geschwister behaupteten, er sei der wirkliche Vater der Kinder, zumindest aller jüngeren, was die Mutter weder zugegeben noch bestritten hatte und was nach den Worten meiner Frau der Familie eine gesunde künstlerische Spannung verlieh –, eventuelle Exzentrizitäten meiner Familie einfach zu übergehen und möglichst alles zu vermeiden, was die Krankheit verschlimmern könnte. Zum Schluß übermittelte sie ihnen meine immerwährende unverbrüchliche Dankbarkeit und versprach für uns beide, denn das war ihrer aller Bedingung, ihnen unsere ersten drei Kinder zu überlassen, die sie unbedingt zur Auffüllung ihrer ikarischen Nummer brauchten.

«Keine Angst», fügte sie später hinzu, als sie meinen Schreck sah, «bis wir Kinder kriegen, haben die sich alle längst das Genick gebrochen!»

Als sie die gewünschte Zusicherung erhielt, bestieg sie gutgelaunt deren Fahrzeug, um zuerst einen Blumenladen und danach uns aufzusuchen.

Obwohl ich also höchst eingeweiht und seelisch vorbereitet war, fiel mir doch bei ihrem Anblick das Herz in die Hose. Welch ein Glück, daß keiner aus meiner Familie je einen Zirkus gesehen hat, sagte ich mir, als in unsere Straße ein Trecker einbog, der einen Wohnwagen schleppte, bemalt mit exotischen Blumen, die Hammer und Sichel umrankten, wodurch sich die heutigen klassenbewußten Zirkusleute von den früheren reaktionären unterschieden. Als sie ausstiegen, begriff ich auch ohne Erfahrung, daß sie zwischen zwei Vorstellungen hergekommen waren. Sieben trugen glänzende Trikots in verschiedenen grellen Farben, drei bildeten ein August-Trio. Am auffälligsten waren die Eltern meiner Frau, die sich in Indianerkluft geworfen hatten. Ein paar Rentner, die ihren Lebensabend damit zubrachten, von früh bis Nacht aus dem Fenster zu gucken, applaudierten begeistert. Um das Publikum nicht zu brüskieren, boten die Künstler sogleich eine Kurznummer dar. Die Trikots stellten eine lebendige Pyramide, die Auguste begannen sich in die Hintern zu treten, die Mutter meiner Frau tat, als fliehe sie vor einem lästigen Nachsteller aus einem fremden Stamm, und wurde vom Vater mit dem Lasso eingefangen. Nur meine Frau, die zur Hochzeit den glänzenden gelben Smoking angelegt hatte, den sie sonst ausschließlich zur Kunst trug, behielt ihre würdevolle Haltung bei und ging, den Hochzeitsstrauß aus Seerosen an den Busen drückend, mit dem Zylinder bei den zufälligen Zuschauern herum. Das alles sah dank einer barmherzigen Lenkung des Schicksals nur ich, denn ich war als Bräutigam in der Küche eingeschlossen, um erst dann vorgeführt zu werden, wenn meine Familie seitens einer Urtante, die ein entfernter Vetter in einem geliehenen Feuerwehrauto hergebracht hatte, da in Mähren kein größerer Brand zu erwarten war, meine Künftige gemustert und ihr die Zustimmung erteilt hatte. Es ist nicht schwer zu begreifen, daß mir das Herz bubberte, als die Familie meiner Frau, ihren Auftritt mit einer Serie Saltos beendend, schließlich, zumeist auf Händen, unser Haus betrat und wenig später ein vierfaches Klingeln durch unsere Wohnung hallte. Weiter gab es aber keine Geräusche, die vom Schlimmsten zeugten. Die Gäste wurden unverzüglich in die Gute Stube geführt und ich war zu weiterem Warten verurteilt. Nach einer halben Stunde etwa, die sich aus vielen endlosen Viertelstunden zusammensetzte, rasselte der Schlüssel, und in die Küche trat Mutsch in Begleitung einer Frau, die ich vor Jahren in meiner mährischen Verbannung kennengelernt hatte. Damals hatte man mich geheißen, sie mit Urtante anzureden, doch nach einiger Zeit bekam ich mit, daß sie im Zivilberuf Pfarrköchin war, und reimte mir aus Gesprächsfetzen zusammen, daß sie bei meiner Mutsch dereinst aufopfernd die Stelle der unbekannten Mutter und des noch unbekannteren Vaters vertreten hatte. Beide Frauen hatten jetzt sehr ernsthafte Mienen aufgesetzt und bedeuteten mir mit einem Wink, Platz zu nehmen.

«Aber ich kann nicht ...» widersprach ich schwach, «ich zerknautsche mir sonst das Kostüm!»

Überaus ernste Dinge mußten geschehen sein, denn sie bestanden nicht darauf. Mutsch trat zu mir heran, legte mir die Hände auf die Schultern und sprach mit stockender Stimme.

«Vilémek ... Vilémek, mein Söhnchen, jetzt mußt du sehr, aber wirklich sehr mannhaft sein ...»

Mir fuhr der schaurige Gedanke durch den Kopf, daß meine Hochzeit vereitelt war, und ein Tränenstrom schoß mir aus den Augen. Mutsch zog mich an sich und wischte mir rasch mit dem Rockzipfel das Gesicht ab.

«Was machst du!» ermahnte sie mich, «das darfst du nicht! Was soll deine Braut denn von dir denken?»

Im Nu hörte ich zu weinen auf.

«Also heirate ich sie nun, oder heirate ich sie nicht??» schrie ich ohne Rücksicht und ohne Hemmungen.

Blitzschnell hielt sie mir mit dem Rock den Mund zu. Bald wußte ich, daß sie mich nicht ersticken, sondern nur beruhigen wollte.

«Aber natürlich heiratest du», sagte sie einschmeichelnd, «doch gerade deshalb sage ich dir, du sollst tapfer sein, denn es wird nur noch ganz kurze Zeit vergehen, und ich werde dir nicht mehr zur Seite stehen können, um dich vor aller Art Fährnissen zu bewahren.»

Ich wollte ausrufen, daß mir das überhaupt nichts ausmache, doch der feste Stoff ließ nicht den geringsten Laut durch, und so beherrschte ich mich rechtzeitig wieder. Ich hätte unnötig riskiert, daß auch Mutsch in Tränen ausbrach, obwohl diese sonderbarerweise, seit sie das Szepter von Paps übernahm, keine einzige Träne mehr vergossen hatte. Auch jetzt fuhr sie ganz sachlich fort.

«Vielleicht habe ich dich etwas strenger erzogen als im Lande üblich, dafür aber nicht weniger sorgsam als vorher diese Urtante, die mich eines Morgens mit frisch durchtrennter Nabelschnur in ihrem Bett ausgesetzt gefunden hatte, was für sie und den Herrn Pfarrer ein an ein Wunder grenzendes Rätsel blieb. Dennoch nahm sie mich ohne zu zögern an und pflanzte mir alle denkbaren Tugenden ein in dem Wunsch, daß ich sie einmal weitergebe. Das ist mir, denke ich, gerade bei dir ohne Zweifel restlos gelungen, und so ist es mir in diesem schweren Augenblick der einzige Trost, daß du auf das Leben gehörig vorbereitet bist. Du hast dir eine fromme und tugendhafte Ehefrau ausgesucht, und sei ihr deshalb in allem gehorsam. Bedenke», sprach Mutsch mit Überwindung, «daß sie dir jetzt Mutti und Vati zugleich sein wird, und ehre sie deshalb mehr als dich selbst. Und nun komm», forderte sie mich auf, «und erschrick nicht! Die geistig Armen, die wir eingeladen haben, eingedenk deiner Vision, sehen zwar recht ungewöhnlich aus, verhalten sich aber bis jetzt ganz friedliebend.»

Nach diesen Worten faßten mich Mutsch auf der einen und die Stiefurtante auf der anderen Seite unter, um mich vor das Angesicht meiner Zukünftigen zu führen. Die Quietschtöne, die ich von mir gab, ließen sie innehalten, um mir den Rockknebel abzunehmen. Dabei vergewisserten sie sich noch, ob ich mir auch Hals und Ohren gewaschen hatte, und nach kurzem Zwischenaufenthalt im Bad betrat ich endlich pochenden Herzens die Gute Stube, wo sich mir ein sonderbares Bild darbot. Jede der beiden Familien saß auf einer anderen Seite des überfüllten Zimmers, und beide faßten einander scharf ins Auge. Sobald jemand eine verdächtige Geste machte, zum Beispiel allzu rasch das Taschentuch zog, duckte sich die ganze andere Seite, als sei sie eines Angriffs gewärtig. Offene Feindschaft herrschte zwischen ihnen jedoch nicht. Nur da und dort wiesen die einen mit dem Finger auf die andern und machten sich leise auf verschiedene untrügliche Anzeichen von Geisteskrankheit aufmerksam. Meine Frau saß genau in der Mitte und unterhielt, allen zugleich wie eine Tigerdompteuse in die Augen blickend, beide Sippen mit einer lustigen Geschichte aus ihrer Miliz-Zeit, in der sich ein junger Mann, um der Wehrpflicht zu entgehen, vor den Ärzten als Hund ausgab, selbiges dann aber bitter bereute, weil er als Zugtier für die große Pauke zur Regimentskapelle eingezogen wurde. Jeder der Anwesenden verstand das als versteckte Anspielung auf die gegnerische Seite, und die gute Laune schuf eine Atmosphäre, die nicht zuließ, daß sie übereinander herfielen.

Goldige, goldige Liliane! Wie mich doch beim Verlassen des heimatlichen Hafens der Gedanke befriedigte, nicht einem grausamen Meer auf Gnade oder Ungnade ausgeliefert zu sein. Bei ihrem Anblick empfand ich die gleiche Hoffnung wie ein Schiffbrüchiger, der auf seinem Floß dem Mutterschiff begegnet. Kaum fiel der Blick meiner Frau auf mich, da verstummte sie mitten im Wort und sah mich wie verzaubert an. Das wunderte mich nicht. Mein schneeweißes Hochzeitsgewand war ein Meisterwerk von Frau Ježdíková aus dem ersten Stock, die einst in der Schlange vor dem Fleischerladen Mutsch als einzigem Menschen verraten hatte, daß sie den staatlichen Modebetrieb für die Frauen der in Prag residierenden Botschafter unter Vorschützung eines Infarkts verlassen habe, um zu Hause heimlich für sie schwarz weiternähen zu können. Ihr Mann, Genosse Ježdík, Mitglied des Zentralkomitees der KPdČSSR im Ruhestand, hatte seine Ruhe auf dramatische Weise verloren, als er plötzlich von morgens bis abends von Ausländerinnen in Unterwäsche umringt war, die ihm teure Spirituosen aufnötigten, um durch seine Protektion eine Bevorzugung zu erwirken. Nachdem er, auch aus ideologischen Gründen, Mutschs Weihwasser voll Hohn zurückgewiesen hatte, ging meine Frau mit leeren Händen zu ihm und kam trotzdem binnen kurzem mit der Zusage zurück, ich könne auf meine Sachen gleich warten. Später verriet sie mir schelmisch lächelnd, es habe durchaus genügt, daß sie ihm Vergewaltigung androhte.

Das Ergebnis stellte alle Aufwendungen in den Schatten. Der Rock war in Glockenform ausgeführt, die Hosen waren trichterförmig, die Schultern flaschenähnlich und die Ärmel abstehend, damit das Modell zur Gänze allen Modelinien von der Vergangenheit bis in die Zukunft entsprach. Hätte sie damals so viel gewußt wie heute, meinte meine Frau bewundernd, hätte sie sich nicht vier verschiedene Hochzeitskostüme schneidern lassen. Zunächst hatte Mutsch darauf bestanden, daß ich kurze Hosen trug, doch dank meiner Tränen und des Zutuns des Genossen Ježdík, der im vorübergehenden Zustand der Ernüchterung Angst bekam, der allzu auffällige Schnitt könne die Partei auf seiner Gemahlin illegales Gewerbe aufmerksam machen, billigte man mir wenigstens mehr als die halbe Mittellänge zu. Ich wußte jedoch, daß mir das Kleid stand, schließlich hatte ich die ganze letzte Woche vor dem Spiegel zugebracht, doch erst die Augen meiner Frau zerstreuten den letzten Zweifel. Meine Familie begann bewundernd zu seufzen, die meiner Frau sonderbar zu schnalzen. Es sah aus, als schickten ihre Verwandten sich an, mich zu verschlingen, und deshalb war mein Schreck um so heilloser, als der Vater meiner Frau und der sogenannte Onkel Alois unversehens auf mich losgingen. Ich versuchte, hinter meiner Frau in Deckung zu gehen, doch sie waren flinker. Vor den Augen meiner erstarrten Familie betasteten sie meine Muskeln.

«Ein Bizeps wie Quark!» erklärte mein kommender Schwiegerpapa, während er meine Arme eingehend begutachtete.

«Nämlich der Unterteil auch!» verkündete Onkel Alois, der sich mit meinen Beinparteien befaßte.

Das Ganze glich einer Blitzinventur, bei der das Manko jedoch ganz und gar mein Körper war.

«Im Parterre knackst der weg!» fuhr der August erbarmungslos fort.

«Auch das Lasso kann er unmöglich schwingen!» schloß der Indianer.

Sie betrachteten mich mit unverhohlenem Abscheu, und ich schluckte den Speichel herunter. Ich war mit Sicherheit darauf gefaßt, daß sie meine Frau aufforderten, sich augenblicklich einen Mann zu suchen, der nicht wegknackste und schwingen konnte.

«Scheißegal!» meldete sich unerwartet meine baldige

Schwiegermutsch zu Wort, «dann machen wir ihn eben zum weißen Clown!»

Beide Männer sahen sie mit hündischem Blick an, und als sie zustimmend knurrten, begriff ich, daß ich gewonnen hatte. Zum Glück brachte diese Episode keine störenden Folgen mit sich, denn meine Frau hatte sich unterdessen zu meiner Verwandtschaft umgedreht und mit erklärenden Handbewegungen um freundliche Nachsicht gebeten. Etwas heikler war die Situation, als sie und ich niederknieten, denn ihre Eltern stellten sich sofort neben die meinen, so daß die schlichte mährische Segnung eher zu einer Szene aus dem Wilden Westen geriet. Ins Gebet mischten sie sich aber nicht ein, nur als Paps und Mutsch Amen sagten, fügten sie zweistimmig hinzu:

«Toi, toi, toi, Hals- und Beinbruch!» und traten uns beide sanft in den Hintern.

Dann konnten wir endlich hinausgehen. Durch die spaltbreit geöffneten Türen ihrer Wohnungen beobachteten uns die Urbans, Landsmans, Nováks, Roubíčeks, die Láriš' und die Hausmeistereheleute Říha, und ihren verstörten Blicken war zu entnehmen, daß sie nicht zu erraten vermochten, was sich bei uns wohl abspielte. Da wir mit niemandem zu reden pflegten, waren wir ihnen keine Erklärung schuldig, was mich das erste Mal im Leben ärgerte, weil ich mich meiner Frau nun nicht rühmen konnte. Dafür machten mich ihre Nähe wie das so zahlreiche Geleit dermaßen mutig, daß ich meinen uralten Traum wahrmachen und gleichzeitig den letzten Punkt hinter meine Kindheit zu setzen wagte: Ich streckte endlich dem Hausmeisterpaar die Zunge heraus. Auf der Straße hatte sich inzwischen eine Kinderschar eingefunden, die kleine Münzen in den Händen drehten. Die hatte wiederum die Mutter meiner Frau eingesammelt, wobei sie behauptete, sie werde ihnen dafür ein paar echte Narren zeigen. Meine Familie, die als letzte ins Freie trat, wurde deshalb mit begeistertem Beifall empfangen, der jedoch bald in Gepfeife überging, als der Jugend der Verdacht kam, die Narren zeigten längst nicht ihre ganze Kunst. Ich erlag wiederum der Nervosität, die noch durch die Feststellung Nahrung erhielt, daß Paps es völlig verschwitzt hatte, Autodroschken zu bestellen. Da bis zur Zeremonie nur noch die gleiche Anzahl von Minuten fehlte wie Kilometer zum Trauungssaal und die Feuerspritze vollbesetzt war, blieb meinen Eltern nichts anderes übrig, als den Zirkuswagen zu nehmen. Die Reise erinnerte deshalb an die Fahrt mit einer überfüllten Straßenbahn, die obendrein mit hinderlichen Pritschen versehen ist. Damit wir hineinpaßten, mußten wir uns alle zu zweit darauf niederlegen, so daß das Wageninnere einer Familiengruft glich. Ängstlich den Blumenstrauß schützend, lag ich neben meiner Frau und hielt krampfhaft ihre Hand. Durch den Kopf jagte mir der unfrohe Gedanke, unser gemeinsames Glück hänge immer noch am seidenen Faden.

«Könnten deine Eltern nicht wenigstens die befederten Stirnbänder abnehmen?» fragte ich sie ins Ohr.

«Nein», versetzte sie leise, «ihr persönliches und künstlerisches Leben ist in Sekunden aufgeteilt, deshalb flechten sie sie nur einmal im Jahr ins Haar, und zwar nach der Winterpause.»

Sie ahnte meine Befürchtungen, die auch der rasende Puls verriet, und ermunterte mich.

«Halt aus, Klugscheißerchen. Noch heut wirst du mit mir in der Ehe sein!»

Der Feuerwehrwagen mit der Verwandtschaft aus Mähren raste vor uns mit dröhnendem Martinshorn zum Ziel, im dichten Verkehr auch für uns eine Bresche schlagend.

Mich beruhigte zumindest der Gedanke, daß ich dem

Garagenmeister noch rechtzeitig telefonisch unter dem Siegel grabtiefer Verschwiegenheit unseren geheimen Beschluß angedeutet hatte, Trauung und Hochzeitsmahl zwecks Ausschlusses der Öffentlichkeit in die Betriebsbaude auf der Schneekoppe zu verlegen. Ich konnte mich darauf verlassen, daß in diesem Augenblick mein ganzes Amt in Dienstautos auf dem Weg zum Riesengebirge war, um dort unter dem Vorwand, die Bedingungen der sowjetischen Erbauer der brüderlichen U-Bahn in Alma-Ata zu studieren, den skandalösen Grund für unsere Eile auszukundschaften – höchstwahrscheinlich, daß einer von uns beiden vorzeitig niederkommen würde.

Ins Rathaus ließ man zu meiner Verwunderung die Familie meiner Frau ohne den geringsten Widerstand ein, was sich bald daraus erklärte, daß man kurz vor uns einen čSSR-Meister und eine zweifache DDR-Meisterin im Sporttauchen zusammengegeben hatte, wobei die ganze Hochzeitsgesellschaft in Badeanzügen, Flossen und Schnorcheln angetreten war. Im Vorzimmer wartete schon die ungewöhnlich aufgeregte Kapellmeisterin, welche die Trauzeugin meiner Gattin sein sollte, wogegen meine Eltern diesen Dienst meiner Urtante zugedacht hatten. Das war ein schicksalhafter Fehler, denn kaum hatten wir das Standesamtszimmer betreten und nach mir hatte auch meine Frau ihre Personalien anzugeben begonnen, griff sich die Urtante ans Herz und bat mich röchelnd, sie ins Freie zu bringen. Im Vorraum jedoch war ihre Ohnmacht im Nu verflogen, und sie floh, mich hinter sich herziehend, in den Schoß meiner Familie wie in eine Wagenburg. Ich ahnte, daß etwas passiert war, begriff den Sinn ihrer erregten Worte aber nicht.

«Mammilein, warum heirate ich nicht?» erkundigte ich mich aufgeregt.

«Hast denn eben nicht zugehört?» antwortete sie düster, und ich gewahrte mit Entsetzen in ihrem Gesicht den Ausdruck äußersten Widerstandes, den sie das letzte Mal gezeigt hatte, als sie Tante Eliška sowohl aus unserem Badezimmer als auch aus meinem Leben vertrieb. «Deine Gattin hat uns verheimlicht, daß sie das heilige Sakrament der Ehe nicht zum ersten Mal empfängt!»

«Sie ist schon verheiratet?» schrie ich schmerzerfüllt auf.

«Wäre es an dem», sprach Mutsch frostig, «dann könnten wir ihr ermahnend sagen, sie habe sich einen ungebührlichen Scherz erlaubt, und als Freunde auseinandergehen. Doch sie ist, mein unglücklicher Junge, Gott verzeih mir, sogar geschieden!!»

«Aber dann kann sie mich doch nehmen!» rief ich schon ganz außer mir, «habt ihr denn alle den Verstand verloren??»

Mutsch verpaßte mir zwei Ohrfeigen, wie noch bis vor kurzem Paps, wenn er in größerer Gesellschaft nicht den Gürtel abnehmen wollte, und sprach warnend:

«Du sollst Vater und Mutter ehren, auf daß es dir wohl ergehe in der Familie!»

In der Kanzleitür erschien meine Frau und kam geradewegs auf uns zu, gefolgt von der Schlachtordnung ihrer Verwandten.

«Gibt's irgendwelche Schwierigkeiten?» fragte sie freundlich.

Ich versuchte mich von der Urtante loszureißen, doch deren Hand, gewöhnt, schwere Kirchenglocken in Schwingung zu versetzen, hielt mich wie eine Zange fest. Mutsch stellte sich breitbeinig in Kampfpositur. Sie war zwar einen guten Kopf kleiner als meine Frau, doch die heilige Erbitterung verlieh ihr die Kraft einer Riesin.

«Nein!» erklärte sie unwiderruflich, «und es wird auch darum keine geben, weil er», sie zeigte mit dem Finger direkt auf mich, «mein einziger Sohn ist und ich niemals zulassen werde, daß eine gottlose Buhlerin ihn zum Gatten nimmt!»

Die Familie meiner Frau heulte ob der Beleidigung auf und begann uns gekonnt zu umzingeln. Über dem Haupt des Indianers und Vaters blitzte sein Tomahawk. Nun war ich überzeugt, alles war aus, und hatte nur noch den Wunsch, sie möchten auch meiner nicht schonen. Da hob jedoch meine Frau gebieterisch die Hand, und die trainierten Leiber ihrer Brüder, die bereits zum Sprung ansetzten, erstarrten mitten in der Bewegung.

«Ich habe mich Ihrem Wunsch gefügt», sprach meine Frau ohne Zorn Mutsch und dann auch meine ganze Anverwandtschaft an, «und nur einmal Ihr Heim aufgesucht, damit die Nachbarn nicht den leisesten Vorwand zu dem Verdacht bekämen, Ihr Sohn sei ein leichter Junge. Das hatte jedoch, Gott sei's geklagt, zur Folge, daß ich keine Gelegenheit fand, Ihnen eine Rechnung über mein Leben aufzumachen. Viele Jahre lang war ich ein unschuldiger Backfisch, der an den Fingern und den Zehen abzählte, wieviel Zeit noch verrinnen mußte, bis er ins Kloster eintreten dürfe. Eines Tages dann aber, als ich vom Tisch des Herrn heimging, den Blick von meinen kichernden Altersgefährtinnen abwendend, erblickte ich unwillkürlich zwei Hündchen, die unzüchtige Spiele betrieben. Aus Scham bekam ich die Röteln, und meine selige Familie, die sich gerade vom Winterlager der Heilsarmee auf eine Missionstournee zu den restlichen westlichen Ungläubigen begab, mußte mich meinem Schicksal überlassen. Und genau dazwischen kam es seitens der westlichen Imperialisten zu dem heimtückischen Herunterlassen des Eisernen Vorhangs, während bei uns die Klöster zusammen mit der Ausbeutung abgeschafft wurden.»

Bei diesen Worten sah ich, wie der Indianer-Vater die

Axt sinken ließ und Anstalten machte, sich mit deren stumpfem Ende auf den Kopf zu klopfen, als wollte er sich vergewissern, ob er nicht etwa träume.

«Das Schicksal aber», fuhr meine Frau mit erhobener Stimme fort und warf ihm einen Blick zu, so daß er das Beil noch tiefer sinken ließ und sich damit verlegen den Rücken kratzte, «war mir selbst danach nicht gnädig. Nach meiner Gesundung entschied ich mich für die Musik und trat eine Lehre bei einem älteren Meister der Flöte an, der zu Recht mein Vertrauen weckte, da er bereits ein Vorkriegsparteimitglied war. Schwer ist es, mein Entsetzen zu beschreiben, als ich einige Zeit später einer Musikgenossin schilderte, wie meine Stunden abliefen, und erst von ihr erfuhr, daß das, was ich für Fingerübungen hielt, in Wirklichkeit Geschlechtsverkehr war. Um meine Ehre zu retten, drohte ich dem Lehrer, die Ergebnisse seines Unterrichts bei dem Konzert zur Feier der Großen Oktoberrevolution vorzuführen. Voll Todesangst, Diplom wie Parteibuch zu verlieren und flötenzugehen, drängte er mir seine Hand auf, so daß ich statt einer Braut Christi die Frau eines alten Lustmolches wurde. Wer von Ihnen will mich dafür richten, daß ich mich gleich drei Jahre später von ihm scheiden ließ, um meinen ursprünglichen Traum zu verwirklichen? Ja, um meine Fesseln zu lösen, war ich, auch ohne einen Funken Liebe, ein Zweckverhältnis mit einem jüngeren Meister des Helikons eingegangen, bis ich das Spiel so meisterhaft beherrschte, daß er aus einem Minderwertigkeitsgefühl heraus mit seinem Instrument beschwert in die Moldau sprang.»

Ich merkte, daß sich der Klammergriff meiner Urtante lockerte, und verfolgte mit steigender Anspannung die weiteren Äußerungen meiner Frau.

«Meinem Leidensweg war aber noch kein Ende beschieden. Um mir wenigstens eine kleine Summe zu verdienen, die mir die ersehnte Selbständigkeit bringen könnte, nahm ich eine Stelle als Musikerin bei St. Thomas an. Mir war wohlbekannt, daß diese Bierschwemme zur gleichen Zeit wie die anstoßende Kirche entstanden war, als die Patres Eremiten den Wunsch verspürten, die Pilger nach der Messe in einer nicht minder frommen Umgebung zu erfrischen. Eines Abends befand ich mich in besonders eifriger Gesellschaft, die sich bis zum anbrechenden Tag das ganze Gesangbuch bestellte. Als ich dann beim ersten Hahnenschrei von der Arbeit direkt zur Frühmesse ging, fiel ein Altgesell der benachbarten Brauerei und Träger des Staatsordens für bestes Zehngrädiges, trunken vom Bier und Gelüst, im Park über mich her und schleppte mich von da aufs Rathaus, wo er mich Halbtote gewaltsam zur Frau nahm. Kaum war er nüchtern, entsetzte er sich über seine Tat und reichte noch selbigen Tags die Scheidungsklage aufgrund eines gemeinen Meineids ein, daß alles sich zwar abgespielt habe, wie ich es schilderte, jedoch mit verkehrten Rollen. Wer von Ihnen wird mich dafür anspeien, daß mein angeborener Mädchenstolz mir nicht erlaubte, auch nur eine Stunde in dieser Ehe zu verbleiben, jedoch meine beleidigte Ehre mich zwang, die Scheidung fast zwei Jahre hinauszuzögern?»

Die Urtante ließ meine Hand los und fingerte mit blicklosen Augen an ihrer Tasche herum, ohne ihr das Taschentuch entnehmen zu können. Es krachte trocken, als dem Indianer-Papa das todbringende Instrument aus der Hand fiel. Auch er konnte offenbar nicht ohne Rührung der ihm sicherlich wohlvertrauten Lebensgeschichte seiner Lieblingstochter lauschen. Ich nutzte die Situation und drückte, um meiner Frau wenigstens ein bißchen in ihrem Kampf beizustehen, krampfhaft beide Daumen.

«Und das ist alles», sagte sie in einem Ton, dem zu entnehmen war, daß ihre Rede sich dem Ende zuneigte, «wenn ich die kurze Ehe mit einem gewissen Illusionisten Mario auslasse, der nach nur fünf Monaten sein sozialistisches Vaterland und mich durch schändliche Flucht nach dem kapitalistischen Australien verriet, wo er sich wegen angeblich unüberwindlicher Abneigung von mir scheiden ließ, die in Wirklichkeit ich für ihn empfand, nachdem ich dahinterkam, daß alle seine Zaubereien nichts als Tricks waren. Was Wunder, daß ich nach dieser dritten bitteren Erfahrung das Gelübde ewiger Einsamkeit ablegte, das ich schweren Herzens», meine Frau wies mit großartiger Geste auf mich, «und nur aus Mitleid mit diesem Jungen gebrochen habe, denn ich befürchtete zu Recht, er könne in seiner Unreife auf ein Weib stoßen, das seiner Reinheit nicht wert ist und ihm ein Schicksal bereitet, dem meinen gleich. Nun denn, wer von Ihnen ist so sehr ohne Schuld, daß er deswegen auch nur einen kleinen Stein auf mich werfen könnte??»

Lastendes Schweigen machte sich im Saale breit, und da rief meine Frau, offenbar um ihren Worten noch größeres Gewicht zu verleihen, mit fester Stimme.

«Möge im übrigen der Himmel selbst unseren Zwist entscheiden und eine klare Antwort geben, ob Ihr Sohn meiner würdig ist!»

Ich erbebte angesichts dieser Vermessenheit, die an Gotteslästerung grenzte, als durch den Raum eine gedämpfte, aber klare, sehr tiefe Stimme hallte, die keinem der hier anwesenden Menschenmünder entstammen konnte, welche überdies ausnahmslos in tiefer Anteilnahme zusammengepreßt waren.

«Er ist es!»

Das entschied. Zu meiner maßlosen Freude war ich Zeuge, wie Paps aufschluchzte und Mutsch sich auf die Knie warf, um Vergebung zu erflehen. Meine Feuerwehrverwandtschaft, von der Urtante angeführt, bildete eine Reihe und begann vor meine Frau hinzutreten, um ihr stumm, keines Wortes mächtig, die Hand zu drücken. Die künftigen Schwäger lockerten die angespannten Muskeln, und ihr befiederter Vater bückte sich, um sein Werkzeug wieder ins Futteral zu stecken. Unwillkürlich bemerkte ich, daß die Beinaheschwägerinnen in ihren Trikots aus unbekannter Ursache den sogenannten Onkel Alois abküßten, während mein Herz sich in wildem Mitleid verkrampfte.

Heilige, heilige Liliane! Wie sehr habe ich mir in diesem Augenblick geschworen, sollte ich je ihr Gemahl werden dürfen, ihr mit meiner Liebe hundertfach all diese furchtbaren Enttäuschungen zu ersetzen. Ich nutzte das allgemeine Durcheinander, schlängelte mich zu ihr durch und hängte mich bei ihr ein. Wie eine Zecke hielt ich mich an ihrem Arm fest, obwohl alle auf mich einredeten, daß doch nur eine Mammi mich zu der Zeremonie zu führen habe. Ich wies es selbst dann zurück, als man mir meine Lieblingspralinen versprach.

«Nein!» rief ich furchtlos, «allein der Tod wird mich von meiner Frau scheiden!»

Als sie erkannten, daß ich nicht nachgeben würde, auch wenn sie mir die Knochen brächen, willigten sie ein. Ich klammerte mich also am Strauß und an meiner Frau fest, und so betraten wir, ohne weitere Hindernisse, mein Traumzimmer – das Trauzimmer. Dort erwartete uns die erste nette Überraschung, als die Kapellmeisterin den Orgelspieler beiseite schob, ans Fenster trat, es öffnete, den Takt angab und von der Straße die schmetternden Töne der Damenkapelle emporschollen, ein Lied, das meine Frau vorgeschlagen und meine Eltern wegen seines vielversprechenden Titels ‹Wenn die Heiligen einmarschieren› gutgeheißen hatten. Ich richtete meinen feuchten

Blick auf meine Frau, um sie noch ein letztes Mal im unvermählten Zustand zu erblicken. Durch ihr aufmunterndes Lächeln ermutigt, flüsterte ich:

«Ihr Geständnis, meine Künftigste, hat mir erneut gezeigt, daß es in der Musik wie im Leben keine Lage gibt, die Ihnen verborgen geblieben ist. Doch mich durchlief ein Schauer, als Sie den Himmel selbst als Richter anriefen. Bis zu unserem Hinscheiden müssen wir ihm dankbar sein, daß er gesprochen und damit auch die Meinen überzeugt hat, wie unlösbar wir füreinander bestimmt sind.»

«Ihm und Onkel Alois», raunte sie schelmisch, «der erneut bestätigt hat, was für ein toller Bauchredner er ist.»

Mir blieb keine Zeit zum Staunen, denn wir erreichten soeben den erhöhten Tisch, und vor uns teilte sich eine Portiere, einen dürren Mann freigebend, um dessen Hals eine schwere Kette hing. Ich stieß einen schwachen Schrei aus, da ich annahm, es sei vielleicht einer der Gatten meiner Frau, der von unserer Verbindung erfahren hatte und sie mir im letzten Augenblick entreißen wollte. Er würdigte uns jedoch keines Blickes und schien hier nur auf jemanden zu warten. In Kürze traf auch schon die Beamtin ein, die vorher unsere Angaben notiert hatte. Sie verbeugte sich vor ihm und verkündete:

«Genosse Abgeordneter, die hier anwesenden Verlobten, Genossin Liliane Jámová und Genosse Vilém Rosol kennen ihre bewegte Vergangenheit und erblicken darin trotzdem kein Hindernis, das einen Ehebund ausschließen müßte.»

Ich beruhigte mich. Erst jetzt begann ich allgemach zu glauben, daß uns nichts mehr vom Ziel trennte.

«Die Genossen Verlobten sind übereingekommen», setzte die Beamtin noch hinzu, «den gemeinsamen Namen Rosol zu tragen.»

Freudig stimmte ich zu, als gleich neben mir eine schneidende Stimme erklang.

«Moment mal!»

Mir stockte wiederum das Herz. Doch zum Glück war es nur meine Frau.

«Das haben wir in dem Trubel zu besprechen vergessen», erklärte sie, «mein Gemahl wird selbstverständlich Jáma heißen.»

Meine Verwandten begannen abermals zu murren. Meine Frau drehte sich jedoch um, stemmte die Arme in die Seiten und sagte unnachgiebig:

«Reicht es Ihnen nicht, daß ich schon viermal anders geheißen habe?? Soll doch einmal einer so heißen wie ich!!»

Ich spürte den Augenblick gekommen, da ich ihr öffentlich meine Verbundenheit bekunden konnte. Ich trat neben sie, stemmte nach ihrem Beispiel die Hände in die Hüften, und ihre Kraft schien sich auf mich zu übertragen.

«Vilém Rosol», erklärte ich mit fester Stimme, «hieß das Kind, das heute sterben muß, damit ein Mann geboren werden kann. Ich will ab jetzt heißen wie meine Frau: Liliane Jámová!»

Dem Gejammer und Geschrei meiner Familie hätte ich mit Leichtigkeit standgehalten, hätte meine Frau nicht eingegriffen. Erst auf ihr Zureden hin willigte ich widerstrebend ein, nach der Namensform für Männer Vilém Jáma zu heißen, was meine Familie mit sichtlicher Erleichterung aufnahm, die meiner Frau mit Bravo- und Dacapo-Rufen. Inzwischen hatte der Beamte sich besonnen und die abgegriffenen Aktendeckel aufgeschlagen, in denen seine Rede lag.

«Werte Genossen», krächzte er müde, doch mir war, als setze er zu einer Arie an, «Genossin Verlobte, Genosse Verlobter, Genossen Eltern, Verwandte, Freunde, Be-

kannte und Genossen, ihr erscheint heute aus eurem frei-
esten Entschluß, um hier die sozialistische Verpflichtung
abzugeben, daß ihr in das Kollektiv der Ehe eintretet.
Dieses kann jedoch nur dann ein fortschrittliches sein,
wenn es von gegenseitiger Hochachtung für unsere Kommunistische Partei wie auch von beiderseitiger Liebe zur
Sowjetunion erfüllt ist, und zwar für alle Ewigkeit und
niemals anders. Unsere siegreiche revolutionäre Gesellschaft», fuhr er matt fort, doch ich hätte geschworen, das
sei eine Arie aus ‹Schwanensee›, «hat die Felsblöcke der
reaktionären Barrieren und Vorurteile zertrümmert, welche unsere heiratswilligen Genossinnen zwangen, freiwillig zur Ware zu werden, nicht der Stimme des pflichtbe-
wußten Herzens folgend sich zu verehelichen, sondern
nach dem Diktat der rückschrittlichen Kirchen oder Klas-
sen, kurz, nach dem unmenschlichen imperialistischen
Gesetz von Angebot und Nachfrage. Deshalb wird in eurer Ehe einer dem anderen weder in privaten Dingen noch
in Besitzangelegenheiten übergeordnet, sondern ihr wer-
det euch gegenseitig Genossen sein!»

Für einen Moment löste er den Blick von dem Papier
und schaute mich an, als wollte er unterstreichen, an wen
diese mahnenden Worte vor allem gerichtet waren. Als er
in meinen Augen ergebene Zustimmung las, kehrte er zufrieden zu seinem Part zurück.

«In diesem feierlichen Augenblick sagt innigen Dank
der Partei, der Regierung, dem werktätigen Volk unseres
glücklichen Vaterlandes und euren verdient ruhenden Eltern, die euch mit Liebe erzogen und bis zu diesem feierlichen Augenblick durch den sich ständig verschärfenden
Klassenkampf heil hindurchgeführt haben!»

Hinter uns ertönte Paps' Schluchzen. Ich drehte mich
um, um dieser Aufforderung zu willfahren, doch meine
Frau zischte streng:

«Erst nachher, Vilém!»

«Ihrem Beispiel folgend, sollt ihr eingedenk sein», schallte es durch den Raum, «daß die freudigste Pflicht der Familie die Sorge um das Kind und um seine Erziehung ist, denn nur die Familie, die Kinder hat, kann das Wertvollste erwarten, nämlich Enkel, welche eines fernen Morgens auch an unser Statt den aufgehenden Stern des Kommunismus begrüßen werden.»

Erneut sah er mich an und ließ von nun an den Blick nicht mehr von mir. Auch ohne Erklärung hätte ich begriffen, daß der Höhepunkt der Trauungszeremonie heranrückte, jener Augenblick, auf den ich all die fünfundzwanzig Jahre so sehnsüchtig gewartet hatte, jene Sekunde, in der ich das wichtigste aller Worte sprechen werde, die je über meine Lippen gegangen sind, die tausendmal gewichtigere Antwort als alle, die ich den Eltern, den Lehrern, den Predigern, den Kommandeuren, den Ämtern und meinem Chef je gegeben hatte. Ich schärfte alle meine Sinne und holte tief Luft, um danach nicht einen Bruchteil an Zeit mehr zu verlieren. Ich war fest entschlossen, selbst in dieser letzten Prüfung auf das ehrenhafteste zu bestehen.

«Und jetzt frage ich dich», intonierte der Abgeordnete, «Genosse Bräutigam Vilém Rosol, ob du aus freien Stücken die Ehe mit der hier anwesenden Genossin Braut Liliane Jámová eingehen willst.»

«Jawohl!» antwortete mit laut hallender Stimme meine Frau.

Er war ein wenig verwirrt, doch als er auf meinem Gesicht las, daß sie mir aus der Seele sprach, hatte er keine weiteren Fragen mehr.

So wurde meine Frau endlich meine Gattin.

II

Vom Altar zur Wiege

I

Mein Leben verlief seit einem bestimmten Zeit-punkt so nichtalltäglich und aufregend, daß mein Lebenslauf ein paar weiteren Personen Raum geboten hätte, erst recht mir selbst. Will ich es dennoch schil-dern, dann nur um obige Behauptung zu belegen. Obwohl zwischen der wonnetrunkenen Stunde meiner Hochzeit und diesen bitteren Augenblicken, da ich mich dir, mein Tagebuch, wieder zuwenden möchte, eigentlich nur kur-ze Zeit vergangen ist, hat sich meine Lebenswelt bis zur Unkenntlichkeit gewandelt. Das Bemerkenswerteste dar-an ist, daß sich vor allem meine Gattin gewandelt hat.

Hinzu kam noch der höchst unnötige Abgang meiner Eltern, zu dem die unverhoffte Umwandlung der allge-meinen Verhältnisse entscheidend beigetragen hat. Alles fing einigermaßen harmlos an. An einem Novembertag des Jahres 1989 tat man unserer gesamten Bevölkerung über die Massenmedien kund, daß die Kommunistische Partei hierorts ihre historische Aufgabe erfüllt habe und in den verdienten Ruhestand trete. Dieser Schicksalstag hielt auch für mich eine unheilvolle Wendung bereit, nämlich als meine Gattin mich mit dieser Nachricht zu den Eltern schickte, obzwar wir erst Mittwoch hatten.

Des Verständnisses wegen ist zu ergänzen, daß meine Gattin mich anfangs überhaupt nicht zu den Eltern gehen ließ.

«Du mußt dich auf eigene Füße stellen, Herzlieb!» er-läuterte sie ihr Verbot, und ich getraute mich damals gar nicht zu fragen, wie ich das wohl schaffen sollte, da gera-de sie mich doch kaum aus dem Bett herausließ.

Eines Tages dann führte sie mich unvermutet selbst in mein altes Vaterhaus, wo eine der größten Überraschungen meiner harrte: In der elterlichen Wohnung gab es meine Eltern nicht mehr! Statt der in Schönschrift gemalten Namen VILIBALD & VILMA ROSOL stand in gestanzten Druckbuchstaben auf dem kupfernen Schildchen LILIANE UND VILÉM JÁMOVÁ. Die ungewohnt weißen Wände und die unbekannten Möbel modernen Stils verschafften mir ein Gefühl, als sei eine fremde Wohnung von irgendwoher hier eingezogen.

«Klapp deine Futterluke zu, Herzblatt!» sagte meine Gattin, über meine Verblüffung lachend, und als sie mich das erste Mal lustvoll zwischen diesen Wänden entkleidete, die meiner Kindheit stumme Zeugen waren, schilderte sie mir farbenreich die Schwierigkeiten, die ihr eben meine Eltern bereitet hatten, bis sie dieselben überzeugte, daß ihre eigene beengte Garçonnière, die sie sich dazu noch nur geliehen hatte – von einem Kapitän der Hochseeflotte, der soeben aus Kadergründen zur Strafe auf eine Moldaufähre versetzt wurde, so daß wir auf seiner Couch unmöglich zu dritt logieren könnten –, meiner gesunden Entwicklung keineswegs förderlich sein könne, sondern einzig und allein die Wohnung, an die ich von Kind an gewöhnt sei. Angeblich hätten sie eine Zeitlang noch mit aller Gewalt versucht, wenigstens in dem Kabuff zu bleiben, welches einst als Kammer für das Dienstmädchen gedacht war, das wir aber niemals hatten, damit es mich später nicht verderbe. Doch meine Gattin blieb unerbittlich dabei, sie könne für die Ehe mit mir nicht garantieren, solange sie meine weitere Reife nicht mit eigener Hand lenke.

«Als sie immer noch Sperenzchen machten», erzählte sie fröhlich, mich über die Bettstatt, von ihr stolz Flugplatz genannt, legend und sich mit leidenschaftlich gerafftem Rock über mich kniend, «da habe ich ihnen zwei bekannte Polizisten auf den Hals geschickt, die ich mal in einer Winternacht zusammengekauert und steifgefroren unter der Karlsbrücke aufgelesen habe, weshalb ich sie bis zum nächsten Morgen bei mir in der Badewanne auftauen mußte. Guter Zweck heiligt die Mittel, also machten sie deinen Altchen weis, gegen sie liege eine Anzeige wegen des Verdachts langjährigen unsittlichen Umgangs mit eigenem Sproß vor, dem sie angeblich nun auch die Ausübung seiner Ehe vereiteln wollten. Selten, so erzählten mir meine Bekannten, hätten sie sich so amüsiert, als deine Eltern ihnen auf den Knien bis zur Tür nachrutschten und dabei ausriefen, das ganze vierte Stockwerk solle unter ihnen einstürzen, falls sie lögen.»

Immer wenn sie sich eine Zigarette ansteckte, um mich unter sich etwas Luft schnappen zu lassen – «wir müssen ein bißchen nachholen, was du hier mit Nichtstun verbummelt hast, Pimmelchen!» sagte sie immer und immer wieder lachend –, schilderte sie mir in Fortsetzungen, wie meine Eltern darauf ganz bereitwillig und schnell ins Altersheim zogen, obwohl man dort vorerst nur eine Notunterkunft für sie fand, und wie sie außerdem auch noch einsahen, daß sie mir von ihrer Rente eine ausreichende Mitgift zur Einrichtung des jungen Haushalts beisteuern könnten.

Ich gestehe, es erregte mich, die alten, seit einem halben Jahrhundert zum ersten Mal getünchten Wände zu sehen, ohne jene schreckliche Angst, gleich auf Erbsen zu knien oder gar die Hosen herunterlassen zu müssen, um eine vielleicht gerechte, doch auf jeden Fall strenge Strafe zu erhalten. Ja, in den ersten Tagen empfand ich noch keine Freude wie dann später, es genügte, daß mir beim Geschirrspülen ein Kaffeelöffelchen etwas geräuschvoller ins Becken klirrte, schon zog ich den Hals in den Kragen ein, um die Ohrfeige abzumildern. Es währte geraume Zeit, bis ich mich daran gewöhnt hatte, nicht mehr geprügelt zu werden; meine Gattin pflegte mir nur warnend in die Backen zu kneifen oder aber gelegentlich auch in tiefere Regionen, und nur manchmal, wenn ich etwas verschüttet oder zerschlagen hatte, schalt sie mich eher aufmunternd.

«Aber, aber, du mein Tapschen, dein Glück, daß du wenigstens so einen tüchtigen Piephahn hast!»

Selbstverständlich tat mir das wohl, ebenso wohl wie der Entschluß meiner Gattin, mich fortan nicht mehr ins Büro zu lassen.

«Du bleibst mir hübsch zu Hause, Poussierstengelchen, eure Dirnen dort würden dich mir aus Neid bestimmt in Stücke ficken, außerdem haben deine Eltern versprochen, auch weiterhin für deinen Unterhalt aufzukommen, damit du als Mann nicht von deiner Gattin abhängig bist.»

Mein Leben nahm bald eine feste Ordnung an, was mich noch mehr in der wachsenden Gewißheit bestätigte, den elterlichen Fesseln auf immer entronnen zu sein, die mich, wie meine Gattin wiederholt sagte, nicht zu Atem hatten kommen lassen, und von nun an gehörte ich ganz ihr, die selbst bei ihren hemmungslosesten Umarmungen sorgsam achtgab, daß ich nicht erstickte.

Zwar begann der Tag für mich recht ungewohnt schon gegen vier Uhr in der Früh, wenn meine Gattin von ihrer aufreibenden künstlerischen Tätigkeit heimkam, endete dafür aber schon abends um acht, wenn sie regelmäßig zur Arbeit ging. Hatte ich ihr das schwere Instrument zur Straßenbahn oder Metro getragen, von wo sie mich aber jedes Mal heimscheuchte – «ich dulde es nicht, daß die Leute denken, ich hätte dich bloß als Packesel geheiratet, du mein Brieselchen, lauf lieber nach Haus und schlaf dich fein aus, damit ich morgen früh daheim ein munteres Fickerchen vorfinde!» –, doch ich schlief wie auf Dornen, um nicht das Geräusch ihrer Schlüssel zu verpassen. Nachdem sie Liebe mit mir gemacht und gefrühstückt hatte, legte sie sich nieder und schlief bis mittags um eins, dann machte sie Liebe mit mir und aß zu Mittag, wonach sie im Bett mit vielen Bekannten telefonierte und immer wieder in ihrem Lieblingsbuch ‹Die Erinnerungen der Henkersfamilie Mydlář› las, und wenn sie dann Liebe mit mir gemacht und zu Abend gegessen hatte, war mein fruchtbarer Tag zu Ende.

Zwischen unseren Mahlzeiten und Schäferhalbstündchen erledigte ich mancherlei nützliche Arbeiten und konnte dabei, wenn auch eher heimlich, damit meine Gattin nicht eifersüchtig würde, dankbar an Mutsch denken, die mir außer der Zubereitung höchst bekömmlicher Speisen auch das Abwaschen beigebracht hatte, das Saubermachen, das Bohnern, das Schrubben, das Scheuern, das Wäschewaschen, das Trocknen, das Bügeln, das Stricken, das Häkeln, das Stopfen, das Nähen und sogar auch das Sticken, möglicherweise nicht ganz vollkommen, für unseren bescheidenen Haushalt aber völlig ausreichend.

Am wenigsten von all dem sagte ihr freilich meine Kocherei zu, obwohl Mutschs Rezeptbuch überwiegend aus nahrhaften Breien bestand, die durch reiche Auswahl und erlesenen Geschmack bestachen. Doch mochte meine Gattin noch vom Grießbrei restlos begeistert sein, der Buchweizenbrei schmeckte ihr gerade noch so, vom Hirsebrei kostete sie ein wenig, doch schon im Grützbrei stocherte sie nur herum, und den Mehlbrei kippte sie gleich ins Klo.

«Schließen wir einen Ehevertrag, einverstanden, mein Breichen? Du wirst es mir so hübsch besorgen wie immer, und ich besorge uns was zum Schnabulieren für die Mikrowelle!»

Seitdem aßen wir zumeist Schweinskopf und Ochsenschwanz.

So gingen unsere Flitterwochen geradezu wie im Märchen dahin, bis meine Gattin eines frühen Morgens nicht nach Hause kam. Sie hatte mich von Anfang an regelmäßig vorgewarnt, dieser Fall könne eintreten, zum Beispiel dann, wenn eine angeheiterte Gesellschaft auf ein Moldauschiff umstieg, von dem es für die Kapelle außer Schwimmen kein Entrinnen gab. Wiederholt wies sie mich an, bei solchen Gelegenheiten kühlen Kopf zu bewahren und nie und nimmer die Polizei zu rufen. Ich verließ jetzt also zumindest nicht das Haus, um ihre Heimkunft nicht zu versäumen, und war schließlich am Rande meiner seelischen und körperlichen Kräfte, als sie sich zwar zur gewohnten Zeit, doch erst drei Tage später einstellte. Auch sie wirkte mitgenommen.

«Nein, überfallen hat mich keiner», versicherte sie mir, «falls du womöglich an einen Übeltäter denkst, doch überfiel mich dagegen ein schwerwiegender Gedanke, welcher der Anlaß dafür war, daß ich das Lokal auch tagsüber nicht verließ, um in seiner Abgeschlossenheit über eine Frage nachzugrübeln, die ich dir hiermit bereits gelöst stellen kann: Wäre es nicht längst an der Zeit, Vilém, daß du wieder mal deine teuren Eltern besuchst?»

Fast wäre ich mit einem begeisterten Ja herausgeplatzt, besann mich aber rechtzeitig, da mir ihre ernsten Worte eine andere Frage aufdrängten: Wenn sie mich jetzt nur auf die Probe stellt, um sich der unverbrüchlichen Festigkeit meiner Liebe zu ihr zu vergewissern, so wie damals mein Paps, als er mich fragte, ob ich sie heiraten wolle? Deshalb bezwang ich mich, ein bestürztes, ja geradezu beleidigtes und ungewöhnlich abweisendes Gesicht zu machen, denn ich hatte meiner Gattin bisher noch nie etwas abgeschlagen.

«Ich weiß nicht», hob ich ausweichend an, «ja, gewiß hätten sie den Wunsch, wie all die früheren Jahre von mir zu hören, daß sie mir nach dem Herrgott das Liebste auf der Welt sind, doch vermag ich ihnen nicht zu verschweigen, daß jetzt Sie die allerhöchste Sprosse erklommen haben ...»

Gleich nach der Trauung hatte ich meine Gattin aus lauter Liebe wieder zu siezen begonnen, und zu meiner Freude hat sie mich deswegen nie gescholten.

«Das ist schön», versetzte sie, «ja, das ist wohl richtig, auch wenn du vielleicht ein bißchen übertreibst, doch jedenfalls war Er es, der da gebot: Du sollst deinen Vater und deine Mutter ehren! Nein, ich kann mein Gewissen nicht länger damit belasten, daß sich zwei alte Leute meinem Glück zuliebe womöglich kurz vor ihrer Einäscherung dem Gram hingeben. Kurz und gut: Am Samstag wirst du sie besuchen und bis Montag ehren!»

Es war das erste Mal seit unserer Vermählung, daß ich nicht wenigstens das restliche Stückchen Nacht mit ihr verbringen durfte, obwohl mir sehr wohl bekannt war, daß sie gerade an diesem Samstag und Sonntag erstmals nicht spielte, da die Kapellmeisterin Kätzchen kriegte, die sie noch blind ersäufen wollte, so daß ich mit meiner Gattin endlich einmal von der Dämmerung bis hinein ins Morgengrauen hätte ausschlafen können. Als ich diesen Einwand erhob, pflichtete sie mir voll und ganz bei.

«Ja, du mein Murmeltier, auch ich hatte mich geradezu unaussprechlich darauf gefreut, doch mein Schuldgefühl, du hättest deine geliebten Eltern aus Liebe zu mir so lange vernachlässigt, zwingt mich, die eigene Lust namens eurer höheren hintanzustellen. Deshalb wird getan, wie ich gesagt habe, und damit basta!»

Mir klopfte das Herz, als ich am Samstag vor dem in der Vorstadt gelegenen Altersheim, das in einem aufgelösten Kloster untergebracht war, aus der Straßenbahn stieg, obwohl meine Gattin vorausblickend alles Nötige veranlaßt hatte. Als sie erfuhr, daß die Heimordnung Personen im Nichtrentenalter die Übernachtung untersagte, rief sie den Verwalter an, wieder einmal mit jener Stimme, die von ihrem Instrument kaum zu unterscheiden war, hier spreche die Staatssicherheit, die zu seinen Heimhäuslern Rosol einen jungen Agenten schicke, der durch einen günstigen Zufall der Sohn derselben sei und im Laufe der Zeit verdeckt ermitteln werde, ob sie das gesuchte Haupt einer Sekte seien, die nicht nur den Marxismus, sondern sogar den Engelsismus in Zweifel ziehe.

«Irgendwelche Fragen?» wollte sie wissen, und als der Mann am anderen Ende vor Entsetzen nur verneinend stotterte, fügte sie hinzu: «Sie garantieren für die absolute Geheimhaltung der Aktion mit Ihrem Parteiausweis!»

«Aber ich, Genosse, bin parteilos ...»

«Dann werden Sie zur Strafe aufgenommen!» sagte sie erbarmungslos und legte auf.

Meine Eltern empfingen mich, als hätte man sie gewarnt, doch bald erkannte ich, daß es mein Erscheinen allein war, das der Verwalter ihnen aus Gründen der Geheimhaltung gleichfalls verschwiegen hatte, was sie erzittern ließ. Nach und nach gewannen sie wieder Farbe, und als ich einen Moment mit Paps' Meinung über die Wetterentwicklung nicht völlig im Einklang war, wollte er sich fast schon den Gürtel abschnallen, bis seine zittrigen Hände sich rechtzeitig besannen, daß jetzt nur noch meine Gattin mich strafen durfte.

Der restliche Samstag verging unter Dankgebeten. Erneute Verunsicherung erfaßte sie, als sie mich gegen Abend fragten, um wieviel Uhr ich immer zu Hause sein müsse, und vernahmen, daß ich bis Montag bei ihnen bliebe. Vielleicht war es die Erinnerung an jenes von meiner Gattin aufgetaute Polizistenpaar, die ihre rasche und lebhafte Zustimmung bewirkte. Nach langer Zeit schlief ich also wieder zwischen ihnen, verspürte jedoch nichts von der einstigen Behaglichkeit. Ich bemerkte, daß sie beide vor Aufregung kein Auge zutaten, und auch ich mußte mich des Schlafs erwehren, um sie nicht etwa aus Gewohnheit so zu berühren wie meine Gattin.

Am Sonntag früh, gerade als meine Eltern sich den Kopf zerbrachen, womit sie mich bewirten sollten, da sie am Tag des HERRN nur Weihwasser mit Hostien zu sich nahmen, ertönte ein Klopfen. Ins Zimmerchen, wo sich ihr gesamtes altes Mobiliar bis zur Decke stapelte, so daß es hier ziemlich eng war, schob der Verwalter des Heims ein Servierwägelchen mit einem opulenten Frühstück herein. Mit der Behauptung, er habe die sozialistische Selbstverpflichtung übernommen, eine konkrete Familie höchstpersönlich rentnerisch zu versorgen, und habe gerade meine Eltern blind aus dem Hut gezogen, machte er mir unauffällig vielsagende Zeichen.

Der Tag verlief sodann in den alten schönen Gleisen, wobei auf das Lesen biblischer Geschichten fromme Lieder folgten, und ich hätte mich vor Seligkeit gewiß nicht fassen können, wären mir nicht immer zudringlicher Gedanken an meine Gattin gekommen, die für all das mit ihrer Einsamkeit bezahlte. In der Abenddämmerung hielt es mich nicht mehr, ich verabschiedete mich mit Küssen von meinen Eltern wie vom Verwalter, der immerfort seine Dienste anbot, und ein knappes Stündchen später steckte ich schon am entgegengesetzten Ende der Stadt den Schlüssel in die Tür, an der jetzt stolz auch mein Name prangte.

Doch der Schlüssel ließ sich nicht herumdrehen. Ich begriff, daß im Schloß drinnen ihr Schlüssel steckte, und sogleich packte mich eine noch nie empfundene Angst, die

145

so lange Trennung habe sie zu einer Verzweiflungstat getrieben.

So begann ich an die Tür zu hämmern.

Da meine Muskeln nicht besonders entwickelt waren, war der Hall der Schläge nicht von jener Dringlichkeit, die mich innerlich regelrecht überkochen ließ, worauf ich mich entschloß, wenigstens diesmal zur Polizei zu laufen, um die Tür aufbrechen zu lassen. Im letzten Augenblick fiel mir jedoch noch ein, die Türglocke zu betätigen.

Das Klingeln hatte mehr Erfolg als Hämmern. Eilig näherten sich Schritte, und eine tiefe Männerstimme meldete sich.

«Wer ist da?» fragte sie heiser.

Mein nunmehriger Verdacht war noch furchtbarer als der erste. Irgendwer hat meine Gattin überfallen und hält sie jetzt als Geisel fest! Die Angst um sie verlieh mir einen Mut, von dem ich bisher noch keine Ahnung hatte.

«Öffnen Sie auf der Stelle!» schrie ich, wobei meine Stimme fast schon ins Fisteln umschlug, «oder ich lasse die Tür polizeilich aufbrechen!»

«Das versuchen Sie nur!» ließ sich unerwartet meine Gattin hinter der Tür vernehmen, die gleich darauf aufflog.

Nun stand uns beiden vor Verwunderung der Mund offen. Neben ihr war kein Mann, dafür spähte sie lauernd zur Ecke des Treppenhauses.

«Wo ist sie??» fragte sie kämpferisch.

Sie trug meine Küchenschürze und in der Hand ein großes Sieb voller dampfender Spaghetti, aus denen noch das Wasser auf den Fußboden tropfte.

«Wer ...?» fragte ich begriffsstutzig.

«Hat dich also diese Schlampe hergeschleppt?» zischte sie wild, «und du spielst für sie hier noch den Rammbock? Ausgerechnet du, du Krepierling, der ohne mich nie zum Vögeln kommen würde? Na, dann her mit euch beiden, damit wir euch beide zugleich in den Arsch treten können!»

Sie richtete das tropfende Sieb drohend gegen den Treppenschacht, und mir ging plötzlich ein Licht auf. Nachdrücklich umfaßte ich ihre ausgestreckte Hand.

«Nein, nein, Liliane, Mammi ist nicht da, nur ich, mein Pionierehrenwort, ich wollte Sie nicht länger allein lassen!»

Ihr Gesicht loderte immer noch in gerechtem Zorn, doch schon setzte sich ihre vertraute ehefrauliche Miene wieder durch.

«Dann warst du es also bloß, der hier wie ein Weib gekreischt hat?»

«Ich hatte Angst, jemand hätte Sie überfallen ...»

«Haha!» lachte sie wieder in heiserem Baß, kehrte aber sogleich in die normale Stimmlage zurück, «da is also mein Tleinchen mich letten detommen, mein Tleinchen wollte hiel die Tül puttmachen ...!»

Dann wurde sie jedoch sehr streng.

«Für Unfug bist du immer leicht zu haben, dafür hast du nicht einen Funken Gewissen! Warum hast du deine armen Eltern im Stich gelassen, wo ich dir ausdrücklich erlaubt habe, bis morgen bei ihnen zu bleiben? Machst du dir denn nicht klar, wie schwer sie an der fremden Umgebung tragen, in die du sie getrieben hast, um dich deinen Ausschweifungen hingeben zu können? Nun denn, einer muß dieses Gewissen haben, dann eben ich: Ja, ich wähle auch für heute die Einsamkeit. Komm morgen mit dem Mittagbrot, Vilém!»

Darauf schlug sie mir die Tür vor der Nase zu, nachdem sie zuvor flugs meine Schlüssel abgezogen hatte. Ich hörte nur noch ein zweifaches Umdrehen.

Ich schämte mich so grenzenlos, daß ich mich am lieb-

sten wie jene beiden Polizisten unter die Karlsbrücke ge-
kauert hätte, doch ich ahnte, daß meine Gattin mich heute zur Strafe bestimmt nicht aufgewärmt hätte. Auch war
meine Angst, ihren so selbstlosen Wunsch nicht zu erfüllen, stärker als meine Scham.

Der Verwalter des Altenheims machte mir zum Glück
bereitwilligst auf, und meine Eltern wagten es auch diesmal nicht, mich zurückzuweisen, als sie hörten, daß meine Gattin ihnen zuliebe auch unsere zweite gemeinsame
Nacht opferte. Nun legte ich mich sicherheitshalber hinter Mutsch, denn mir fiel ein, falls ich sie vielleicht im
Halbschlaf gewohnheitsmäßig so berührte wie meine Gattin, käme sie damit vielleicht besser zurecht als Paps.

Am nächsten Tag bedachte mich der Verwalter sogar
mit einem üppigen Gastgeschenk aus seiner Hausschlach-
tung samt der ausgesprochenen Bitte, die größere Hälfte
mit seinem ehrerbietigen Gruß meinem Genossen Vorgesetzten zu übergeben. Den ganzen Weg über freute ich
mich schon darauf, wie meine Gattin beim Essen darüber
lachen würde, doch mich sollte eine weitere Enttäuschung
erwarten: Sie war nicht zu Hause, mochte ich klingeln wie
ich wollte!

Da sie offenbar nicht mehr wußte, daß sie mir die
Schlüssel abgenommen hatte, bezog ich nun mit meinem
Papierbeutel Posten am Ende der Straße und wartete auf
ihre Rückkehr, um nicht die Aufmerksamkeit der Nachbarn zu erregen. Dennoch gelang es mir nicht immer, einem neugierigen Blick oder gar einem heuchlerischen
Gruß zu entgehen, der die Absicht verriet, mich zum Reden zu verleiten. Dann zog ich entweder eifrig das Taschentuch, als hätte ich Nasenbluten, oder biß scheinbar
hungrig in die Blut- und Leberwürste, die so rapide da-
hinschwanden.

So vergingen acht Stunden, in denen etliche bekannte

wie unbekannte Personen unser Haus betraten und verließen, mit Ausnahme meiner Gattin, und statt der Sonne brannten längst die Laternen, als sie gemeinsam mit ihrem treuen Instrument erschien – in unserer Haustür! Außer Atem lief ich hin, um ihr zu erklären, daß ein unbegreifliches Mißverständnis vorliege, erlebte aber sogleich, daß sie mir zum ersten Mal wirklich böse war.

«Ab wann solltest du zu Hause sein, Vilém?? Und womit solltest du kommen?? Ist, daß du mich hast warten und fast verhungern lassen, das der Dank für meine Sorge um deine Eltern? Gibt es überhaupt eine Erklärung dafür?»

«Bis Mittag! Mit Mittagbrot! Ist es nicht! Gibt es!» beantwortete ich alle Fragen rasch auf einmal und bemühte mich sogleich um eine Erklärung, «ich habe doch geläutet und ...»

«Im Ohr hat's dir geläutet!» fiel sie mir wütend ins Wort, «gutherzig, wie ich bin, hab ich nicht nur weitere Stunden zugebracht, ohne was zwischen die Zähne oder Beine zu kriegen, sondern auch noch die Erfahrung gemacht, daß ich mich auf dich einfach nicht verlassen kann, weder als Ernährer noch Begehrer. Morgen früh noch ein Wort mehr dazu. Und jetzt ab in die Heia!»

Vor meinen Füßen klirrte etwas aufs Pflaster. Es waren meine Schlüssel.

Natürlich wagte ich meiner Gattin jetzt nicht mehr anzubieten, ihr das Helikon tragen zu helfen, denn die Gefahr bestand, daß sie mich mit dem Trumm von Tubus auf den Gehsteig haute. Ich wollte vermeiden, daß uns irgendwer in dieser peinlichen Situation unseres allerersten Ehestreites zu Gesicht bekam, und schlich mich deshalb ohne Widerwort ins Haus.

Bei diesen Gefühlen, die geprügelten Hündchen vertraut sein mußten, stand mir der Sinn natürlich nicht nach

Essen, was sicherlich auch daran lag, daß ich vom Schweinernen bis oben hin satt war. Ich machte mich also sogleich ans Zähneputzen, wonach ich mich dann mit Gebeten so lange wach zu halten gedachte, bis meine Gattin von ihrer Kunstausübung heimkam und ich versuchen könnte, ihr den ungerechten Verdacht auszureden. Den Mund voll Schaum, ließ ich die Zahnbürste aber sofort wieder sinken, denn mir gerieten Gegenstände ins Blickfeld, die früher nicht unter diesem Spiegel gelegen hatten: ein Rasierpinsel, ein Rasiermesser und ein Alaunstein, alles Dinge, die ich bei Paps immer gesehen hatte, selber aber nicht besaß, da mir noch kein Bart wuchs.

Ob Paps vielleicht dagewesen ist? Aber im Gegenteil, ich war doch bei ihm! Er hätte natürlich fortgehen können, als ich schlief, aber warum denn? Um sich aus alter Gewohnheit hier zu rasieren? Doch wie sollte er hergekommen sein? Nein, diesen Gedanken konnte ich getrost von mir weisen. Oder hatte er die Sachen bei seinem überstürzten Auszug hier vergessen und meine Gattin sie gefunden und bereitgelegt, damit ich sie beim nächsten Besuch wiederbrächte? Oder aber …?

Der Gedanke, der mir jetzt durch den Kopf schoß, war so unvorstellbar, daß ich ihn gar nicht erst zu Ende denken mochte: Sollte meine Gattin, die mich so inständig liebte, daß sie sogar das Jawort für mich gesprochen hatte, sollte sie mir … sollte sie mich … sollte sie mit … nein! mein Hirn wies diese Vermutung so entschieden zurück, daß meine Hand sie heute noch kaum niederzuschreiben vermag!

Mit einem Schädel, der einer total ausgeplünderten Wohnung glich, verbrachte ich also die weiteren langen Stunden vor dem Fernseher, dessen Programm ich ebensowenig wahrnahm wie das fahle Geflimmer, welches auf das Abschalten aller Sender folgt. Ich war so vollkommen weg, daß ich meine Gattin erst wieder zur Kenntnis nahm, als sie mir lustig in die Backen kniff.

Ja, sie war so fröhlich wie in den ersten Tagen unserer Liebe, ihre gestern noch feindseligen Augen blitzten launig, und sie war umwallt von ihrem Lieblingsparfüm, wie sie den Wacholderschnapsduft scherzhaft zu nennen pflegte. Noch heute höre ich, wie sie mir ihr Lieblingslied ins Ohr sang.

> «Heiho, trara,
> die Feuerwehr ist da,
> hat die Hosen vollgeschissen,
> wird sie wohl bald waschen müssen.
> Ab die Mütze
> vor der Spritze,
> Wasser, Marsch,
> auf den Arsch!»

Ach, wo ist der Schnee vom vergangenen Jahr …! Dieser Refrain war immer ihre Einladung zur Liebe, denn mit der Spritze meinte sie nämlich meinen … vor lauter Kummer habe ich nicht zu Ende gedacht, denn durch mein gemartertes Gehirn schwirrten immer ungeheuerlichere Bilder, wie meine Gattin einem völlig fremden Mann ihre … nein! noch jetzt sträubt mein Hirn sich gegen diese Vorstellung.

Und so verlieh mir die Verzweiflung die Kraft, statt mich mit ihr wie üblich in den Ring der Liebe zu begeben, sie bei der Hand zu nehmen und ins Bad zu führen, wo ich den Rasierpinsel nahm und mit stummem Vorwurf an meine eigene, bartlose Wange führte.

Meine Gattin wurde weder blaß noch rot, dafür aber ernst. Sie nahm mir den Pinsel aus der Hand und betrachtete ihn mit starrem Blick, während sie zu mir sprach.

«Ja, Vilém, es ist wahr, ich habe dir zum ersten Mal im Leben nicht die volle Wahrheit gesagt, doch diese dünkte mich so unwahrscheinlich, daß ich ernsthaft fürchtete, du könntest mir vielleicht nicht Glauben schenken. Der ältere jener beiden Polizisten, von denen zwischen uns schon die Rede war, ein gewisser Béďa, erschien heute, kurz bevor du nach Hause kommen solltest, bei mir und kündigte mir an, er werde Selbstmord begehen. Ich sagte ihm ehrlich, mir sei nicht danach, mich mit seinem Problem abzugeben, weil ich die Absicht habe, in meinem Lieblingsbuch ‹Die Erinnerungen der Henkersfamilie Mydlář› zu lesen und dabei auf dich zu warten, doch bald wurde mir klar, daß ich ihn mir nebst allen rechtlichen Folgen auf das Gewissen laden könnte. Also bat ich ihn herein und ließ mir von ihm seine persönliche Tragödie schildern, die darin besteht, daß er hoffnungslos seine eigene Mutter liebt, die sich leider von seinem Vater nicht scheiden lassen will, weil der sich sonst das Leben nehmen würde. Gerade als du klingeltest, hatte mein Gast schon vier Selbstmordversuche hinter sich, und zwar mit Gas, mit Brotmesser, mit Putzmittel und mit der Kette von der Toilettenspülung, wobei er zum Glück die Tür nicht verschlossen hatte, so daß ich ihn durch Mund-zu-Mund-Beatmung wiederbeleben konnte. Erst als er mir gegen fünf schwor, von derlei Dummheiten künftig abzulassen, durfte ich ihn gehen lassen. Versteh bitte, daß ich dir statt der nahezu unglaublichen Wahrheit die schon erwähnte heilige Notlüge auftischte, die mich freilich auch zwang, auf dich böse zu sein. Nun komm ins Bett, denn all diese Erlebnisse haben mich ziemlich mitgenommen, und die anschließende künstlerische Tätigkeit hat mir keine Frische gebracht. Na, was ist? Brunzen und schlafen, heute wird nicht gepimpert, mein Bartlosmännchen!»

War ich nach dieser ausführlichen Erklärung fast schon

beruhigt, so lenkte doch das zärtliche Wörtchen mein Augenmerk erneut auf die Spiegelkonsole.

«Aber was soll der Pinsel da?» fragte ich zaghaft, «was hat der damit zu tun? Wollte er sich vor dem Selbstmord hier etwa noch rasieren?»

Einen kurzen Moment zwinkerte sie mit beiden Lidern, als wäre ihr soeben etwas in die Augen geflogen, ehe sie wieder in Rage geriet.

«Für wen hältst du dich, du Schuhlappen, daß du dir erlaubst, mir solch heimtückische Fragen zu stellen? Weiß ich, was so'n unmündiger Schussel, der sich hier alle naselang umbringt, in der Birne hat? Ist das das einzige, was du von seiner Tragödie behalten hast? Und übrigens: Siehst du das Rasiermesser nicht? Ist es nicht logisch, daß er sich beim fünften Mal sogar die Kehle durchschneiden wollte und Pinsel und Stein nur aus Gewohnheit mitnahm? Falls das alles ist, was dich stört, nichts leichter als das!»

Sprach's, machte das Fenster auf und warf den Alaunstein in den Lichtschacht.

«Hat die liebe Seele nun ihre Ruh?» fragte sie ironisch, «wenn ja, würde ich mich schon recht gern aufs Ohr legen!»

Ich getraute mich nicht mehr, ihr zu sagen, daß sie Pinsel und Rasiermesser vergessen hatte. Die aber verschwanden anderntags auch, wahrscheinlich ebenfalls im Lichtschacht, dessen Boden ich wegen des Dunkels drunten nicht sehen konnte.

Unsere Flitterwochen gingen ungestört weiter mit dem kleinen Unterschied, daß meine Gattin mich zu küssen aufhörte. Als ich sie etwa einen Monat später vorsichtig nach dem Warum fragte, zog sie mich scherzhaft am Ohr.

«Hast du es also endlich bemerkt, mein Schmatzerl? Das hat aber gedauert! Meine früheren Ehemänner haben mich gleich gefragt.»

«Und was haben Sie ihnen geantwortet?» ließ ich mich nicht abfertigen.

«Na, was schon! Daß ich mich zwischen Küssen und Kunst entscheiden muß. Gerade mein Instrument erfordert den ganzen Mundansatz, volkstümlich Lippentriller geheißen.»

«Und was haben die gesagt?» ließ ich nicht locker.

«Unglücklicherweise bestanden sie egoistisch auf ihrem vermeintlichen Recht und waren also schlecht beraten, denn bald war es für jede Reue zu spät. Das kann dir aber nicht passieren, nicht wahr, Bussilein, zumal du es doch schon einen Monat nicht vermißt. Übrigens sind an mir immer noch hübsche Stellen genug, wo du mich nach Lust und Laune abschmatzen kannst.»

Auch die wurden aber zusehends weniger, und schließlich kam es nur noch an Mittwochen zur näheren Berührung zwischen uns. An Montagen und Dienstagen tat mir meine Gattin kund, daß sie sich erst langsam aus ihren samstäglichen und sonntäglichen Klausuren seelisch freimache und an Donnerstagen und Freitagen sich allmählich wieder in selbige zurückziehe. Wenn ich jedoch schüchtern meinte, ich wollte lieber nicht zu Paps und Mutsch gehen, hielt sie mir wütend Gefühllosigkeit und Undank vor, bis ich lieber nicht auf diesem Vorschlag bestand.

Meine Eltern gewöhnten sich nach und nach an mich, und der Verwalter des Altersheims überschlug sich vor Gastlichkeit, wobei er nie das Geschenk für meinen Genossen Vorgesetzten vergaß und mich ab und zu verschwörerisch fragte, wie weit ich denn mit meinen Erkundigungen sei. Auf meiner Gattin Rat zeigte ich jedes Mal wieder eine abweisende, ja verschlossene Miene, worauf er sich dann erschrocken auf den Mund patschte.

Von Montag bis Freitag genoß ich von vier Uhr morgens bis abends um acht mein Ehedasein jedoch viel inniger als früher, und die Liebesleibesvereinigung an den frühen Mittwochabenden, die unser Zusammenleben krönte, wurde für mich bald zu dem, was mir früher der Sonntag war.

Dieses einzigartige Wohlbehagen zerbrach eigentlich auf immer an eben jenem Novembertag, da mich meine Frau anwies, schon zwei Tage früher als üblich zu meinen Eltern umzuziehen, eben mit der besagten Nachricht, daß die kommunistische Zukunft unserer Heimat auf Wunsch der Bevölkerung von einer kapitalistischen abgelöst werde.

«Aber ...» sagte ich, all meinen Mut zusammennehmend, während mir Wehmut die Kehle zuschnürte, die keineswegs nur dem Kommunismus galt, «aber Liliane, es ist doch Mittwoch!»

«Die Geschichte nimmt keine Rücksicht auf deine Gelüste, Vilém!» erklärte sie und gab mir dadurch, daß sie keinen der zärtlichen Spitznamen verwendete, zu verstehen, daß die vorangegangene Zukunft diesbezüglich vorteilhafter für mich gewesen sei, «die Geschichte geschieht, ob dir das nun in den Kram paßt oder nicht, manchmal sogar am Mittwoch, wie du siehst. Also erheb deinen faulen Hintern und hau ab, damit gerade du deine Eltern mit dieser grundsätzlichen Wende versöhnst. Ich garantiere dir, du wirst bis Montag mittag eine Menge zu tun haben, daß sie damit klarkommen!»

Nun blieb mir nichts anderes übrig, als meine Siebensachen für die Besuche zu packen und zu tun, was sie wünschte. Ihrer Anweisung gemäß kehrte ich zuerst beim Heimverwalter ein und verriet ihm, daß meine angebliche Tätigkeit für die Staatssicherheit nur ein Deckmantel war, der mein tatsächliches Wirken für den Geheimdienst der USA verbarg, zu dem mir vor allem meine selbstlosen Eltern und seine entgegenkommende Zusammenarbeit die besten Voraussetzungen geliefert hätten. Ich fügte hinzu, alle seine Gastgeschenke seien von meinem Abwehrchef, dem hiesigen Residenten, nach Washington gemeldet worden, man werde sie ihm als Ausgleich für seine vermutliche Spitzeltätigkeit im Dienste der Kommunisten gutschreiben.

Er verstand nur zu gut und glaubte mir sofort, denn im Nu war er mit einer Flasche hausgebranntem Sliwowitz für den amerikanischen Präsidenten zur Stelle. Dafür begriffen meine Eltern wirklich nichts. Vergeblich bemühte ich mich, ihnen verständlich zu machen, daß der Glaube, für den man sie ein Leben lang verfolgt habe, endlich aus seinem Gefängnis auf Straßen und Plätze entlassen worden sei, wo auch sie beide ihn nun unbehelligt verkünden könnten. Statt dessen weigerten sie sich jedoch, auch nur ihr Bett zu verlassen, und weinten abwechselnd.

«Wir sind kleine Leute», stieß Paps hervor, als er für einen ganz kurzen Augenblick imstande war, zusammenhängend zu sprechen, «doch wir haben trotzdem unseren …»

Weiter kam er nicht und zerfloß wieder in Tränen.

Am Sonntag war mir klar, daß sie sich auch bis Montag nicht an die neue Situation gewöhnen würden, und ich war von ihrem Schluchzen so genervt, daß mich stürmischer denn je die Sehnsucht nach meiner Gattin erfaßte. Gegen ihren Wunsch machte ich mich also wie benommen auf den Heimweg, um in ihren Armen neue Kräfte zu schöpfen. Meinen Kopf hätte ich verwettet, daß sie mich nicht zurückweisen und dann diese anspruchsvolle Mission mit mir zusammen zum guten Ende führen würde.

Heute weiß ich, hätte ich gewettet, besäße ich keinen Kopf mehr, denn eine neue Überraschung stand mir bevor: In der Wohnung war weit und breit keine Gattin zu finden!

Nachdem ich mir darüber grundsätzlich Gewißheit verschafft hatte, begann ich auf Einzelheiten zu achten, um auf mögliche Spuren zu stoßen. Stutzig machte mich gleich eingangs, daß sämtliches Geschirr aus der verglasten Küchenkredenz verschwunden war. Zunächst schloß ich, man habe uns ausgeraubt, und schon überlief es mich kalt: Haben die Räuber meine Gattin vielleicht mitgeschleppt, um von ihr nicht angezeigt zu werden? Ich war schon wieder drauf und dran, zur Polizei zu laufen, als mir einfiel, noch einen Blick ins Bad zu werfen. Alle unsere Teller lagen schmutzig in der Wanne, übereinandergestapelt bis fast zum Rand.

Die natürlichste Erklärung war, daß die Mädels aus ihrer Kapelle sie daheim überfallen hatten und daß sie das Bankett gegeben hatte, das sie ihnen noch von unserer Hochzeit schuldig war. Dann nahm ich den Wanneninhalt aber näher in Augenschein, und schon war meine Unsicherheit wieder da. Eine derartige Gasterei setzte logischerweise dieselbe Speise voraus, doch auf den Tellern ließen sich, nach der Farbe der angetrockneten Soßen gut unterscheidbar, viele verschiedene Reste ausmachen. Irgend etwas nötigte mich, nach einer Andeutung von Ordnung in diesem Durcheinander zu suchen, was mir nach längerer Zeit auch gelang: Alles schien darauf hinzuweisen, daß hier mehrere Paare getafelt hatten, die jeweils ein gemeinsames Essen für zwei konsumierten.

Da ich meinen Kopf nicht verwettet hatte, wollte er jetzt nicht fassen, warum meine Gattin eine so komplizierte Mahlzeit bereitet hatte, also ging ich ins Zimmer hinüber, um das Gesehene gedanklich zu ordnen. Auf unserem Ehebett dort, das zerwühlter war denn je, fiel mir nicht nur die rosa Zudecke meiner Gattin ins Auge, sondern auch meine hellblaue, was meine Unsicherheit noch steigerte. Die allerletzte Hoffnung war, meine Gattin habe vielleicht nur schlankheitshalber schwitzen wollen, als mich ein finsterer Gedanke durchzuckte und ich mehr laufend als gehend ins Badezimmer zurückeilte, um auch einen Blick unter den Spiegel zu werfen.

Das Bild, das sich mir darbot, raubte mir auch diese Hoffnung: Zwischen Rasiermesser und Pinsel lag schon wieder Alaunstein ...

Die folgenden Stunden deuchten mir im Rückblick endloser als meine ganze Existenz vorher. Ich verdöste sie zwischen den vertrauten Wänden und durchlebte alles von neuem, wie in einem Film, der nicht nur in Zeitlupe, sondern auch noch rückwärts lief, von der Hochzeit mit meiner Gattin über die erste Begegnung mit ihr, meine tausendfache Heimkehr von der Arbeit, vom Militär, von der Schule, vom Kindergarten und von der Krippe bis hin zu meiner Geburt, ja! sogar zu meiner Empfängnis, bei der jener pensionierte Pfarrer assistierte, der Paps zuvor aus dem Küsteramt hinausgeworfen und hinterher zum Märtyrer erklärt hatte, um dann beim Zeugungsakt meine Eltern in ihrer Züchtigkeit unermüdlich davon zu überzeugen, daß sie miteinander im Geiste der Bibel verkehrten, zum Zwecke der Geburt eines Propheten ...

Und als ich bei diesem gesegneten Beginn meiner Erdenwanderung angekommen war, hörte ich den Schlüssel und dann Lachen und darauf auch das sogar zweistimmig gesungene Liebessignal meiner Gattin.

> Heiho, trara,
> die Feuerwehr ist da,
> hat die Hosen ...

Gewöhnt an ihr Talent, einen Baßbariton zu imitieren, wunderte ich mich zunächst nicht einmal über die Zweistimmigkeit, doch schon verwandelte sich meine peinliche Situation zusehends in noch peinlichere Gewißheit. Wenn auch drei Uhr morgens, so trat meine Gattin dennoch nicht allein in unsere Wohnung.

Der Mann an ihrer Seite, der eine Polizeiuniform trug, überragte sie um einen guten Kopf, den sie schon selbst größer war als ich, und hielt sie so besitzgewohnt und vertraut im Arm, als wäre sie das Helikon. Als sie meiner ansichtig wurden, waren sie gerade bei der Spritze angelangt. Das Trägheitsmoment ließ sic weitersingen, doch ihre Mienen büßten zusehends die frohe Laune ein.

Ich bei meinem eher stillen Wesen, so wußte ich, würde meine Enttäuschungen und meine Vorwürfe nie überzeugend genug herausschreien, daß sie diesen gewiß schamlosen Menschen, der meine Frau offenkundig dazu anhielt, mich, ihr Liebstes, zu betrügen, dazu veranlaßten, sich zu entschuldigen und ohne Aufforderung seines Weges zu gehen. Doch wenigstens in ihr wollte ich das vorübergehend erloschene Feuer unserer Liebe neu entfachen, damit sie ihm vor meinen Augen klarmachte, daß er ihr zu keiner Zeit auch nur einen Bruchteil dessen zu geben vermocht habe, was ich ihr gab, und er sich deshalb unverzüglich zu verziehen habe.

Mit diesem Vorsatz streckte ich beide Arme nach ihr aus, mit den fest zusammengehaltenen Händen vorwurfsvoll alle drei verräterischen Gegenstände umklammernd. Welches Wohlgefühl durchflutete mich, als meine Gattin tatsächlich erbleichte und ihr Verführer, sie augenblicklich freigebend, sogar zurückwich.

«Nein!» flüsterte sie hörbar schuldbewußt, «nein, Vilém, tu das nicht …!»

«Alles läßt sich doch erklären», redete mir auch der Riese zu, «laß uns in Ruhe bei einem Schluck darüber plaudern.»

Aber mir konnten sie jetzt keinen Bären aufbinden!

«Sie haben mich betrogen!» sagte ich vorwurfsvoll.

«Was gilt», sprach sie eindringlich, «ist doch, was uns die Seele verrät, daran ändert die Schwäche des Leibes nichts!»

«Und so toll war das auch wieder nicht», fügte er hinzu, «auf keinen Fall lohnt es den Knast für dich, Junge.»

Erst da brachten mir beider Augen, die bänglich auf einen Punkt außerhalb meines Blickfeldes konzentriert waren, zum Bewußtsein, daß mir die blanke Rasiermesserklinge aus der Hand ragte. Zum Beweis, daß sie sich völlig unnötig ängstigten, trat ich auf die beiden zu und hielt das Messer meiner Gattin hin, damit sie es mir abnahm. Sie jedoch sprang hinter ihren Begleiter und schrie jetzt höchst weiberhaft.

«Schatz, Gott, so tu doch was!»

Aber auch er wich zurück, sie hinter sich herschiebend, bis die Wand ihnen Einhalt gebot.

«Schaun S', Herr Jáma», siezte er mich plötzlich mit unerwarteter Höflichkeit, «ich verstehe ja, daß Polizisten heutzutage Freiwild sind, und ich bestreite nicht, daß wir selbst eine Spur schuld dran sind, doch warum uns gleich den Hals abschneiden? Ich wollte Ihrer Alten nur ein bisserl die Wartezeit verkürzen helfen, und Sie wußten doch, daß sie schon lange keine Jungfrau war. Einigen wir uns doch so, daß Sie das Rasiermesser wegtun und ich mich nicht nur aus Ihrer Ehe, sondern auch aus der Polizei verziehe, na was, schlagen wir drauf ein?»

Er hielt mir die offene Hand hin, und ich, in dem Bewußtsein, daß es sich zwar um einen etwas demütigenden, aber wahrscheinlich einzig möglichen Kompromiß handelte, bei dem ich weitere Bedingungen stellen könnte, machte also auch die meine auf, so daß deren Inhalt zu Boden fiel. Doch statt des versöhnenden Händedrucks verspürte ich einen gewaltigen Ruck, und ehe ich denken konnte, kniete er mir schmerzhaft auf der Brust, während meine Gattin mir auf den Beinen hockte und sprach, als schneide sie die Worte mit selbigem Rasiermesser.

«Die Hälse wolltest du uns also vielleicht wie Federvieh abschlachten, du Messerwicht? Womöglich den Volksrächer spielen, der einen Bullen abgemurkst hat? Du, der du mich regelrecht in seine Arme getrieben hast, als du mich Wochenende für Wochenende hier hast brachliegen lassen, weil du die eigenen Eltern bespitzeln mußtest, die du zuvor aus ihrer Wohnung vertrieben hast, um dich hier lastervoll paaren zu können? Nun sag ich dir was, du verwichster Pubertätsbengel! Pack deine sieben Zwetschgen und such auf die Schnelle die Stelle, wo der Zimmermann das Loch gelassen hat, da kannst du dein kümmerliches Zwergding reinstecken!!»

Als ihr Béd'a mich dann ohne eine einzige Zwetschge hinausschmiß und ich mich wieder vom Gehsteig aufrappeln und abklopfen konnte, kam mir die Befürchtung, daß mir nicht nur die lichte Zukunft, sondern auch meine Gattin verlorenging.

2

Sich in einem naßkalten November um halb vier früh auf der Straße zu finden, ohne die eigene Gattin, ohne Wohnung und gar ohne Kommunistische Partei, welche die versprochene Ewigkeit ohne Vorwarnung auf bloße einundvierzig Jahre verkürzt hatte, und dabei nicht zu verzweifeln, das erforderte schon ein erhebliches Maß an Selbstverleugnung.

Ich gestehe ohne Folter, der ich sowieso nicht standhielte, daß es mein allererster Gedanke war, mir ebenfalls das Leben zu nehmen. Erst jetzt machte ich mir klar, was sich alles im Innern jenes Mannes abgespielt haben mußte, der einen ganzen Nachmittag lang bei meiner Gattin erfolglos einen Selbstmordversuch nach dem anderen unternommen hatte ... obwohl diese Überlegung sofort durch den Gedanken verdrängt wurde, daß ich, falls besagtem Béd'a, und um den handelte es sich höchstwahrscheinlich doch, auch nur ein einziger seiner Selbstmorde geglückt wäre, heute nur den Verlust der Partei zu beklagen hatte.

Doch nichts dergleichen war geschehen, und dieselbe Luftleere wie hinter der Haustür, durch die ich geflogen war, gähnte allüberall, soweit mein Blick in dieser Finsternis reichte. Plötzlich so dazustehen, obendrein ohne Arbeit, ohne Mittel und fürs erste auch ohne Rente, einfach mutterseelenallein wie ein Pfahl im Zaun, den gebrechlichen Eltern zur Last, auf die schwankende Gunst des Heimverwalters angewiesen, der jeden Augenblick anfangen könnte, bohrende Fragen zu stellen und bald auch meine Antworten darauf einzufordern, ja, der mir sogar die ungesetzlich gewährte Halbpension nehmen könnte, das alles verlieh mir nicht die leiseste Hoffnung, überhaupt irgendeine Zukunft, geschweige denn eine kapitalistische zu erleben, die sich erst recht schüchtern anmeldete, als der Verwalter fürs erste aufhörte, mich mit ‹Genosse› anzusprechen. Immer wenn sich aus Gewohnheit die erste Silbe dieser Anrede auf seine Zunge verirrte, rettete er sich, indem er auf ‹Gevatter› auswich.

Meine Ausweglosigkeit gipfelte darin, daß hinter der Tür meines bisherigen Zuhauses auch sämtliche Geräte verblieben waren, mit denen ich mich, eine gewisse Geschicklichkeit vorausgesetzt, aus der Welt hätte schaffen können. Ein Sprung von der Autobahnbrücke, die offenkundig zu diesem Zweck gebaut worden war, wie die bisherigen zweihundert ausnahmslos gelungenen Versuche erkennen ließen, kam leider nicht in Betracht, da ich seit meiner Kindheit an geradezu krankhaftem Schwindel litt. Und weil es mir an jeglicher Barschaft gebrach, hatte ich nicht einmal das Geld für das Betreten der Metro, um mich unter den ersten Morgenzug zu stürzen. Auf keinen Fall wollte ich riskieren, statt im Leichenhaus in der Schubhaft zu landen, da ich eventuellen Kontrolleuren nicht einmal meine Identität hätte nachweisen können. Ich bezweifle, ob sich unter den Schriftstellern ein Meister fände, dazu fähig, den Zustand meines Geistes und bald auch meines Körpers zu schildern, den der Geist nicht vor dem Morgenfrösteln zu beschirmen vermochte.

Mir kam der Gedanke, mich selbst der Polizei zu stellen und beim Verhör vielleicht durch Vorspiegelung von Fallsucht an eine Dienstpistole zu kommen, doch zum einen hatte ich nur eine blasse Vorstellung, wo man was abdrückt, zum anderen besaß ich nicht die Begabung, etwas auf Anhieb vorzuspiegeln, und außerdem drohte die Gefahr, an jenen zweiten Polizisten zu geraten, welcher meiner Gattin das Aufwärmen verdankte. Im übrigen machte eine zweiköpfige Streife, die aus dem Dunkeln auftauchte, kehrt, als sie meiner ansichtig wurde, und nahm Reißaus, noch bevor ich desgleichen tun konnte. Später erfuhr ich, daß die meisten Polizisten noch monatelang ängstlich allen Bürgern aus dem Wege liefen, bei denen zu vermuten war, sie führten Schlüssel mit, denn gerade diese sollen unlängst dem Polizeistaat heimgeläutet haben.

Mir blieb also nichts anderes übrig, als am Leben zu bleiben und mich durch Trab Richtung Altersheim aufzuwärmen, das zum Tagesanbruch wie üblich dadurch erwachte, daß sich dort die Müllmänner und der Leichenwagen einstellten. Nie zuvor hatte ich diesem Fahrzeug besonderes Augenmerk geschenkt, da ich annahm, sein Fahrer verdiene sich vielleicht ein Zubrot zu seiner kärglichen Rente, doch diesmal stellte sich mir blitzartig ein schrecklicher Zusammenhang her: Bin ich etwa, zu allem Verlorenen, auch noch eine frische Waise? Mein zarter Organismus brachte nicht mehr die Kraft auf, sich gegen die Schicksalslawine zu stemmen. Ich lehnte mich ans Dach des schwarzen Gefährts, und Tränen überschwemmten meine Augen.

Wegen des so verschmierten Gesichts erkannte ich den Verwalter erst an der Stimme.

«Ruhe, Ge … vatter», flüsterte er mir ins Ohr, während er mich überaus teilnahmsvoll an sich drückte. «Ihnen als Kundschafter der freien Welt verrate ich gern, daß dieser düstere Wagen längst nicht jedes Mal einen meiner Schutzbefohlenen abtransportiert. Seit Mitte der achtziger Jahre, da die vor dem Bankrott stehende Partei und Regierung damit begannen, in ausgewählten Einrichtungen insgeheim ein neues ökonomisches Modell zu erproben, das die negativen Folgen des Sozialismus beseitigen sollte bei seiner gleichzeitigen Erhaltung, unterhält unser

Heim eine Partnerschaft mit der Landwirtschaftsgenossenschaft Sviňovice, welche die ausrangierte Kapelle des früheren Klosters hier zum Abstechen von Schweinen und zu deren nachfolgender Verarbeitung zu Wurst nutzt. Zwecks vollkommener Geheimhaltung des Experiments verwendeten wir bisher für den Transport von lebendem und totem Gewicht dieses unauffällige Transportmittel, das mindestens fünf Tage in der Woche sowieso nicht ausgelastet war. Auch deshalb konnte ich Ihnen wie Ihren elterlichen Herrschaften das Gabelfrühstück anbieten und Ihrem Chef regelmäßige Gastgeschenke zukommen lassen, weil ich bald Ihr doppeltes Spiel erahnte, was mir die längst gesuchte Gelegenheit bot, dem verabscheuungswürdigen Regime zu entsagen, dem ich nur mangels eines ehrenvolleren Angebots und deshalb mit grundtiefem Widerwillen diente.»

Bei diesen Worten führte er mich, den Arm immer noch um meine Schulter gelegt, an der Pförtnerloge vorbei in den Keller hinunter und weiter durch einen langen, von Kojen mit Kohle, Kartoffeln und Särgen gesäumten Gang bis zu einer anderen Treppe, die in einen gewölbten Raum führte. Beim Duft des Geräucherten wußte ich sofort, daß wir in der Kapelle waren. Darauf deutete auch das Dutzend Männer in weißen, offenbar frisch gewaschenen und deshalb noch nicht sehr blutigen Schürzen hin, deren scharfe Blicke den Metzger nicht verleugneten.

«Ge…vattern!» sagte mein Begleiter zu ihnen, «ich möchte euch einen der Spitzenvertreter des dritten Widerstandes vorstellen, dem ich in den letzten Wochen illegal geholfen habe, das Joch des Kommunismus abzuschütteln. Er hat direkte Verbindungen zum CIA und CIC, und ich hebe jetzt unsere Tarnung auf, damit er sich persönlich davon überzeugen kann, daß der Kapitalismus hierzulande dank uns nicht von der Pike auf anfangen muß. Ja», er wandte sich feierlich zu mir um, wobei die Männer mir gerührt zunickten, was dem Blinken der langen Klingen in ihren Gürteln die Schärfe nahm, «Herr ... nun weiß ich nicht, ob Jáma oder Rosol, obwohl auch diese bestimmt Decknamen sind, so daß ich Sie lieber im Hinblick auf Ihre Jugend mit Leutnant anrede, und berichtigen Sie mich, falls Sie schon Hauptmann sind! Wie Sie uns hier sehen, sind wir Keimzelle und Garant einer neuen hellen Zukunft unserer Heimat, über die nie wieder der heimtückische Geist greiser Politbüros herrschen wird, sondern die gerechte und noch dazu unsichtbare Hand des Marktes, dessen begeisterte Pioniere wir schon lange sind. Auf seinen Ruf hin haben wir uns also entschlossen, als erstes zumindest diesen Teil des Altersheims für die offene kommerzielle Nutzung zu privatisieren, und so bitten wir Sie, Leutnant, Ihrem Vorgesetzten die Bitte des gesamten Kollektivs unserer soeben gegründeten Firma UNITED PIGS OF PRAGUE LTD. zu unterbreiten, er, respektive in seiner Vertretung Sie, möge Ehrenvorsitzender des Vorstands und somit Pate unseres freien Unternehmens werden.»

Ich konnte bekanntlich weder heucheln noch lügen, obwohl mir gerade jene fromme Lüge, die mir meine Gattin seligen Angedenkens stets vergeblich beizubringen versucht hatte, jetzt bestimmt zugute gekommen wäre, und verspürte deshalb eine maßlose Erleichterung, als mir, wie zuletzt unter ähnlichen Umständen in vorehelichen Zeiten, vor Aufregung eine Blutleere im Gehirn eintrat, und ich wußte erleichtert, daß ich kurz davor war, das Bewußtsein zu verlieren.

Als ich es wieder erlangt hatte, wollte mir anfangs scheinen, ich sei immer noch ohnmächtig und träumte. Ich fand mich in einem zwar viel kleineren, dafür aber viel kapellenähnlicheren Raum als der eigentlichen Kapelle wieder, die jetzt statt Gott dem Markt geweiht war. Durch die Fenster mit den gebrochenen Bögen ergoß sich wortwörtlich im Strom das Licht auf die altertümlichen Fliesen, in die irgendeine Szene eingebrannt war. Mein rasch erstarkendes Auge entdeckte bald, daß sie einen Engel darstellte, der mit einem Flammenschwert ein nacktes Paar, zweifellos Adam und Eva, davontrieb.

Um wieviel besser, dachte ich bitter, mitsamt der Gattin aus dem Paradies vertrieben zu sein, als von der Gattin ...

Gleich darauf schien ich erneut einer Sinnestäuschung zu unterliegen, als mein Blick von einem Gegenstand zum anderen wanderte und ich voll Erstaunen eindeutig bekannte Möbelstücke erkannte, zwischen denen ich vom Kinde zum Mann herangewachsen war und die sich erst kürzlich noch in der beengten Rentnernotunterkunft meiner Eltern türmten. Ich kniff mir in die Wange, und der eigene Schmerzensschrei machte mich vollends wach.

Dann ließ mich die Berührung einer Hand an der Schläfe zusammenfahren, doch sogleich besänftigte mich die Stimme des Verwalters, dem das Heim – und offenbar auch die Schlachterei samt Wurstmacherei – unterstand und der, wie sich herausstellte, an meinem Kopfende saß.

«Ruhig Blut und warme Unterhosen, Ge...vatter Hauptmann, nachdem Ihnen unser Veterinär eine Spritze gegeben hat, die selbst ein Mastschwein von zwei Zentnern ruhigstellt, haben wir Zeit genug gewonnen, Ihnen die Bequemlichkeit, um welche die Jahre im Untergrund Sie gebracht haben, wiederzugeben und auch Ihren frommen Eltern das zu erstatten, was die Bolschewiken ihnen gestohlen haben. Für Sie persönlich habe ich deswegen mein Arbeitszimmer hier freigemacht, wo mir sowieso nicht wohl in der Haut war, da man mir die Behausung der ehemaligen Äbtissin aufgezwungen hatte. Und in diesen Flügel habe ich auch die elterlichen Herrschaften umgelegt, für die wir gerade, um die Arbeit der GmbH nicht immer unterbrechen zu müssen, den Altar aus der einstigen Kapelle umsetzen. Bei Gelegenheit werden wir ihn auch restaurieren, weil ein unbekannter Metzger und Kommunist, nach dem bereits intensiv gefahndet wird, ihn als Fleischblock benützte.»

Während seiner Rede kam ich wieder soweit zur Besinnung, um mir zu sagen, daß die unverhoffte Wendung, mochte sie auch auf einem Mißverständnis beruhen, meine unerfreuliche Lage wenigstens zeitweilig bessern könnte. Zunächst aber eilte ich zu meinen Eltern, um zu sehen, wie sie mit diesen vielen Neuigkeiten zurechtkamen.

Diesmal haben sie weder gebetet noch geweint, was das schlechteste aller nur möglichen Anzeichen war. Mir wollte sogar scheinen, daß sie, mochte ihr Glaube ihnen dies auch als schlimmste aller Todsünden untersagen, gleichfalls jenen selbstzerstörerischen Gedanken nicht abhold waren, die mir in der Nacht kamen. Deshalb beschloß ich, ihnen die Nachricht von meiner Austreibung aus der Ehe zu ersparen. Für mich hieß das allerdings, daß ich mich in Zukunft wie ein wahrhaftiger Mann zu verhalten hatte, der sich bei ihnen nicht beklagen durfte. Doch selbst dazu war ich fest entschlossen.

Meinem Vorsatz wurde ich unverweilt gerecht, indem ich mich ganz den Maßnahmen des Verwalters von Heim und Firma anpaßte, obgleich mir dabei zuweilen selbst nicht recht wohl in meiner Haut war. Etwa als ich feststellte, daß die Räumung des Flügels für mich und meine Eltern die Verlegung von vierundzwanzig Rentnern und zwölf Rentnerinnen in drei Räume nach sich zog, die zuvor als Leseraum, Klubraum und Fernsehzimmer gedient hatten. Mich beruhigte erst des Verwalters Versicherung, daß die betreffenden Tätigkeiten sowieso eingestellt worden wären, da der staatliche Zuschuß kaum für wirkungsvolle Reklame der GmbH ausreiche, die dafür die Pensionäre täglich mit frischem Gekröse und einer dicken Suppe, treffend Jauchepampe genannt, beköstige.

Übrigens gingen die paar Nörgler und Querulanten, wie er sie nannte, die erfolglos verlogene Beschwerden über die angeblich monotone und ungesunde Verpflegung an Zeitungen und Behörden richteten, bald von selbst ab, ob nun, wie er sagte, auf gesetzlichem oder natürlichem Wege, wofür die GmbH den Hinterbliebenen jederzeit bereitwillig, wie er betonte, ihr Transportmittel zur Verfügung stelle, wobei man sich nur das Benzin und das Trinkgeld für die freiwilligen Leichenträger erstatten lasse.

So ging einige Zeit ins Land. Dem Hörensagen und den verschiedenen Reaktionen nach zu urteilen, schien sie für die Menschen in unserer Heimat ein wahrer Taifun zu sein, wogegen mir mein Leben wie jenes berüchtigte Auge des Taifuns vorkam. Hin und wieder mußte ich freilich den freundlichen, durch den Verwalter überbrachten Bitten der Firmenbelegschaft stattgeben, da ich einfach physisch außerstande war, fortwährend in Ohnmacht zu fallen; schließlich aber handelte es sich nie um mehr als meine formale Unterschrift unter irgendwelche Papiere, womit, wie er mir erklärte, auch die breite Öffentlichkeit demokratisch in die Leitung einbezogen werde.

Innerhalb jenes Auges herrschte also fast eine Idylle, da es aber aus ihr kein Entrinnen gab, entfachte sie mit der Zeit einen immer stärkeren Taifun in mir, der leider kein weiteres, nicht das kleinste rettende Auge enthielt. Statt daß mir die barmherzige Zeit, wie sie es üblicherweise tut, die von meiner Gattin geschlagene Wunde heilte, schien sie mir diese mit einer Grausamkeit aufzureißen, wie ich sie von ihr nicht erwartet hätte.

Dazu gesellte sich die wachsende Sorge um meine Eltern, die sich an den Wechsel der Verhältnisse – wenn dieser für sie auch noch so günstig war – offenbar nie zu gewöhnen gedachten. Obwohl ich ihnen anbot, ich würde gern mit ihnen hinausgehen, damit sie auf den Straßen und Plätzen das frei verkündete Christentum höchstpersönlich erlebten, lehnten sie dies ebenso störrisch ab, wie sie es sich früher gewünscht hatten. Bald bekam ich heraus, daß allein der Blick aus ihren zahlreichen Fenstern auf die große, am Gebäude der GmbH vorbeiführende belebte Straße sie abstieß und erschreckte; da das ihnen vertraut-bekannte Bild der Straßenbahnen durch bunte Werbeaufschriften und -fotos hastig verändert worden war, nahmen sie an, der öffentliche Verkehr sei durch fahrbare Läden für Zigaretten, Kindernahrung oder Rattengift ersetzt worden, und auch für Damenbinden, die sie nicht kannten und deshalb für Schuheinlagen in Übergröße hielten. Mutsch verriet sich, als sie sagte:

«Nein, nein, Junge, Paps und ich haben fürs ganze Leben genug eingekauft!»

Ich konnte tun, was ich wollte, den Festungswall ihrer Überzeugung durchbrach ich nicht, daß die Welt, in welcher der HERR oder Partei und Regierung fast alles verboten hatten, ihrem trotzigen Glauben, der damals statt irgendwelcher unsittlichen Glieder nur ihr Rückgrat versteift hatte, zuträglicher gewesen war. Sie unterließen es, sich in den Zimmern mit Aussicht aufzuhalten, und zogen sich in die Zelle zurück, in der einst die Äbtissin die Fastenwochen verbracht hatte, fensterlos und noch kleiner als die Kammer, aus der man sie hierher umquartiert hatte. Je tiefer sie in Apathie verfielen, desto körperlich hinfälliger wurden sie auch, und mir fiel nichts ein, womit ich diesen freien Fall und Verfall aufhalten könnte.

Ihr geistiges Dahinsiechen drückte sich auch darin aus,

daß sie an meiner ständigen Anwesenheit, die durch keinen einzigen Gang zu meiner Gattin unterbrochen wurde, nicht den geringsten Anstoß nahmen. Und dabei wäre ich, oh ja! wäre ich wie ein Wilder zu ihr hingerannt, denn gerade sie hätte mir am besten raten können, womit ich meine Eltern wieder zum Leben erwecken und vor allem, wie ich sie selbst versöhnlich stimmen könnte, damit sie den Weg zu mir zurückfand, zumal sie mich bestimmt immer noch liebte und nur durch ihren bekannten Stolz daran gehindert wurde, meinen übereilten Hinauswurf zurückzunehmen.

Aus der Lethargie, die sich auch meiner schon bedenklich bemächtigte, riß mich an einem bereits wieder frühlingshaften Tag der Besuch des Verwalters. Ausnahmsweise brachte er mir keins der üblichen Schriftstücke oder Schecks zur Unterschrift, sondern nahm Platz, um mich nach längerer Zeit in ein sehr persönliches Gespräch zu verwickeln. Zunächst erzählte er, daß er es endlich geschafft habe, die amtliche Änderung seines Namens zu erlangen, nachdem er bis jetzt Husák heißen mußte.

«Nicht genug damit, daß mich der Name dieses Bolschewiken die ganzen zwanzig Jahre verunglimpft hat», hatte er sich schon vorher mehr als einmal bei mir beklagt, «jetzt droht der Mist bis ans Lebensende an mir hängenzubleiben. Die Demokratie kann mir doch nicht verbieten, mir einen Namen zu wählen, an dem keine Schandhypothek klebt!»

Jetzt konnte er vor mir damit prahlen, daß man den alten Nachnamen Husák sogar im Strafregister getilgt und durch den einfachen, in Böhmen weit verbreiteten Namen Havel ersetzt habe. Seinen einstigen Vornamen hatte er aus Pietät behalten.

«Herr Hauptmann», sagte er, aus einem Flachmann seinen beliebten Eierlikör schlürfend und wie immer re-

171

spektierend, daß ich grundsätzlich nicht trank, «ich komme mit einem bedeutenden Vorschlag, der zugleich eine dringende Bitte ist, die Sie angesichts unserer engen Beziehung bestimmt nicht abschlagen werden.»

Um selbige hinauszuzögern, nutzte ich seinen langen Zug für einen Einwand.

«Gerade angesichts dieser Beziehung sollten Sie meiner wiederholten Bitte willfahren, mich nicht mit einem Rang anzusprechen, der mir nicht zusteht.»

«Verstehe», sagte er, während er die Taschenflasche am Gesäß verstaute und mir zuzwinkerte wie immer dann, wenn er mir sein Verständnis für meine dienstliche Geheimniskrämerei bekunden wollte, «übrigens wäre es nicht höchste Zeit für uns beide, zum vertraulicheren Du überzugehen? Sag also ruhig Václav zu mir, Vilém!»

Darauf küßte er mich gerührt auf den Mund.

Da mein Vater mir derlei Vertraulichkeiten nie gestattet und mich für jede Entgleisung solcher Art bestraft hatte, geschah es zum ersten Mal, daß mich ein Mann küßte. Wie konnte ich ahnen, daß das nicht das letzte Mal war? In meiner damaligen Unwissenheit interessierte ich mich aber für etwas anderes.

«Hören Sie…» wandte ich verwundert ein.

«Aber Vilém!» tadelte er mich lächelnd, «vergiß nicht, daß wir jetzt per du sind!»

«Du», berichtigte ich mich also, immer noch von meiner Entdeckung benommen, «haben Sie bemerkt, daß Sie schon wieder den Namen eines Präsidenten tragen? Und dieser klingt noch dazu entschieden auffälliger als vorher Václav Husák…»

«Weißt du», sagte er nun ebenfalls nachdenklich zurück, «schon die Standesbeamtin hat mich darauf aufmerksam gemacht, doch ich sagte mir gleich, warum eigentlich nicht? In der zufälligen Wahl liegt immer was

Schicksalhaftes, keine aufgelegte Karte, keine gezogene Figur, keinen vollendeten Würfelwurf darf man doch zurücknehmen. Und da mir der alte Name so geschadet hat, soll der neue mir nützlich sein! Zum Beispiel in der Sache, mit der ich zu dir komme. Hör mir genau zu! Detektive, die den Auftrag hatten, die Zuverlässigkeit, Unwiderruflichkeit und vor allem die Unbeflecktheit der Privatisierung unserer GmbH sicherzustellen, konnten herausfinden, daß in der Ortschaft Záškrt in Mähren immer noch Nonnen leben, die man damals von hier in die Urangruben überführt und später, als man nach einiger Zeit feststellte, daß es sich um einen Frauenorden handelte, in die staatliche Schweinefarm in eben jenem Dorf gebracht hat. Für einige meiner Ge... jetzt kann ich's! Gefährten in der Privatwirtschaft war das zuerst ein hübscher Schock, doch ich war es, der darin ein Geschenk des Himmels erkannte. Und eben du als Sohn deiner Eltern kannst diese frommen Schwestern in einer christlichen Sprache anreden, die sie verstehen und die sie dazu bewegen wird, unserem unternehmerischen Vorhaben ihr Ohr zu leihen, und zwar, was jetzt auch keine Lüge ist, im Namen von Václav Havel, der heutzutage allgemein berechtigtes Vertrauen genießt.»

«Aber ich», widersetzte ich schwach, wissend, daß ich keinen starken Widerstand zu leisten vermochte, «ich bin in unternehmerischen Dingen nicht beschlagen und fürchte, es auch nie zu werden ...»

«Warum unterschätzt du dich immer so, Vilém!» wies er mich jetzt schon schroffer zurecht, «wer mit Erfolg dem ganzen Sowjetblock trotzen konnte, der hat auch die Fähigkeit und vor allem die moralische Legitimation, ein paar schrullige alte Weiber dazu anzuhalten, in ihrem gottgefälligen Werk fortzufahren, zu dessen Aufgabe wir sie gezwungen haben ... will sagen», präzisierte er flugs, «auch wir, die wir von diesem verbrecherischen Tun keinen Schimmer von Ahnung hatten, weil man uns das in den Arbeitermilizen aus Niedertracht verschwieg. Nun ja, es geht darum, daß sie die Rückkehr in ihr Kloster fordern sollen, um ihren Lebensabend bei Gebeten hier in ihren geliebten Zellen verbringen zu können, gegen die sie damals gewiß gern die unsrigen eingetauscht hätten … will sagen», korrigierte er sich rasch, «die Zellen, die wir damals als schlichte Gefangenenwärter bewacht haben, blind darauf vertrauend, daß verstockte Feinde unseres damaligen teuren Vaterlandes darin isoliert waren, und obendrein männlichen Geschlechts.»

«Aber», sagte ich, nach wie vor nur wenig begreifend, «ist denn für Ihre Firma der derzeitige Zustand nicht vorteilhafter, wo sie hier ungestört wirken kann?»

«Ungestört!» lachte er fast grimmig, «wie können wir hier ungestört zur Entwicklung unseres jetzigen teuren Vaterlandes beitragen, wenn sich heute und täglich von morgens bis abends hundert Schmarotzer hier herumdrücken, die für unsere ausgiebige Kost auch noch unentwegt schamlose Anzeigen fabrizieren? Wenn du diesen verdienten Schwestern klarmachst, daß sie ein heiliges Recht darauf haben, den korrumpierten Staat samt seiner scheinheiligen Fürsorge für unproduktive Kräfte aus diesem Haus zu vertreiben, damit sie hier wieder nach ihren eigenen Vorstellungen Wohltätigkeit üben können, wird unsere GmbH zu einer kulanten Einigung bereit sein, wie man ihnen dabei auf das Gottgefälligste behilflich sein kann.»

Da mir schon keine Wahl mehr blieb, wollte ich wenigstens Zeit gewinnen, um so spät wie möglich zustimmen zu müssen, denn die Hoffnung, daß irgendwas dazwischenkam, starb für mich immer zuletzt. Deshalb verlangte ich eine Erläuterung des erklärten Vorhabens.

«Aber wie?» wollte ich wissen.

«Die neue Zeit, die wir uns so schwer erkämpft haben, braucht auch neue Augen und Ohren, Vilém! Das bolschewistische Gefasel über Freiheit, Gleichheit und Brüderlichkeit modert schon auf dem allgemein bekannten Müllhaufen der Geschichte, während die Losung des Tages Leistung, Expansion und Rentabilität lautet. Die Agonie dieser vorsintflutlichen Einrichtung hier hilft am Ende auch den Rentnern nicht, die durch ihre Blockade des ökonomischen Aufschwungs unserer GmbH das Bruttonationalsozialeinkommen torpedieren und auch den morschen Ast absägen, auf dem sie sitzen. Der Staat selbst hat sich die Restitutionen ausgedacht und muß sich jetzt persönlich um alle seine Opas und Omas kümmern, so gut er kann. Unsere Pflicht ist es, an jene bedrohte Menschheit von morgen zu denken, die heute wegen der Angst der Eltern um deren Zukunft als Spermien in Präservativen endet. Damit ihre potentiellen potenten Erzeuger sich trauen, ihre Hemmungen abzulegen, brauchen sie auch die Hilfe des Himmels. Und eben die wollen wir ihnen hier mit deiner Hilfe anbieten.»

Er gewahrte mein unverhülltes Erstaunen und lachte wieder herzlich.

«Ja, ‹Himmel› ist der Name, den habe ich mir schon patentieren lassen für den Komplex, der hier nicht zuletzt durch dein Verdienst entsteht. Falls uns die Schwestern ihre Zustimmung geben, die Rentner auf sensiblem amtlichem Wege der Delogierung zu entfernen – und ich betone sofort, deine Eltern werden als unsere hochgeschätzten Gäste selbstverständlich hierbleiben! –, werden wir durch Zusammenlegen der heutigen großen Schlafsäle einen exklusiven Restaurationsbetrieb errichten können, insbesondere für junge Paare bestimmt, die noch nicht die Reife für eine Familiengründung besitzen. Sobald sie durch Stimmungsmusik aufgelockert und durch erstklassige Küche mit erlesenen Getränken angewärmt sind, verfügen sie sich in die heute noch so ungemütlichen Verliese, wo jedes Detail sie zur Liebe animieren wird. Das Projekt geht davon aus, daß die erfolgreichen Besucher hier später auch die Taufen, gegebenenfalls die nachgeholten Hochzeiten feiern werden. Sollte durch einen Vergleich des Gästebuches mit der Geburtsurkunde des Kindes dessen Zeugung im ‹Himmel› bewiesen sein, verpflichten wir uns, freilich im engsten Familienkreis, auch etwaige Kosten für die Scheidungsfeier zu übernehmen. Der Werbeslogan ‹Jeder Mensch braucht seinen Himmel!› wartet nur noch darauf, daß du begreifst, wie sehr unser ‹Himmel› dich braucht!»

Ich habe mir versprochen, in diesem Tagebuch nur die lauterste Wahrheit zu beichten. Deshalb kann ich nicht verschweigen, daß ich nicht nur aus tiefster Seele gegen den Vorschlag war, sondern ihm dennoch ohne Wenn und Aber zustimmte. Damals ging mir noch jene spätere Härte ab, die ich mir zur Gänze erst in jener Privatschule aneignete, auf die mich zu meiner Überraschung niemand anderes schicken sollte als – meine Gattin!

Trotzdem war ich kein prinzipienloser Opportunist und werde es nie sein, denn immer rang ich mir, zumindest innerlich, eine Erklärung ab, die jede meiner Handlungen rechtfertigte. In diesem Falle war es am Ende die Zusicherung, die schwergeprüften Schwestern, die in den vergangenen vierzig Jahren unlösbar mit den Schweinen verwachsen waren, könnten sich ihrer bis zu ihrem Tod auch in dem altneuen Sitz erfreuen, den ihnen ein Mann mit dem verbindlichen Namen Václav Havel durch mein Zutun zurückgeben wird.

Das Herz um diese Vorstellung leichter, wurde ich gleich anderntags nach Záškrt befördert – damit der Leichenwagen die Atmosphäre nicht trübte, schickte der Verwalter mich mit der weißen Leihlimousine einer Heiratsvermittlungsfirma auf den Weg – und ich erfüllte meine Mission mehr als zufriedenstellend. Ich brauchte den Schwestern überhaupt nichts vorzugaukeln, daß sie erkannten, ich war wie sie von ähnlich starkem Glauben durchdrungen, wenn mir auch nicht die Gnade verliehen war, auf vergleichbare Weise für ihn zu leiden. Des Verwalters neuer Name bewirkte wirklich, daß sie die Urkunden, die er mir mitgegeben hatte, ebenso bereitwillig unterzeichneten, wie ich selbst es monatelang getan hatte. Diesmal aber berief er sofort eine Vollversammlung sämtlicher Metzger ein, die meine Leistung mit langanhaltendem Beifall belohnten.

Mich wunderte, daß sie jetzt alle orangegelbe Sakkos trugen, wie das Orchester meiner Gattin, doch mir wurde bedeutet, daß dies die Uniform der jungen wilden Unternehmer im beginnenden Kapitalismus sei. Durch die Kapellenfenster sah ich unbekannten Nachwuchs mit Breitbeilen hantieren. Dabei fiel mir ein, daß der zerhackte Altar immer noch nicht restauriert war, wollte aber keine unnütze Affäre draus machen, da meine Eltern in ihrem Zustand sowieso nichts davon wahrnahmen.

Bis auf sie beide ging der gerichtlich angeordnete Auszug der Pensionäre mit solcher Geschwindigkeit vonstatten, daß ich das im Gespräch mit dem Verwalter ein Wunder nannte. Ich erntete ein seltsames Lächeln und den rätselhaften Satz:

«Die Gerechtigkeit ist zwar blind, frißt aber gern Blutwurst!»

Man muß zugeben, daß einige der Hinausbeförderten keineswegs Freude über die Nachricht empfanden, man habe für sie eins der hübschesten Jungpionierlager hergerichtet, die soeben als ideologische Brutstätten des abgedankten Regimes aufgelöst worden waren. Vergeblich schilderte ihnen der ehemalige Verwalter des Altersheims und jetzige Direktor der Aktiengesellschaft ‹Himmel-AG›, wie wunderbar sich seine Kinder in diesen Zelten gefühlt hatten; sie ließen von illegalen Rückkehrversuchen nicht ab.

Übrigens benahmen sich auch die Schwestern nicht viel besser. Obwohl man ihnen großzügig den ganzen Dachboden überließ, verlangten sie starrköpfig die Kapelle zurück, die sie zu sechst, wie man ihnen geduldig auseinandersetzte, nie so wirtschaftlich hätten nutzen können wie UNITED PIGS es taten. Einwände erhoben sie auch dagegen, daß unsere Nachtbar die scherzhafte Aufschrift ‹Hölle› trug. Und nachdem die Umwandlungen des ganzen Areals in ein ‹Sexsterne-Hotel› in unglaublichem Tempo vonstatten gegangen war, begannen sie sich über den nächtlichen Lärm zu beschweren und über die angeheiterten Gäste, die zuweilen – in der unschuldigen Annahme, dies gehöre zu den Vergnügungsattraktionen – in ihre Zellen eindrangen. Es genügte doch immer, daß sie Licht machten, und die Besucher verließen Hals über Kopf ihre Kammern. Im allgemeinen kam alles durch Zureden wieder ins Lot, nur bei außergewöhnlicher Disziplinlosigkeit schloß der funkelnagelneue Havel die Zelle ab und verordnete der aufmüpfigen Schwester außerordentliches Fasten.

Ärgerlich war, daß sich der Umbau auch auf mich und meine Eltern erstreckte; man verfrachtete uns vorübergehend in das einstige Gelaß mit provisorischer Ausstattung. Als ich Václav nach längerer Zeit vorsichtig fragte, wann wir wieder in die uns inzwischen gewohnte Umgebung zurückkämen, schlug er sich verdrossen an die Stirn.

«Mein je, und ich hab mich noch gefragt, was sind das für komische Möbel, die sie da in den Container schmeißen! Aber», fuhr er schon wieder gelassen fort, «deine Eltern wollten ja doch eine Bleibe haben, wo sie keine Aussicht verwirrt, und du selbst hast dich längst wie ein junger Adler über deine ursprünglichen Verhältnisse erhoben, deshalb war es höchste Zeit, auch den restlichen Ballast abzuwerfen, der dich an den Boden fesselte!»

Binnen kurzem kam ich zu dem Schluß, daß er nicht unrecht hatte, denn mit dem Verschwinden des Hockers etwa, über den Paps mich immer gelegt hatte, wenn er mich mit dem Riemen verwamste, oder des Kleiderständers, an den ich oft gebunden wurde, damit ich es mir abgewöhnte, früher als die Eltern vor dem Teller zu sitzen, schien ein riesenhafter Alp auf und davon zu fliegen, der mir seit meiner Kindheit unsichtbar auf der Brust hockte. Und als der Direktor mir versicherte, der Inhalt des Containers sei unwiederbringlich vom Personal gestohlen worden, verspürte ich mit Stolz, daß ich, wie ich es mir doch aufs ernsthafteste vorgenommen hatte, nicht nur ein Mann geworden war, sondern auch noch erwachsen.

Dieses Wissen beruhigte nach und nach mein aufgewühltes Inneres, und es ist nicht ausgeschlossen, daß ich eine harmonische Zeit erlebt hätte, in der auch die Trauer über den Verlust meiner Gattin friedlich verklungen wäre, hätte sich nicht völlig unerwartet ereignet, was alles ungeheuer dramatisch umstieß.

Wieder einmal war es ein herbstlicher Morgen. Ich hatte mich kaum meiner täglichen Pflicht entledigt, zu der die Firma mich großzügig gegen Kost und Logis anhielt, nämlich die Keller und den Dachraum gründlich durchsucht und dem Wachpersonal ein paar Rentner übergeben, die aus dem Pionierlager ausgerissen waren und sich unter dem durchsichtigen Vorwand, dort werde nicht geheizt, von neuem bei uns einnisten wollten, als in mein Büro, eine praktische Kombination von Wohnung und Bad, über dessen Wanne ich nach dem Waschen eine Tischplatte klappte, um dann abends nur den Schlafsack draufzulegen, zwei Personen eintraten.

Die erste überraschte mich nicht besonders, da sie des öfteren in bekannter Gestalt hierherkam, die auch ihr neuer Name nicht verändert hatte. Dagegen weckte die zweite Person gleichzeitig Furcht und Freude in mir: Es war ohne jeden Zweifel meine Gattin!

Doch statt, wie ich es zu Recht erwartete, in ihrem Zorn fortzufahren, der zu meinem gewaltsamen Auszug aus unserem gemeinsamen Heim geführt hatte, bedachte sie mich überraschend mit einem Lächeln, das man kaum anders als äußerst herzlich nennen konnte.

Doch dabei blieb es nicht. Energisch durchmaß sie mit zwei Schritten das ganze Zimmer und öffnete, ohne auf des Verwalters ungeheucheltes Staunen zu achten, ihre Arme weit, und als sie mich gleich darauf umschlang, war ich wie in unseren Flitterwochen wieder süß eingesperrt in dem vertraut-bekannten elastischen Dunkel ihrer Brust, die mich an die Luftmatratzen meiner Kindheit erinnerte, und in dem unverwechselbaren, mit dem Rauch schwarzer Zigaretten verschnittenen Duft von Wacholderschnaps.

«Grüß dich, Scheißerchen», sprach sie mich mit jenem zärtlichen kleinen Wort aus den Uranfängen unserer Liebe an, so daß über ihre jetzigen Gefühle kaum mehr Zweifel bestehen konnten, «meinst du nicht, daß du mich schon genug gequält und vernachlässigt hast? Macht man denn das, daß man die eigene Gattin alleinläßt, notabene mit einem wildfremden Mann, der es sichtlich auf ihre Ehre abgesehen hat, und schlägt sich egoistisch seitwärts in die Büsche? Weißt du überhaupt, wie lange ich dich gesucht und nicht gefunden habe? Kannst du dir auch nur entfernt vorstellen, welche Verwüstung ein verschwundener Gatte in einer Gattin anrichtet, die so oft schon ent-

täuscht worden war wie ich? Hast du wenigstens unge-
fähr einen Begriff davon, wieviel durchwachte Nächte
und demzufolge durchschlafene Tage du mir bereitet hast,
nach denen ich nicht einmal mehr meiner künstlerischen
Verpflichtung genügen konnte, als ich neben der Hoffnung, je wieder mein Glück zu finden, mit einem Mal auch
meinen Lippenansatz einbüßte, der stets mein größter
Stolz war? Hast du, du mein garstiger Herzbock, von all
dem wenigstens ein Fünkchen Ahnung, wie sie einem auch
nur halbwegs empfindsamen Menschen der Anstand ge-
bietet? Und nun, da ich nach all dem die Erniedrigung ge-
schluckt habe und von selbst zu dir gekommen bin, nun
sprichst du auch noch nicht mal mit mir??»
   Ich hätte schon längst siebenmal mein überzeugendes
Nein! gerufen, wären meine Lippen nicht immer noch
tief in ihrer Büste vergraben gewesen, so üppig, daß sie
mir nicht nur die Luft, sondern halbwegs auch das Gehör
nahm. So strengte ich wenigstens dieses an, um auf alles
richtig antworten zu können, sobald sich mir dazu die erste passende Gelegenheit böte.
   «Mein einzig Glück, Simpelchen», fuhr sie immer leb-
hafter fort, «bestand darin, daß ich mir diesen rabiaten
Kerl mit dem bezeichnend abstoßenden Namen Béd'a
schon zwei Monate später selbst vom Hals schaffte, als ich
vor Verzweiflung auf die superkluge Idee kam, seinen
Kollegen Lůd'as auf ihn loszulassen, von dem ich dir irgendwann schon berichtet habe, daß er mir sehr verpflichtet ist. Er wurde gerade in dem für mich so kritischen Moment befördert und konnte auf Grund seines höheren
Rangs meinem Peiniger verbieten, mich weiterhin zu ver-
gewaltigen. Er blieb dann ein paar Monate, bis ich mich
völlig beruhigte, bei mir in der Küche und wurde mit der
Zeit für mich so etwas wie ein richtiger Bruder und tüch-
tiger Impresario. Als dieser befand er, daß eine so erst-

klassige Künstlerin es nicht nötig hat, in zweitrangigen Kapellen vor drittwertigem Publikum aufzutreten, und verschaffte mir über Bekannte wegen dauernden Verlusts meines Mundansatzes eine Invalidenrente. Und als Bruder beschloß er, mich der gesetzlichen Obhut des liebenden Gatten zurückzuführen. Unter freundlicher Nutzung seiner Amtsvollmachten ließ er eine landesweite Fahndung wegen grober Vernachlässigung der Unterhalts- und sonstiger ehelicher Pflichten nach dir einleiten, was dir aber keine Sorgen machen muß, Lärvchen, weil er dir für den Fall einer Verhaftung noch heute eine Bescheinigung ausstellen wird, daß du ermittelt worden bist und gestanden hast. Übrigens wäre die Suche nach dir wahrscheinlich im Sande verlaufen, weil die meisten Polizisten, die durch die Schuld der Totalität das Vertrauen der Bürger verloren haben, reumütig zu den schwarzen Sheriffs abgewandert sind, so wie die Geheimpolizisten zum Personenschutz der neuen Politiker, die sie schon seit deren einstigem Verhaften bestens kennen. Und da erinnerte ich mich, ja Köpfchen! daß du wohl bei deinen Eltern bist, und weißt du warum?»

Im selben Augenblick vernahm sie anscheinend mein ersticktes Brabbeln, mit dem ich ihre Aufmerksamkeit zu wecken bemühte, sie lockerte nun die Umarmung, und ich konnte, nachdem ich Luft geschöpft hatte, alle aufgestauten Neins loswerden. Dabei hatte ich Gelegenheit, den maßlosen Neid auf dem Gesicht des Verwalter-Direktors zu lesen, und verspürte neben dem Sauerstoff auch einen Hauch von Glück, weil mir meine Gattin wegen meines langen Verschwindens nicht mehr zürnte und offensichtlich keine weiteren Folgerungen mehr daraus abzuleiten gedachte.

«Weil!» sprach sie weiter und zog aus dem Busen einen dicken Brief mit erbrochenem Siegel, das ich vor kurzem noch für eine ihrer wohlgeformten Brustwarzen gehalten hatte, «weil bei deren alter Adresse dieser Brief angekommen ist. Du magst einwenden, Schleckerchen, er sei vom Gericht und ausdrücklich für ihre Hände bestimmt, aber ich wollte ohne dich nicht das Risiko eingehen, daß er vielleicht eine Nachricht enthält, die sie, unvorbereitet wie sie sind, womöglich umbringen könnte, etwa in der Art, daß man gerade irgendwo deine stark verwesten Überreste gefunden hat, die sie identifizieren sollen. Diese schreckliche und unappetitliche Last war ich bereit auf mich zu nehmen, und deshalb wirst du oder werden sie mir bestimmt keine haltlosen Vorwürfe oder gar hysterische Auftritte machen, bloß weil ich aus dieser Befürchtung irgendein blödes Siegel durchgebissen habe! Im Gegenteil ...»

meine Frau erhob die Stimme, und ich duckte mich aus alter Gewohnheit, mit einer Hand den Kopf und mit der anderen den Hintern schützend, wie immer, wenn mein Paps die Stimme erhob, doch nicht Schläge prasselten auf mich herunter, sondern nur weitere bitter-vorwurfsvolle Worte, die mich außerdem stark überraschten,

«im Gegenteil, zu Vorwürfen oder gar Auftritten hätte ich das volle Recht, da erst dieser widerwillig von mir geöffnete Brief mir auch die Augen öffnete und ich schwarz auf weiß las, was du mir während der ganzen Dauer unserer leidenschaftlichen Liebe und glücklichen Ehe verheimlicht hast. Nun denn – jetzt hast du eine letzte Möglichkeit, die Wahrheit zu bekennen! Sprich!»

Mein Gesicht mußte eine so uferlosheillose Verwirrung ausdrücken, daß auch der Verwalter Václav und zugleich Direktor Havel auf mich zutrat, um mir durchs Haar zu fahren und beschwichtigend auf mich einzusprechen.

«Keine Angst, Junge, nicht nur ich, jeder hier weiß längst, daß du alles andere bist als der, für den du dich ausgegeben hast, ja daß du im Gegenteil jener berüchtigten grauen Zone angehörtest, welche die roten Tyrannen aus Feigheit noch heute an der Macht halten würde, wäre da nicht unser riskant intensiver Diebstahl des sozialistischen Eigentums gewesen, der sie auf den besagten Kehrichthaufen der Geschichte gefegt hat. Denn du, wie wir bald herausfanden und wie mir eben erst deine so besorgte Gattin bestätigte, hast nicht einmal an dem heldenhaften, die ganze Nation umfassenden Aufstand in jenem historischen November teilgenommen, weil dir bis jetzt noch nie jemand ein Bund Schlüssel anvertraut hat, mit dem wir anderen das kommunistische Völkergefängnis aufgeschlossen haben. Trotzdem, keiner von uns hier will dir dafür den Kopf abreißen, am wenigsten deine Gattin, die ihn im Gegenteil soeben auf eine Weise an sich drückt, die meinen unverhüllten Neid erweckt. Allein dafür, Knabe, hätte sie es verdient, daß du ihr von dir alles gestehst, ehe sie dir den unwiderlegbaren Beweis wird vorlegen müssen, den sie ungern in jener amtlichen, ohne die geringsten Zweifel an deine Eltern gerichteten Zuschrift entdeckte.»

«Aber was denn?» fragte ich immer verzweifelter, «und worüber?»

«Vilém!» rief meine Gattin jetzt schon in strengstem Ton aus, «willst du mir nach wie vor weismachen, du hättest nie einen Großvater gehabt?»

«Aber, das ist lange her … und noch länger lebt er nicht mehr …» stotterte ich bereits völlig von Sinnen, was mir zwar bewußt war, doch ich konnte mir nicht helfen.

«Lange her, lange hin!» herrschte mich nun auch der frischgebackene Havel an, womit er die abgewandte Seite seines bisher freundlichen Wesens enthüllte, «hast du nun einen Großvater gehabt oder hast du nicht??»

«Ja …» stieß ich also hervor, obwohl ich mir dessen

nicht sicher war, es aber für wahrscheinlicher hielt als das Gegenteil.

«Und besaß der Großvater Häuser??» verhörte mich jetzt auch meine Gattin scharf, so daß ich mich zwischen zwei Feuern befand.

«Was für Häuser?» setzte ich mich wahrhaft starrköpfig zur Wehr, da ich von meiner gänzlichen Unschuld felsenfest überzeugt war.

«Was für Häuser, was für Häuser!!» äffte mich der Verwalter nach, wobei aus seiner Stimme ein Haß sprühte, auf den ich nicht gefaßt war, «der Herr Rosol fragt, was für Häuser!!»

Meine Gattin aber unterließ es, in seinen Ton einzustimmen, vielmehr trat in ihr Gesicht plötzlich ein unvermittelt angestrengter Zug, der verriet, daß sie nachdachte.

«Er ist jung», urteilte sie dann einlenkend, «und es ist nicht ausgeschlossen, daß seine Eltern ihm nie etwas verraten haben, um nicht unnötig Verdruß auf die vertane Lebenschance in ihm zu wecken.»

«Vertane?!» steigerte Husák-Havel sich in seinen überraschenden Wutausbruch, «der hätte die Chance doch aus lauter Nichtsnutzigkeit längst selber vertan, hätte er sie gekriegt, bevor er Sie kennenlernte, und so präsentiert das Schicksal sie ihm heute sogar mit Zinsen und auch noch auf einem Tablett, das alle silbernen Servierteller der Welt in den Schatten stellt!»

Während er so schrie, gab er sich nicht die geringste Mühe, seinen lüsternen Blick von den Brüsten meiner Gattin abzuwenden, auf denen noch immer mein Kopf ruhte. Als echte Dame schenkte sie seinen Worten jedoch keinerlei Beachtung und zog mich noch fester an sich, was ihn in einen Zustand der Unzurechnungsfähigkeit zu versetzen schien.

«Ja», brüllte er völlig außer sich, «da schindet sich einer tagaus tagein für Rentner und Schweine ab, so daß ich bald nicht weiß, wen ich zuerst füttern oder abstechen soll, und diesem Hänfling da, der noch nicht mal laut furzen kann, scheißt der Himmel eine Gattin hin wie Sie und Häuser wie die Rosolschen, ist das nicht ein Skandal? Wäre ich gläubig, ich würde stracks aus einer Kirche austreten, deren Gott so was zuläßt!»

«Erstens», fertigte ihn meine Gattin ab, «hat er die Häuser noch nicht, weil er sie erst noch erblich erlangen muß, wofür ich als seine bessere Hälfte selbstverständlich sorgen werde, schlimmstenfalls über meine Beziehung zur Polizei, und zweitens», sagte sie plötzlich schalkhaft, «kann ich dann vielleicht im Handumdrehn Witwe werden, und alles wird wieder zu haben sein, die Häuser wie das Tablett!»

Obgleich ich sehr wohl verstand, daß sie seinem gefährlichen Jähzorn damit nur die Spitze abbrechen wollte, spürte ich nach langer Pause den Stachel der Eifersucht, was mir bewußt machte, daß ich meine Gattin wieder liebte, und zwar weit mehr als früher. Aber immer noch entging mir der Sinn dieses Streits, weshalb ich es begrüßte, daß der Tobsüchtige sich beruhigte und meine Gattin mir eine verständlichere Erklärung bot, zu der sie sich ohne zu zögern anschickte.

«Ja, du mein Schlaumeierchen, es ist genauso wie bei Hans im Glück. Du hattest, was sogar mich überraschte, weil ich das nicht von dir gedacht hätte, wirklich einen Großvater, noch dazu einen begüterten, und zwar dank seiner Firma für Leim und Gelatine. Diese Produkte werden leider Gottes aus Knochen, Hufen und Hörnern hergestellt, was die Umgebung mit unvorstellbarem Gestank verpestet. Das machte dem Großvater seit seiner Kindheit schwer zu schaffen, und so pflegte er nach seiner aufreibenden Direktorsarbeit sich in jeder freien Minute zu den Musen zu flüchten. Da er durch eine Schicksalsfügung auch noch William hieß, zog ihn verständlicherweise vor allem die Oper an. Um das Geld für die Droschke und in späteren Zeiten fürs Taxi zu sparen, mit dem er täglich vom Außenbezirk zum Nationaltheater fuhr, und um nicht den furchtbaren Geruch mit sich zu führen, welcher der Zahl der Abonnenten gefährlich zu werden begann, kaufte er sich bald ein Haus, das gleich neben dem Goldenen Kapellchen lag. Er mußte den ganzen Häuserblock hinzuerwerben, was ihn damals wurmte, uns beide aber, mich und dich, heutzutage nur freuen kann. Als Pensionär ließ er sich mit freundlicher Zustimmung der Intendanz zwischen beiden Gebäuden einen unterirdischen Gang errichten, so daß die Künstler Zutritt zu seinem einmalig bestückten Weinkeller bekamen, während er in seine Loge nur im Jackett gehen und unterhalb die Pyjamahose samt Babuschen anbehalten konnte.

Ja, ja», fuhr sie immer feuriger fort, «das alles hat mir der langjährige Sekretär deines Großvaters verraten, der im Jahre 48 nach der Verstaatlichung aller Privatfirmen der erste Arbeiterdirektor seiner Fabrik und der nationale Verwalter seiner Häuser wurde, zu deren Schutz er später, im 68er Jahr, bereits als Mitglied des Politbüros, die fünf Armeen des Warschauer Paktes ins Land rief, was heute als verjährt gilt, so daß er sich seinen Hobbys als Doyen des Zentralklubs der Unabhängigen Erotischen Initiative widmen kann, wo ich listigerweise schon gestern im Whirlpool mit ihm Kontakt aufnahm. Gegen das Versprechen, das ich dir zuliebe verständlicherweise brechen werde, Pudelchen, nämlich ihm die Domina zu spielen, erhielt ich diese und weitere wertvolle Informationen! Bin ich nicht dein schlaues Denkerchen?»

Glücklich nickte ich, zumal mich ihr Entschluß wärmte, mit diesem offenbar alten und geilen Bock nicht einmal unschuldiges Domino zu spielen.

«Und so», sprach sie immer triumphierender, «ohne daß ich das Briefgeheimnis hätte verletzen müssen, womit die Öffnung des amtlichen Schreibens an deine Eltern durch mich im Rückblick gegenstandslos und rechtlich wie moralisch unanfechtbar wird, weiß ich nun durch eigenes Zutun, daß der Staat ihnen als erbberechtigt alle willkürlich konfiszierten Eigentümer William Rosols zurückgeben wird, und zwar die Immobilien und Grundstücke samt allem, ich zitiere, ‹was darin und darauf ohne Wissen des enteigneten Besitzers gebaut und hinzugebaut wurde›, so daß wir ...»

meine Gattin schob mich in Armweite fest von sich weg, damit ich deutlich die Träne sehen konnte, die in ihrem rechten, augenscheinlich gerührteren Auge aufblinkte,

«falls diese beiden Knauser, die sich deine Eltern nennen, ihr so mühelos gewonnenes Erbe als Mitgift an uns abtreten, für welche man die bisherigen Krümelchen von ihrem reichgewordenen Tisch kaum halten kann, werden ich und du die Besitzerin nicht nur des ganzen Komplexes der Rosolschen Häuser samt den unterirdischen Garagen sein, sondern auch der Hälfte unseres innigst geliebten Nationaltheaters!»

3

Das Glück, welches mein Großvater und meine Gattin über mich gebreitet hatten, währte unglücklicherweise nicht lange, da sich ihm ganz plötzlich drei unerwartete Hindernisse in den Weg stellten: Paps, Mutsch und der Staat.

Der Staat, der monatelang großmäulig herumgetönt hatte, er sei ein allzu nachgiebiges Werkzeug der kommunistischen Willkür gewesen und habe deshalb jedweden Kredit verloren, schüttelte sich, wie meine Gattin zu Recht geiferte, unversehens wie ein begossener Pudel und erklärte sich zum Instrument der Errichtung einer Demokratie. Zwar zeigte er sich nach wie vor gewillt, die Rosolschen Häuser an die rechtmäßigen Erben zurückzugeben, weigerte sich aber unter Berufung auf irgendwelche längst vergessenen patriotischen Geldsammlungen, uns auch einen noch so geringen Anteil am Nationaltheater zuzugestehen. Vergeblich bemühten sich auch die Anwälte meiner Gattin, denen sie im Erfolgsfalle einen Anteil an den Kassaeinnahmen zusicherte, falls sie das Recht erhielte, jährlich ein Stück nach ihrer Wahl aufführen zu lassen, für das sie dann freilich selbst die Billetts verkaufen wollte. Im Sinn hatte sie dabei eine Operette nach ihrem einzigen, dafür aber liebsten Buch ‹Die Erinnerungen der Henkersfamilie Mydlář›, von der sie sich einen überwältigenden Kassenerfolg versprach.

Der in die Enge getriebene Staat schlug ihr verschiedene andere Bühnen vor, die sie jedoch in meinem Namen grundsätzlich ablehnte, weil diese oft größere, aber niemals nationale Theater waren.

Bei den Verhandlungen zeichnete sich immerhin die Aussicht auf eine Übereinkunft ab, da die Juristen der Gegenseite mit ihrer Bestechlichkeit nicht hinterm Berg hielten, weil sie sich selbige erlauben und verantworten konnten: Als bejahrte Kommunisten, gerade eben in die neu entstandenen Parteien übergetreten, hatten sie gegenüber der Demokratie, die ohne ihre Zustimmung auf undemokratische Weise installiert worden sei, keinerlei moralische Verbindlichkeiten. Das Problem war und blieb, daß fürs erste nichts vorhanden war, womit man sie hätte bestechen können.

Ja, zu meiner größten Schande versagten gerade meine Eltern auf ganzer Linie, was meine Gattin in unseren kühnen Plänen nicht im entferntesten bedacht hatte, weshalb sie mich jetzt unausgesetzt mit ebenso bitteren wie berechtigten Vorwürfen überhäufte.

Ursprünglich hatte sie von meinen Eltern erwartet, und dafür auch meine vorbehaltlose Zustimmung bekommen, daß sie den gesamten so unverdient leicht gewonnenen Besitz, den ich angesichts meiner Unerfahrenheit noch leichter und unverdienter wieder verlieren könnte, schon jetzt unmittelbar ihr vermachen. Da die verknöcherten Gesetze sie gemeinerweise daran hinderten, ging sie in ihrer Selbstlosigkeit so weit, sich sogar bereitwillig von ihnen adoptieren zu lassen, was sie außerdem noch zu meiner Schwester gemacht hätte, die äußerstenfalls damit einverstanden wäre, wie sie ihnen heilig versprach, brüderlich mit mir zu teilen, falls ich mich von ihr scheiden ließe. Ich muß nicht betonen, daß ich eine Scheidung von einer so großzügigen Gattin niemals in Betracht zöge, doch allein ihre Absicht rührte mich tief.

All diesen Versicherungen und Zusicherungen zum Trotz setzten sich meine Eltern dagegen massiv zur Wehr. Anfangs schützten sie länger als eine Woche vor, sie könnten ihre Brillen nicht finden, um den Entwurf des Schriftsatzes überhaupt erst einmal durchlesen zu können. Nachdem meine Frau eine Durchsuchung ihrer Kammer vorgenommen hatte und zum Verdacht gekommen war, daß sie ihre Augengläser wahrscheinlich mit Absicht im Klo weggespült hatten, las sie ihnen ihr Adoptionsgesuch in Gegenwart jenes beförderten Polizisten laut vor, der schon einmal Zeuge deren einstimmiger Zustimmung gewesen war. Erst dann versprachen sie, die geforderten Unterschriften zu leisten, doch erst am Sonntagmittag, um vorher, wie sie behaupteten, nach Jahren ausnahmsweise wieder in die Kirche zu gehen und dort in der Messe für ihr Tun den Segen von oben zu erflehen.

Nicht schildern kann ich die Erschütterung, welche der Umstand in mir hervorrief, daß sie von der Messe nicht in den ‹Himmel› zurückkehrten, ja, daß sie laut Ermittlung des Leibpolizisten meiner Gattin nie in der Kirche angekommen waren. Wie ein Knüppelhieb wirkte auf mich die Feststellung, daß meine beiden Eltern zum ersten Mal, seit ich sie kannte, und dazu offenbar auch bewußt gelogen hatten!

Die Erklärung dafür sollte ebenso rasch wie verblüffend sein. Während der Polizist Lůd'a mit einer Eingreiftruppe aus frisch amnestierten Verbrechern, die der neue Präsident der Republik aus seiner Kerkerzeit kannte und demzufolge erwartete, daß sie Typen mit gleicher Psychologie leichter unschädlich machten, jene Orte durchkämmten, wo die Eltern sich in Panik versteckt haben konnten – wie Kirchtürme, Heilsarmeeherbergen oder Ausnüchterungszellen –, trat in mein Arbeitskabinett der Verwalter ein, der neuerdings auch Direktor war, weswegen ich ihn seitdem kurz und bündig Verwaltor nannte.

Obwohl er mir seit seinem eifersüchtigen Ausbruch aus dem Wege ging, stellte er mir jetzt ein Väschen mit frischen Mimosen auf den Tisch und fragte mich, wie es mir gehe. Da ich nicht wußte, wie ich nach der kürzlich gehabten Szene mit ihm umgehen sollte, und mich im Augenblick nicht mit meiner Gattin beraten konnte, beschloß ich, mich recht unverbindlich zu verhalten, und antwortete, ich wisse es nicht.

Er aber mußte wohl angestrengt an etwas anderes denken, denn er nickte dazu, verschloß die Tür, steckte den Schlüssel in die Tasche, setzte sich auf den freien Besucherstuhl, der aus Platzmangel dicht neben meinem stand, und ehe ich es mich versah und mit Erfolg zur Wehr setzen konnte, zog er mich auf den Schoß und preßte mich mit der Linken an sich. Sofort hielt er mir mit der Rechten fest den Mund zu, und ich begriff, daß er mir nichts zuleide tun wollte, sondern mich vielmehr nur davor bewahren, wegzulaufen oder zu schreien. Diese Vermutung fand ich bestätigt, als er besorgt zu flüstern begann.

«Gen … aber ja, Genosse! Genosse Vilém, ich konnte das nicht länger mit ansehen!»

Gern hätte ich gefragt, was denn, aber dies war wieder einmal eine Situation, in der ich Atmen bevorzugte, da ich annahm, er werde mir selber gleich die entsprechende Erläuterung geben, was er auch tat.

«Wenn ich Genosse zu dir sage, Genosse, dann will ich dich nicht auf die billige Tour mit dem morschen Regime von gestern identifizieren, obwohl du diesem bei deinem schwachen Charakter durch widerliche Bespitzelung deiner gottesfürchtigen Eltern bis zu seinem Sturz lakaienhaft gedient hast, nein! deshalb bin ich wahrlich nicht hier. Genosse habe ich dich nicht nur infolge meiner fortschreitenden Sklerose genannt, sondern weil eben diese mich nötigt, über die ursprüngliche Bedeutung dieser in mir so festgenagelten Anrede nachzudenken und ihr die einstige Würde wiederzugeben, für die wir, einfache Leute und demzufolge das Salz der Erde, über Generationen hinweg geblutet haben. Ich rede mit diesem Wort in dir einen von jenen an, die gleich uns nicht zulassen wollen, daß mit dem Bade des unmenschlichen Sozialismus alle drei Kinder der Französischen Revolution ausgeschüttet werden, insbesondere die Gleichheit.

Du», flüsterte er mir fiebrig ins Ohr, dabei ängstlich nach der Tür schielend, «teurer Genosse, hast in deiner reinen Naivität überhaupt nicht erkannt, daß du zur Milchkuh eines Betrügerpaares werden sollst, das dir vormacht, sie wäre deine Gattin und er ihr Impresario. Ja, Junge, deshalb halte ich dir ja den Mund zu, um den Schreien deiner Enttäuschung zu wehren, die uns verraten und diese Stunde der Wahrheit vereiteln würden. Und die Wahrheit ist, daß deine sogenannt gesetzlich Angetraute, die dich gesetzwidrig aus der elterlichen Wohnung schmiß und über Monate nichts von dir wissen wollte, bis sie unter krimineller Verletzung des Briefgeheimnisses von deinem künftigen, viele Millionen schweren Erbe Wind bekam – daß diese Person dich schamlos mit einem korrupten Gesetzeshüter betrügt, wie sie mir gestern abend ganz zynisch gestand, als ich mit ihr verkehren wollte. Ich muß wohl nicht betonen, daß ich sie mit diesem geschmacklosen Ansinnen nur auf die Probe gestellt habe, denn ich schätze wenig auf der Welt so sehr wie deine Freundschaft und möchte dich wegen so einer Schlampe nicht verlieren, kriegst du noch Luft?»

Als ich aus letzter Kraft den Kopf schüttelte, gab er rücksichtsvoll meinen Mund frei, ließ die Hand aber sicherheitshalber in unmittelbarer Nähe, so daß ich mich lieber auch weiter still verhielt.

«Ich konnte es wahrlich nicht mehr mit ansehen», kehrte er besorgt zum Anfang zurück, «wie die beiden im wahrsten Sinne krakenartig deinen künftigen Besitz umschlingen, der nach meiner Überzeugung allein in deinen Händen zwischen all denen, die dich gern haben, gerecht aufgeteilt werden könnte und die abgrundtiefen sozialen Unterschiede bei uns nicht erneut ausgraben würde, welche der besagte Sozialismus trotz seiner abartigen Widerwärtigkeit insofern fairerweise beseitigt hat, als hierzulande monatlich keiner mehr verdienen durfte als beispielsweise ich. Deshalb betone ich: Ihm haben wir heimgeläutet, doch niemals dem Ideal der Gleichheit, was diese versoffene Hure mit ihrem Gummiknüppelzuhälter aber mit deinem Geld beabsichtigt.»

Angewidert spuckte er aus und setzte mich unwillkürlich jäh auf meinen Stuhl zurück, als ekelte er sich auch vor mir. Doch gleich wurde er dessen gewahr, streichelte mir mit der gerade frei gewordenen Hand zärtlich die Wange, und legte sie dann, was mir etwas ungewöhnlich vorkam, in meinen Schoß.

«Als ich dann auch noch zum erschütterten Zeugen jenes schamlosen Versuchs dieses Teufelspaars wurde, der unverhüllt darauf abzielte, dich gegen ein Schmiergeld amtlich zum unehelichen Sohn deiner Eltern erklären zu lassen und den Polizisten deiner Gattin zum ehelichen, ja! sie versprach mir nämlich, doch mit mir zu bumsen, falls ich bereit wäre zu bezeugen, daß ich dein echter Vater bin und deine Mutter eine unbekannte Soldatin, die dich dann vor euere Tür gelegt hat, ja, ja! so weit waren sie in ihrer Ruchlosigkeit schon gegangen, da beschloß ich zu handeln und deine bedrohten Alterchen sicherheitshalber zu entführen.»

Bei diesen Worten hielt er mir blitzschnell wieder den Mund zu, doch als er feststellte, daß ich keine Anzeichen eines hysterischen Anfalls zeigte, legte er die Hand wieder auf die Stelle zurück, wo sie bisher lag, wobei ihm offenbar entging, daß er diesmal direkt mein Geschlecht berührte. Es war mir aber peinlich, ihn darauf hinzuweisen, denn es sollte nicht der falsche Eindruck in ihm entstehen, daß in mir ein irriger Eindruck entstanden sei. Übrigens fesselte seine Rede meine Aufmerksamkeit so sehr, daß mir für irgendwelche Eindrücke, geschweige denn Anfälle gar keine Zeit blieb.

«Ja, ja, ja!» fuhr er eindringlich fort, «ich bot ihnen an, sie zur Messe zu fahren, und gewiß hätte ich mich mit ihnen auch noch über weitere Dinge freundschaftlich verständigt, wenn es nicht zu dem unseligen Umstand gekommen wäre, daß sie beim Anblick des Fahrzeugs fast übermenschlichen Widerstand leisteten und ums Verrecken nicht freiwillig in den Leichenwagen einsteigen wollten, obwohl wir ihnen unsere bequemsten Luxussärge hineingestellt hatten. Zum Glück haben meine Jungs, du weißt ja, die kommen mit einem Zweizentnerschwein zurecht, sie rasch eingefangen und eingesargt, und dann sind sie auch schon ruhig zu der ehemaligen Landwirtschaftsgenossenschaft abgereist, die schon lange eine Tochtergesellschaft von UNITED PIGS ist. Ihr zuverlässiges Versteck verrate ich dir lieber nicht, damit deine Gattin es aus dir nicht herausprügeln kann. Ich soll dir aber ausrichten, daß es ihnen den Umständen entsprechend besser als gut geht und daß sie sich auf ein baldiges Wiedersehen beim Notar freuen, wo sie ihr gesamtes Eigentum gern auf uns beide überschreiben werden.»

Meine Augen mußten diesmal wohl beträchtliches Befremden widerspiegeln, denn er bemühte sich sogleich um eine Erläuterung.

«Nein, nein! erklär dir das nicht falsch, aber dank deiner Unterschriften unter vielen unserer Verträge, vor allem aber unter Rechnungen, bist du schon längst Mithaftender der ursprünglich nur mir gehörenden Gesellschaft mit beschränkter Haftung geworden, und zwar insofern, als du heute schon praktisch unbeschränkt für sie haftest. Der Gedanke der Gleichheit, zu dem du dich so nachdrücklich bekennst, verpflichtet dich also, auch mir ein nicht geringeres Vertrauen zuzubilligen und gleichfalls das unbeschränkte Recht darauf einzuräumen, für Großvaters Häuser und die ihm gehörende Hälfte des Nationaltheaters mitzuhaften. Dort könnten wir schon ab kommender Saison ‹Opernschlachtbälle› abhalten, zu denen unserer Solisten und Blutwürste wegen bestimmt Gäste aus dem ganzen umliegenden Europa anreisen würden! Doch es geht nicht nur ...»

setzte er mit seltsam veränderter Stimme fort, während seine Finger durch den Stoff hindurch leichthin mit meinem Organ zu spielen begannen und ich allmählich begriff, daß mein irriger Eindruck leider kein falscher war, im Gegenteil, denn was er tat, das tat er ohne den geringsten Zweifel bereits mit Absicht,

«es geht im Rahmen des Aufbaus einer glücklichen kapitalistischen Zukunft auf ewige Zeiten nicht nur darum, zwei Vermögen, sondern auch, und das ganz besonders, mein teurer Vilém, zwei Seelen zu vereinigen, die seit langem Gefallen aneinander gefunden haben, und über diese dann auch zwei Körper, die zweifellos aneinander Gefallen finden werden, da der eine die unverdorbene Kraft der Jugend und der andere die erlebte Erfahrung des reifen Alters in den dauernden Bund mit einbringt!»

Selbige demonstrierte er sogleich, indem er mir bei den letzten Worten den Reißverschluß der Hose mit einem Ratsch aufzog und mit der anderen Hand mein Glied schmerzhaft aus seinem Heiligtum befreite, wohin ihm bis jetzt einzig und allein meine Gattin hatte folgen dürfen. Dann legte er sich auch noch mit seinem ganzen Lebendgewicht grob über mich, der ich sowieso wie auf

Dornen saß, und das einzige, was mir noch von meinem brutalen Vergewaltor in Erinnerung haften blieb, als ich nach geraumer Zeit wieder zu mir kam, war das wilde Saugen seiner fleischigen Lippen an den meinen ...

Bewußt zum Bewußtsein kam ich erst in einem anderen Raum, den ich nie zuvor gesehen hatte, der jedoch hinsichtlich Farbe, Geruch, Ausstattung und Personal auffällig meiner Vorstellung von einem Krankenhaus glich, von dem mich meine Eltern immer ferngehalten hatten, weil sie fürchteten, man könnte mir dort mein gutes Blut gegen schlechteres austauschen, ja mir womöglich gar ein paar Organe entnehmen, an denen im Realsozialismus offener Mangel herrschte. Bevor ich aber irgendwen fragen konnte, ertönte hinter mir eine Stimme, die ihrer Tonlage, satten Fülle und Entschiedenheit nach nur meiner Gattin gehören konnte. Davon zeugte auch ihr holder Klang.

«Na, hat unsel Tleinchen wohl ausseslafen? Isses endlich wach gewolden, ja?»

«Ja», sagte ich matt, aber freudig, «ja, ja, aber wo bin ich denn hier?»

Und schon sprühten mir gleich zweimal Funken vor den Augen, und mein Kopf flog hin und her, denn statt einer Antwort bekam ich von hinten zwei schallende Backpfeifen, zuerst eine von rechts, dann eine noch schallendere von links, denn meine Frau war zu allem Überfluß auch noch Linkshänderin von Natur.

«Gott im Himmel, da fragt er auch noch!» sprach sie zuerst den HERRN an, doch gleich darauf erschien sie selbst in meinem Blickfeld, so wutschäumend, wie ich sie noch nie gesehen hatte, «da fragst du noch, du Rüsselschwein?» damit meinte sie zweifellos mich, «hätten wir dich vielleicht liegenlassen sollen, da über deinen Bürotisch gebeugt, wo du nützliches Tun offenbar nur vortäuschst, mit unzüchtig gespreiztem nacktem Hintern, in dem sich wie ein brünftiger Stier dieser andere Saukerl verlustierte, der erst gestern mich schändete, als ich, ohne einen Funken Gefühl, bloß mit handwerklichem Geschick, seine schnöden Pläne auch für dich aus ihm rauszuvögeln wußte? Hätten Lůd'a und ich etwa auch noch begeistert Gib's ihm, gib's ihm! rufen sollen?»

Zwei weitere Backpfeifen, diesmal von vorn, sorgten dafür, daß ich vorübergehend auch auf dem anderen Ohr ertaubte und für einige Zeit nur die sich schnell und wütend bewegenden Lippen meiner Gattin wahrnahm. Ohne Ton sah sie aus, als kaue sie auf einem besonders zähen Bissen herum. Dann schluckte sie ihn plötzlich hinunter und blickte mich fragend an, so daß mir nur noch etwas zu antworten blieb. Ich hatte Angst, sie mit der plumpen Entschuldigung, ich hätte sie nicht gehört, erneut in Zorn zu versetzen, da sie das als himmelschreiende Provokation auffassen mußte, und versuchte ihr deshalb zu schildern, woran ich mich auch nach einer Ohnmacht und vier Ohrfeigen erinnerte. Ich hatte jedoch noch nicht einmal ein Drittel erzählt, als sie mich schon unterbrach.

«Ach, hör doch auf mit deiner peinlichen Petzerei und kehr vor deiner eigenen Tür! Wie willst du das wiedergutmachen?»

«Aber Liliane», rief ich mit flehentlich gefalteten Händen aus, «ich schwöre bei allem, was mir heilig ist …»

Sie aber ließ sich weder erweichen noch besänftigen.

«Was kann einem Sexwüstling schon heilig sein, der seine geliebte Gemahlin auf das gemeinste betrügt, indem er sich's von einem Arschficker besorgen läßt!»

«Aber er hat mir doch nichts besorgt!» rief ich, nunmehr wirklich den Tränen nahe. «Ich habe bei ihm nichts bestellt, wirklich nicht!!»

Auch dieser Beteuerung schenkte sie nicht das allergeringste Gehör und blieb bei ihrer nach wie vor unversöhnlichen Haltung.

«Ich kenne doch dein Märchen von ihm selber!»

«Aber wieso?» Ich war erstarrt, und verstand kein Wort.

«Er hat uns die wahre Geschichte dreimal hintereinander erzählt, jedesmal mit neuen Einzelheiten, nachdem Lůd'a ihm von Mal zu Mal nachdrücklicher zuredete, sich besser zu erinnern, stimmt's, Lůd'a?!»

«Und ob», antwortete eine andere Stimme, und hinter meinem Bett trat der Genannte in Uniform hervor, womit sich erklärte, daß meine Gattin vorhin nicht mit himmlischen Höhen gesprochen hatte; er rieb sich überaus bedeutungsvoll die Knöchel seiner Riesenpranken und setzte hinzu, «mit jedem Zureden wurde er ausführlicher.»

«Deshalb weiß ich auch genau», übernahm wieder meine Gattin das Wort, «daß dein Anteil an deiner angeblichen Vergewaltigung so harmlos nicht war, wie du uns weismachen willst, denn du hast dich bei seinem Erpressungsversuch, auf den stolze Zurückweisung und eine Drohung mit der Polizei die einzig richtige Antwort gewesen wären, ganz im Gegenteil unaufgefordert an der heikelsten Stelle entblößt und damit seinem Gelüst völlig freie Bahn geboten!»

«Aber das ist eine turmhohe Lüge!» stammelte ich absolut glaubwürdig.

«Mag sein», räumte meine Gattin ein, fügte aber, noch ehe ich erleichtert aufatmen konnte, unerbittlich hinzu, «doch selbst wenn sie hunderttürmig hoch wäre, dein Pech ist, daß hier eine Behauptung gegen die andere steht, das heißt, daß in seinem Fall zweifellos die allgemeingültige Unschuldsvermutung gilt. An dir haftet demzufolge nach wie vor der häßlichste Verdacht, so daß du dich nicht wundern darfst, wenn ich unabsehbare Folgen daraus ableite.»

Auch ohne neue Ohnmacht wurde mir schwarz vor Augen, denn bis jetzt hatte ich nur absehbare erhofft.

«Sie ... Sie wollen ... wollen sich ... sich scheiden lassen ...?» stieß ich zerknirscht hervor.

«Das könnte dir so passen, du Oberbescheißer!» fertigte sie mich harsch ab, und ich kam wieder nicht zum Aufatmen, als sie bereits hinzusetzte, «nach allem, was ich dir geopfert habe, kannst du doch nicht erwarten, daß ich auf die Hälfte deiner Erbschaft verzichte, die mir von Rechts wegen schon jetzt zugefallen wäre, vielleicht sogar die zweite Hälfte auch, die mir im Falle deines ... ich will das Wort nicht aussprechen, weil ich abergläubisch bin, deshalb verwende ich den schonungsvollen Begriff, den mir mein einstiger Liebhaber, ein Versicherungsmann, beigebracht hat – deines Ablebens außerdem zustünde. Und schon gar nicht kannst du von mir erwarten, daß ich das Lager mit jemandem zu teilen gedenke, der mich in solcher Form entwürdigt hat. Von jetzt an bis auf Widerruf, den ich nicht völlig ausschließen möchte, damit ich dir nicht den Willen zur Besserung nehme, werden wir getrennte Schlafzimmer haben. Du fürs erste hier, nachdem der hiesige Chefarzt dafür von Lůd'a eine gewisse längst beantragte Verkehrsgenehmigung erhalten hat, und ich, sobald die Nationaltheaterdirektion mittels Delogierung ausgezogen ist, in der Wohnung deines Großvaters, der sie mir bestimmt von selbst angeboten hätte, wenn er hätte erleben müssen, wie sich sein Enkel gegenüber jener Frau aufführt, die als letzte noch das totale Aussterben aller Rosols verhindern kann, in der männlichen wie der weiblichen Linie. Und damit du ...»

diesmal schloß sie gequält die Augen, als wolle sie die Wirkung ihrer Worte nicht mit ansehen, «damit du ja nicht in Versuchung kommst, mir den Sex aufzuzwingen, wie du es zuletzt mit Václav Havel demonstriert hast, jawohl! nicht einmal vor diesem holden Namen hast du Respekt gehabt! habe ich Herrn Lůd'a gebeten, neben allen seinen bisherigen Funktionen auch noch die meines Leibwächters zu übernehmen, der nachts in meinem Vorzimmer wachen wird. Hast du die Absicht, all dem noch etwas hinzuzufügen, bevor wir dich hierlassen, damit deine eingerissene Klemmritze bald wieder ausheilt und du dich ganz deiner Lebensaufgabe widmen kannst, der Sicherung unseres Familienbesitzes, der wegen der hiesigen schwachsinnigen Gesetze weiterhin in den Händen deiner gerissenen Eltern verbleibt, respektive umgekehrt?»

«Aber …» konnte ich schließlich einwenden, doch meine Gattin war erneut die Schnellere und Wissende.

«Natürlich sind wir auch über ihre erpresserische Entführung im Bilde, die dein falscher Havel allerdings erst nach der dritten Befragung gestand, als Lůd'a ihm aus Zerstreutheit seine Zigarre auf dem Handrücken ausdrückte, wie er das zwangsweise noch bei der Staatssicherheit lernen mußte, deshalb fanden wir sie leider um etliches später, als es ihrer Gesundheit guttat. In ihren Särgen waren sie nämlich dem Eindruck erlegen, wirklich entschlafen zu sein, und weil wir sie durch puren Zufall genau unter dem Billboard unserer ‹Himmel AG› heraushoben, leben sie nun mit der fixen Idee, sich im Jenseits zu befinden. Du kannst doch nicht bestreiten, daß du durch dein geschmackloses Verhältnis mit dem Entführer an ihrem betrüblichen Zustand schuld bist, und deshalb erwarten wir alle, die sie gern haben, daß du sie entweder mit der Fürsorglichkeit eines Sohnes aus ihrem Wahn herausholst und in die helle Wirklichkeit zurückführst oder aber sie davon überzeugst, daß sie im Leben nach

dem Tode erst recht ihren Vererbungspflichten zu genügen und zusammen mit uns dreien einen der Notare aufzusuchen haben, von denen es auch im Paradies nur so
wimmelt, du verstehst mich richtig, Schwachkopf! Erst
dann werden Lůďa und ich bereit sein, darüber nachzudenken, ob wir dir vergeben wollen und dich vielleicht sogar, wenn auch verständlicherweise in Grenzen, deine
ehelichen Pflichten erfüllen lassen sollen, zu denen du
dich mir auf dem Rathaus mit deinem überstürzten ‹Ja›
für immer verpflichtet hast.»

Darauf rief Lůďa den erwähnten, auf den Namen Beneda hörenden Chefarzt herein, der offenbar die ganze
Zeit vor der Tür gewartet hatte, bis wir uns einigten, und
überließ mich seiner Obhut mit glimmender Zigarre, die
er sich inzwischen angezündet hatte und zum Glück auf
niemandem ausdrückte.

Meine Beziehung zu dem Mediziner entwickelte sich
dann insbesondere auf persönlichem Gebiet, als er in mir
endlich einen Patienten fand, bei dem er sich über sein
bewegtes Schicksal ausweinen konnte. Da er sich unter
dem vergangenen Regime geweigert hatte, die Wissen-
schaftlichkeit jener These anzuerkennen, nach welcher
der erste Erfinder des Röntgens ein russischer Bauer gewesen sei, der bei einem Gewitter zusah, wie ein Blitz seine Kuh durchleuchtete, und diese Beobachtung seinem
Herrn, dem Grafen Tolstoj, meldete, der sie dann nur leider zu publizieren vergaß, da ließen ihn seine Frau und
die Kinder als verstandslosen Abenteurer sitzen. Nachdem er wieder, diesmal eine Dissidentin, geheiratet und
das neue Regime ihn bald darauf aus dem Keller, wo er die
Heizung versorgte, als Helden herausgeholt hatte, wählte der Verband der Befreiten Ärzte ihn an die Spitze.
Durch seine moralische Autorität sollte er eine Steige-
rung ihrer Tarife um das Fünffache durchsetzen, damit sie

als Patrioten und Demokraten künftig nur den halben Obolus für ordentliche kostenfreie Behandlung zu fordern brauchten. Um seine Motivation nicht zu schwächen, verheimlichten die Kollegen ihm lieber, daß damit auch eine Senkung der Leistungen um das Fünffache verbunden sei, was die eingeschüchterten Patienten dazu führte, die Schutzgelder aus Selbsterhaltungstrieb zu verdoppeln. Daraufhin ließ die zweite Gattin samt den zweiten Kindern den Chefarzt als rückgratlosen Konjunkturritter sitzen.

Das stürzte ihn, wie er mir nach und nach gestand, in derartige Depressionen, daß er sich zunächst zu Gott flüchtete und dann, nachdem dieser ihn voll und ganz im Stich ließ, zum Alkohol, was ihn zu dem Gesuch an seinen Stiefneffen Lůd'a motivierte, ihm eine Sondererlaubnis auszustellen, ein Fahrzeug mit nach oben offener Promilleskala zu führen. Nach einiger Zeit reichte aber auch die nicht mehr, und er wurde immer verschlossener. Da mein Zimmer nach Absprache mit Lůd'a als streng isolierter Infektionsbereich gekennzeichnet war, zu dem allein der behandelnde Arzt Zutritt hatte, machte er daraus, wann immer sich der Alkohol stärker als er erwies, seinen geheimen Ruheraum. Im Spirituosendunst hielt er dann mein Bett für sein eigenes und setzte sich wild zur Wehr, wenn ich wenigstens am Rande ein wenig einnicken wollte. An Tagen wie diesen brachte er mir nicht einmal die Krankenhauskost, wozu er sich verpflichtet hatte, und außerdem drohte die Gefahr, daß Lůd'a und meine Gattin, falls sie mich kontrollieren kamen, allein seine Anwesenheit in meinem Bett als letzten Beweis für meine nicht enden wollende Perversität betrachten würden.

Natürlich wäre es das Vernünftigste, einen Überraschungsbesuch meiner Gattin nicht erst abzuwarten, sondern selbst zu ihr zu gehen, denn bei mir wuchs alles Angerissene längst wieder zusammen, und kein Mensch auf der Welt konnte mir besser raten und helfen als sie. Doch mein einziges Kleidungsstück war ein stark abgetragenes Krankenhaushemd, Engelein genannt, und mein einziges Vermögen eine Krone, die mir der Chefarzt bei seinem letzten späten Kommen in die Hand gedrückt hatte, wahrscheinlich weil er mich für den Hotelportier hielt. Als er jedoch schon den zweiten Tag schlief und nichts darauf hindeutete, er werde vor übermorgen aufwachen, entfachten Angst und Hunger einen so kühnen Gedanken in mir, daß ich mich anfangs selber darüber entsetzte, bis mir langsam aufging, daß er mein einziger Ausweg war. Alles Weitere spielte sich dann schon von selber ab, wie ein zunehmend spannender werdender Film, dessen Held kein anderer war als ich.

Die Zivilsachen des Chefarztes hingen zwar ziemlich schlotterig an mir, und auch in seine Schuhe hätte fast noch ein Zweiter hineingepaßt, doch als ich mir dann lässig den weißen Mantel umwarf, glich ich den Ärzten hier wie ein Ei dem anderen. Sogar mein unsicherer Gang, verursacht von dem übergroßen Schuhwerk, unterschied sich nicht allzusehr von dem Getaumel einiger Angehöriger der weißen Armee, die sich die bitteren Stunden der Nachtdienste nicht nur mit den süßen Umarmungen leichterer Patientinnen oder leichter Schwestern, sondern auch mit den Opfergaben erstklassiger Cognacs und Whiskys verschönten, denn jeder von ihnen hatte irgendeinen Lůďa, der gelegentlich irgendwen gesund gemacht haben wollte oder aber andersrum.

Obwohl gerade Hauptstoßzeit war, erregte ich nicht das geringste Aufsehen und schon gar keine Zweifel, schon deshalb nicht, weil das medizinische wie das ärztliche Personal bei seiner Suche nach Spitälern, wo es noch sozialistisch arbeiten, wie es das gewohnt war, aber bereits kapitalistisch absahnen konnte, wofür die Regierung des nationalen Verständnisses heute und täglich warb, viel zu rasch rotierte, als daß sich jemand etwa Gesichter, geschweige denn Namen und Funktionen hätte merken können. Aufgeregt war ich nur, als mich eine Schar Weißkittel zu einem frisch eingelieferten Unfall schleppte, damit ich ihren Streit darüber entschied, ob dem Verletzten ein Bein amputiert werden solle oder der Symmetrie wegen beide. Da ich kein Blut sehen kann, sprach ich mich kategorisch für den Erhalt beider Gliedmaßen aus und eilte mit der Erklärung weiter, wie sie Chefarzt Beneda zu verwenden pflegte, wenn ihn, noch vor der Vereinbarung mit Lůd'a, die Polizei wegen zu schnellen Fahrens in zu betrunkenem Zustand stoppte.

«Auf mich wartet eine schwere Trepanation!»

Dann ergriff mich das noch unangenehmere Gefühl, daß sie mich durchschaut hatten und verfolgten, doch bevor ich beim Laufen vor Panik das Bewußtsein verlieren und mir so vielleicht selbst eine Trepanation zuziehen konnte, hörte ich ein flehentliches Rufen.

«Herr Professor! Herr Professor!»

In der Person, die mich mit diesen Worten einholte, erkannte ich sofort die Frau wieder, die neben der Rollbahre mit dem Verletzten gestanden hatte. Jetzt packte sie mich inbrünstig an beiden Schultern und verscheuchte meine drohende Ohnmacht vollends, indem sie mir den Duft reifen Knoblauchs direkt in die Nase blies.

«Herr Professor, ich werde es Ihnen nie vergessen, daß Sie es diesen Verbrechern in Weiß nicht erlaubt haben, meinen Liebsten zum Krüppel zu machen. Hier ist das Honorar, das Sie sich großzügig entgehen ließen, indem Sie nicht gesägt haben.»

Ihre Finger stopften mir jetzt ein dickeres Bündel in das Brusttäschchen des Chefarztsakkos, das mir unter dem Kittel hervorlugte, worauf sie mich als Zugabe knoblauchig küßte und zu ihrem nach wie vor zweibeinigen Liebling enteilte.

Ihre innigen Dankesworte, insbesondere der letzte Satz, weckten in mir die Erinnerung an meine geliebten und jetzt so schlampig entführten Eltern, die mir ihre gerecht harten Strafen mit lobenden kleinen Geschenken erzieherisch aufzuwiegen gewußt hatten, wenn ich dies durch mein Tun oder Lassen wirklich verdiente. Damals steckten sie mir in eben jenes Täschchen überm Herzen immer Heiligenbildchen. Die gefielen mir so sehr, daß ich mir ein Album dafür anlegte, in dem ich mir für jeden Heiligen und jede Heilige ein kleines Rechteck einzeichnete, in das ich dann das entsprechende Bild einklebte.

Niemals werde ich vergessen, wie mich einmal eine fast grenzenlose Trauer überkam, als ich mehrere heilige Adalberts vor mir sah, das kleine Feld für den heiligen Ägidius dagegen immer leerer wurde. Als diese schon am allergrenzenlosesten war, wurde Paps darauf aufmerksam und löste mir wie immer rasch die Zunge. Hinterher, als er mich nur noch freundlich schalt, weil ich mich ihm nicht früher anvertraut und ihn deshalb mit der überflüssigen Tracht Prügel umsonst ermüdet hatte, erteilte er mir einen erlösenden Rat.

«Unter deinen Mitschülern findet sich gewiß ein ebenso frommer Knabe wie du, der ein ähnlich gottesfürchtiges Steckenpferd hat. Schau dir seine Sammlung an, und wenn du findest, was dir fehlt, schlag ihm einen Tausch gegen etwas anderes vor, das vielleicht er nicht hat.»

Sofort fiel mir der Konvalinka aus der B-Klasse ein, der früher mal mit mir ministriert hatte, bis die Eltern mich nach kurzem Versuch aus dem Katholizismus wieder herausnahmen, als die Kirche ihren Vorschlag ablehnte, ein Kleinkloster nur für unsere Familie zu gründen. Der Bischof, zu dem sie sich über das Wartezimmer des Parteisekretärs für Kirchenfragen hinaufsaßen, bezichtigte sie, Provokateure zu sein, vom Westen dafür bezahlt, das fruchtbare Klima in der Kirche zu vergiften, welche ihre Ergebenheit für den Sozialismus mit der Aktion ‹Pacem in terris› manifestiere, worin jene Geistlichen vereint seien, die in Kettengebeten den HERRN anflehten, das Politbüro zu beschützen.

Auch Konvalinka erinnerte sich gut, denn er hatte mich, wie er gestand, seit jener Zeit beneidet und sich selbst, nachdem er bei seiner zu frommen Mutter abgeblitzt war, in der Zeitschrift ‹Der junge Pionier› denunziert, Ministrant zu sein, was später die ganze Familie bereute; als vorbildlicher Nachwuchskommunist wurde er zur Belohnung auf ein Jahr zu der Familie des Kommandeurs eines sibirischen Militärbezirks verschickt, im Austausch gegen dessen Sproß, einen Komsomolzen, der den Konvalinkas sogar das Pitralon aussoff.

Als ich ihm damals meinen Schmerz schilderte, hatte dieser ebenso fromme Knabe begierig gefragt.

«Was denn, du Ochse, und Märtyrer haste auch? Auf die hab ick besonders Bock!»

«Ich ...» gestand ich ungern, «weiß nicht, wie man sie erkennt, weißt du ...»

«Na daran doch, daß se gefoltert wern, klar! Haste etwa auchn heiljen Adalbert?»

«Ja!» sagte ich diesmal freudig und stolz, denn Adalberts hatte ich doch wahrlich reichlich.

«Und kommt ihm das Blut ausn Löchern vonne Lanzen raus?» drängte er weiter.

«Vielleicht ...» antwortete ich zögernd und erklärte sogleich, «aber das habe ich wohl absichtlich übersehen, ich werde nämlich gleich ohnmächtig, wenn ich Blut sehe, weißt du.»

«Ja?» sagte er verwundert, «dann könntste aber kaum Henker sein, wa?»

«Kaum», gab ich zu, wandte jedoch sofort ein, «aber das habe ich auch nie sein wollen, weißt du.»

«Da staun ick über dich, Ochse», sagte der ebenso fromme Knabe, «ick ja, auf den hab ick den meisten Bock. Deshalb fehlt mir die heilje Reparata wohl besonders, erstens...» er zwinkerte mir zu, «weil ick wahrscheinlich inne Reparaturprüfung muß, vor allem aber, weil de Henker ihr auf jedem Bildchen de Därme so super aufs Spülrad kurbeln, ja, was denn, is dir was?»

In Ohnmacht sank ich zwar nicht, aber die Vorstellung, mein Blick fiele irgendwann auf diese Szenen, die ich bisher noch nicht bemerkt hatte, ließ mich stracks dem Tausch meiner ganzen Sammlung gegen ein Album zustimmen, das er heimlich dem Geheimfach seines Papas entnommen hatte, der darin, als er noch selber ein frommer Knabe war, immer Engel der Barmherzigkeit einklebte, «weeßte, du Ochse?»

Dabei zwinkerte mir Konvalinka dauernd zu, was ich leider für einen Geburtsfehler hielt, und als er mir kurz vor Weihnachten jene Sammlung schon im Geschenkpapier brachte, legte ich sie mir selbst gleich unter den Christbaum, damit neben weiteren frisch gewaschenen Socken und neu gestopften Taschentüchern, denen Paps und Mutsch, mich zu Sparsamkeit und Elternliebe erziehend, stets bedeutungsvoll ihr Hochzeitsfoto beipackten, auch eine Überraschung meiner harrte. Zu unserem Entsetzen stellte sich heraus, daß Konvalinkas Papa sich irgendwo Personen weiblichen Geschlechts ausgeschnitten hatte, welches zu allem Überfluß ausnahmslos mit nichts bedeckt war. Meine Aufklärung war gerade bei der Vermehrung der Pilze angelangt, so daß ich erst viel später dahinterkam, welche Pein ich meinen armen Eltern damals bereitet hatte. Die Erinnerung an die blutigen Striemen, die ich dafür verdienterweise erntete, rief bei mir dann immer Gänsehaut hervor.

Die überlief mich auch jetzt, als ich meine Finger in das Täschchen des Sakkos steckte, um den Dankesbeweis der Frau herauszuholen, deren Geliebtem ich eben gerade wenigstens ein, wenn nicht gar mehr Beine gerettet hatte. Mein Blick fiel auf leicht zerknautschte, dafür aber sehr bunte Zettel, auf der einen Seite mit verschiedenen unbekannten Personen und auf der anderen mit Tieren illustriert, die sich bei näherer Betrachtung allesamt als ein und derselbe Löwe erwiesen, dessen doppelter Schwanz seine böhmische Herkunft verriet. Die immer wechselnden Numerierungen beseitigten meinen letzten Zweifel: In der Hand hielt ich Banknoten!

Einen Teil meiner Kindeserziehung bestimmte auch die feste Überzeugung meiner heute bedauerlicherweise sinnverwirrten Eltern, daß das Geld der Quell allen Übels ist und erst möglichst spät in die Hände von Kindern gelangen darf. Mutsch holte deshalb noch meine ersten Gehälter ab, während Paps als Mann meinen Sold in der Kaserne entgegennahm. Bei allen Einkäufen von Schul- und sonstigem Bedarf begleitete mich gleichfalls Mutsch mit der Geldbörse, wogegen mir auf den Herrentoiletten Paps das Geld gab, im Sozialismus ein Fünfzighellerstück und ab dem Sieg des Kapitalismus zwei Kronen, nachdem man Mutsch aus einer solchen unter derart häßlichen Anspielungen hinausgeekelt hatte, daß sie überall Ausschlag bekam. Falls beide Eltern nicht mitkonnten, kriegte ich für die notwendigsten Einkäufe gewöhnlich handgeschriebene Gutscheine mit, die alle Geschäfte in unserer Straße anerkannten. Auch meine Gattin hatte mir bisher kein anderes Geld als kleine Münzen gegeben, sondern mich, wie sie in den wonnevollen Zeiten unserer beiderseitigen Liebe im Scherz zu sagen pflegte, für eine besonders gelungene Beglückung mit Bonbons, einem Stück Würfelzucker oder wenigstens, wenn sie mal einzukaufen vergaß, mit einem süßen Küßchen entlohnt.

Nun hielt ich also zum ersten Mal größeres Geld in der Hand, das man mir offensichtlich in der Überzeugung geschenkt hatte, daß ich damit umzugehen wußte. Die Schwierigkeit bestand für mich darin, daß ich dank der allseitigen Fürsorge sämtlicher meiner bisherigen Umgebungen nicht recht wußte oder, besser gesagt, nicht im entferntesten ahnte, was wieviel kostete. Falls die Zahlen auf den Banknoten nicht trogen, bestand mein Brusttaschengeld aus genau siebentausendsechshundertfünfzig Kronen, und es schien mir peinlich, Passanten zu fragen, ob das für die Straßenbahn reichte.

Es ging auf den Abend zu, und ich hatte inzwischen auch begriffen, daß das Krankenhaus nebst dieser mir unbekannten Wohnsiedlung noch von den Kommunisten gebaut worden war, und zwar etwas früher, als sie dort das öffentliche Verkehrsnetz anlegten. Um so dankbarer war ich jetzt freilich den Kapitalisten, weil sie den Transport mit Mietwagen erfunden hatten.

Schon Verwaltor Havel hatte mich zu den frommen Schwestern mit einem dieser Verkehrsmittel, einheitlich mit dem komischen Schildchen TAXI versehen, geschickt, dessen Sinn mir der damalige Fahrer schon beim Öffnen der Tür klarmachte.

«Taxiere, Sie wollen mitfahren!»

Mit dieser Hoffnung winkte ich schüchtern nach dem ersten derartig gezeichneten Auto, das dann auch unter ohrenbetäubendem Bremsenquietschen auf der Stelle hielt. Der Lenker kurbelte das Fenster herunter und sprach mich ehrerbietig an, allerdings in einer fremden Sprache, die ich nicht verstand.

«Pardon?», sagte ich deshalb verlegen, denn ich hatte ja nicht geahnt, daß in Prag die einheimischen Kunden von Ausländern befördert werden.

«Ach, du bist Tscheche!» meinte er überrascht und anscheinend auch etwas verärgert, «dann kauf dir einen Roller und verpiß dich!»

Sprach's und fuhr unter ohrenbetäubendem Reifenquietschen davon.

Mit immer anderen Worten, doch ähnlichen Inhalts äußerten sich fünf weitere Chauffeure, und ich begann langsam zu begreifen, daß in Prag umgekehrt die inländischen Taxifahrer nur Ausländer beförderten. Doch gerade als ich mich beklommen durch die menschenleeren Straßen auf den Weg machte, bei zunehmender Dunkelheit, die, wie ich hier und da vernahm, den Abzug der Polizisten und den Einzug der Raubmörder ankündigte, immer dem fernen Lichtschein zu, unter dem ich die rettende Stadtmitte erahnte, wo angeblich vorerst nur gestohlen wurde, überholte mich der siebente Taxifahrer, der unaufgefordert anhielt und sogar von sich aus fragte:

«Möchte der junge Herr nicht einsteigen?»

«Aber ...» gestand ich, «ich bin bloß ein Tscheche ...»

«Na und, ich bin zwar Mährer, doch für mich ist auch der Tscheche immer noch ein Kunde. Also, wohin?»

Ich knöpfte das Krankenhaushemd auf und zeigte ihm den Anhänger, den meine Gattin schon auf unserer, die Tournee der Damenkapelle begleitenden Hochzeitsreise vom Koffer abgenommen und mir umgehängt hatte mit dem Wunsch, ihn nicht einmal bei unseren Liebesspielen abzulegen.

«Das Peinlichste ist», belehrte sie mich unterm Gelächter ihrer Kolleginnen, «wenn man dabei die Vornamen verwechselt, und du bist immerhin noch neu!»

Später galt mir der Anhänger nur mehr als schöne Erinnerung an selige Zeiten, jetzt aber war er mir wirklich von Nutzen, da ich nach so vielen Eindrücken nicht imstande war, mich der Adresse des ehemaligen Klosters zu entsinnen, die der unechte Havel zum Glück später zu meinem Namen geschrieben hatte.

«Nur», fügte ich schuldbewußt hinzu, «weiß ich nicht, ob mein Geld bis dort reichen wird ...»

«Wieviel haben Sie?» fragte er aufmerkend, und einen Moment fürchtete ich schon, er werde sofort wegfahren.

«Siebentausendsechshundertfünfzig Kronen!» stieß ich also wahrheitsgemäß hervor, denn ich konnte nicht ausschließen, daß er mir die Taschen durchsuchte, um sich Gewißheit zu verschaffen. «Reicht Ihnen das?»

«Sie wollen mich wohl verscheißern?» fragte er argwöhnisch.

«Meine Gattin wohnt dort!» verlegte ich mich aufs Bitten, «sie bezahlt gern den Rest!»

Keine Frage, er mißtraute mir, doch dann widerstand er sichtlich meinem verzweifelten Blick nicht mehr und vor allem nicht meiner verschwitzten Hand, die das Bündel zerknüllter Banknoten hielt. Zu meiner unendlichen Erleichterung nahm er schließlich das Geld, zählte es, betrachtete die Scheine sorgsam gegen das Licht der nahen Laterne, schmeckte sie mit der Zungenspitze ab und sprach erst dann den Satz, der mir wie ein paradiesisches Hosianna in den Ohren klang.

«Na schön, steigen S' ein. Sie werden halt meine gute Tat dieses Jahres sein.»

Meine Gattin wollte er aber keinesfalls stören und setzte mich überraschenderweise ganz am Anfang unserer langen Straße ab. Da ich ihm kein besseres Trinkgeld bieten konnte als meine einzige Krone, war ich trotzdem froh und blieb still.

Erst vor meinem verschlossenen Zimmerchen, dessen

Schlüssel untätig in der Kleiderkammer des Krankenhauses ruhte, dämmerte mir, daß ich hier alles andere eher finden würde als meine Gattin. Damals, als sie mir verziehen hatte, war sie trotzdem in unserer Wohnung geblieben, damit unsere Leidenschaft, wie sie mir erläuterte, sobald sie sich aufgestaut habe, einem riesigen Gaskocher gleich explodieren und somit auch unsere Liebe erneuern könne. Jetzt wußte ich nicht einmal, ob sie nicht inzwischen in die Rosolschen Häuser umgezogen war. Als ich in jenem Flügel des ‹Himmels›, der für das Personal und die eine noch verbliebene Schwester bestimmt war, bedrückt durch die Gänge irrte, um irgendwen zu finden, der mir die Mittel für eine Rundreise durch Prag leihen könnte, da fiel mein Blick völlig unerwartet auf das Namenschild meiner Gattin, das noch unerwarteter an der Wohnungstür meines Vergewaltors hing. Es dauerte, meinen ganzen Mut zusammenzunehmen, bis ich es wagte, meine Anwesenheit kundzutun; mich machte nämlich ein wenig beklommen, daß auf einem zweiten Schild der Name Ludvík Buran stand, was kaum ein anderer sein konnte als ihr Leibwächter Lůd'a.

Und warum wohnten sie ausgerechnet bei Havel? Haben sie ihm also geglaubt, daß ich es war, der ihn geschändet hat??

Doch mir blieb kein Ausweg mehr. Zur Sicherheit kniete ich gleich nach dem Klingeln auf dem Fußabtreter nieder, um zu betonen, daß ich abzubitten komme, und um mich nicht gleich Ohrfeigen auszusetzen. Mir öffnete jedoch eine Frau, die trotz des unbekannten, offenbar goldbestickten und zumindest mit Halbedelsteinen besetzten Nachthemds, die Gattin aus jener Zeit zu sein schien, als sie mich das erste Mal hinter ihrem Instrument erblickte, das ich ihr zufolge eines schicksalhaften Befehls vom Betriebsvergnügen heimgetragen hatte. Jetzt kniete sie sich so inbrünstig zu mir auf der Schwelle nieder, daß es nur so dröhnte, und versenkte meinen Kopf nach vielen Monaten wieder in das heiße Tal ihrer üppigen Brüste, wo ihre Worte wie durch Wasser zu mir drangen.

Um die Wonne des Augenblicks nicht zu unterbrechen, begnügte ich mich wieder mit ein paar vernehmbaren Wortfetzen von ihr, denen ich entnahm, daß sie gerade heute morgen Lůd'a nach mir geschickt hatte, den ich also ganz knapp verfehlt haben mußte. Als sie dann für eine längere Weile still blieb, nahm ich an, sie habe mich etwas gefragt, und verließ äußerst ungern diese warme Höhle, um mir die Frage wiederholen zu lassen.

«Wie bist du überhaupt hergekommen?» begehrte sie in einem Ton zu wissen, in dem sich Bewunderung und Argwohn mischten.

Stolz berichtete ich ihr in allen Einzelheiten, die meine Pfiffigkeit und Selbständigkeit bezeugten, doch statt eines Lobs erntete ich auf der Stelle zwei Vorwürfe.

«Ich mag es nicht, daß du mit einer fremden Person meines Geschlechts, das dir ein für allemal an mir genug zu sein hat, noch einmal Umgang pflegst, notabene mit einer Nymphomanin, die dir zweifellos, wie ich das nur allzugut weiß, im voraus deine Liebesdienste bezahlt hat, obwohl diese durch deine ehelichen Pflichten mir gegenüber in vollem Umfang abzuleisten sind. Und sollte es dir vielleicht irgendwann im Leben wieder einmal gelingen, eine beliebige Summe zu verdienen, dann denke dran, daß sie ein unteilbarer Bestandteil unseres anteilslosen Eigentums ist, genauso wie die Rosolschen Häuser, das Nationaltheater und die anderen durch unsere Paarschaft erzielten Besitztümer. Außerdem hast du, mein Öchslein, diesem Gauner hinterm Volant eine Summe bezahlt, für die dich vier Männer zwei Tage lang durch Prag in einer Sänfte getragen hätten! Na schön...»

ihre Augen begannen wieder schelmisch zu spielen, und mich durchflutete ein Gefühl von Erleichterung und Dankbarkeit,

«diese Schulden wirst du mir ein andermal zurücker-statten, heute will ich großzügig sein, denn dir bietet sich gerade eine Gelegenheit, deine Sittenlosigkeit und deine Torheiten mit einem entscheidenden Dienst für unsere gemeinsame Sache gutzumachen. Doch nun hopp ins Bad, schiffen und duschen, du darfst mich mit Liebe be-glücken, was du mir auch lange schuldig bist!»

«Und das wird…» ich wollte weder meinen Ohren trauen noch meinem Glück, «wird Lůd'a…» ich blickte mich furchtsam um, «Lůd'a mir erlauben?»

«Lůd'a ist seit dem frühen Morgen weg», versetzte sie so resolut, daß ich nicht in seiner Haut hätte stecken mö-gen, «und er hat auch die Mittagsstunde versäumt, also ist es einzig und allein sein Problem, wenn ich abends das elementare Bedürfnis habe, mich in meiner Weiblichkeit zu bestätigen, zumal das Leben so kurz ist. Außerdem hat er sich doch zusammen mit mir verpflichtet, dich deine Ehe in vernünftigem Maße konsumieren zu lassen, das heißt dann, wenn du dich wiederum mir und ihm ge-genüber erkenntlich zeigst, deinen Handelspartnern, die auch der wohlbekannte Umstand miteinander verbindet, daß er mich leider eben vor dir leiblich schützen muß. Also, halt dich nicht auf, der Kocher, auf den ich dich sei-nerzeit vorbereitet habe, ist gerade kurz vorm Explodie-ren, und ich will nicht länger warten! Die Dusche kannst du nehmen, wenn Lůd'a wieder da ist!»

Sie hatte kaum ausgesprochen, da gaben die Ereignisse ihr recht, und das Gas ihrer Leidenschaft explodierte so-gar so gewaltig, daß sie sich meiner geradezu mit einer Raubgier bemächtigte. Oh, Liliane! rief ich sie voll Lust im Geiste an, als mir für lautes Anrufen die nötige Luft fehlte, sollte einer unserer unsterblichen Klassiker dereinst über unsere Ehe schreiben, dann müßte er allen Sturmböen zum Trotz, die uns nicht ausweichen konnten, am Schluß voll Eifersucht seufzen:

«Welch glückliches Paar!»

Diese und ähnliche Gefühle wogten mir durch den von der Explosion tauben Kopf offenbar noch lange, nachdem meine Frau sich von mir erhoben hatte, denn plötzlich kam sie völlig angezogen, gekämmt und geschminkt aus dem Badezimmer und sagte schon wieder in sehr warnendem Ton:

«Ich an deiner Stelle würde Lůďa mit keinem Wörtchen wissen lassen, daß du einen schwachen Moment bei mir auf diese Weise ausgenutzt hast, denn er nimmt seine Unterleibwächterpflichten fast schon allzu ernst. Nun ja, jetzt hast du dich, wie ich glauben möchte, zumindest auf Vorrat ausgetobt, alsdann wieder an die ernste Arbeit. Ich habe eine schlechte und eine gute Nachricht für dich, welche willst du zuerst hören?»

«Die gute, die gute!» rief ich, ohne zu zögern, denn für eine schlechte war immer Zeit genug.

«Also dann: Ins Krankenhaus mußt du nicht mehr zurück.»

Meine letzten Erlebnisse, erklärte sie mir jetzt, seien die Folge der jüngsten Regierungsbeschlüsse gewesen: Um Voraussetzungen dafür zu schaffen, künftig das perfekt funktionierende kapitalistische Gesundheitswesen einzuführen, mußte das bisherige schlecht funktionierende sozialistische restlos beseitigt werden zwecks Entstehung der sogenannten grünen Wiese, auf der sich alles am besten ganz von neuem errichten ließ. In der auf längstens fünf bis acht Jahre geschätzten Zwischenzeit hätten die endlich vollberechtigten Bürger gefälligst einmal selbst für sich zu sorgen, was die Regierung mit dem Ergebnis einer repräsentativen Meinungsumfrage begründete, nach der die meisten Patienten ohnehin simulierten, um mühelos vom Krankengeld leben zu können, und die übrigen weder ihre Krankheit und schon gar nicht ihre Ärzte richtig kannten, für welche der Großteil der Befragten meistens die Pathologiegehilfen hielt, weil sie die Spitäler am stärksten frequentierten.

Nach Auskunft meiner Gattin blieb als einzige Gesundheitseinrichtung, die alle Hospitalisierten ohne die Beschwerden verließen, mit denen sie eingeliefert waren, gerade die Pathologie erhalten, ferner die Geburtskliniken, da aus diesen nachweislich weit mehr Personen hinausgingen als aufgenommen wurden, und zum Schluß als die beliebteste Medizin, weil die Mehrheit der Patienten ihre Anstalten überhaupt nicht verließ – die Psychiatrie.

«Und das ist die zweite Nachricht», schloß meine Gattin ihre Rede, «geh ins Irrenhaus, Vilém!»

4

Als reger Beobachter hatte ich schon in der Grundschule mitbekommen, daß uns Schüler der unge-
mischten Knabenklasse vier Entwicklungsstadien erwar-
teten: Kind, Jüngling, Mann und Greis. Dann brachten
mir meine schulischen, militärischen und zivilen Vorgesetzten eine neue Skala bei: Jungpionier, Jugendver-
bandler, Parteimitglied oder zumindest Friedensvertei-
diger, Erbauer des Sozialismus und arbeitender Rentner.
Was das anging, ließ die kapitalistische Revolution keinen Stein auf dem andern. Den Schnipseln der Fernseh-
und Zeitungsberichte zufolge, die ich zu Gesicht bekam,
lautete die neueste Entwicklungslinie folgendermaßen:
künstlich befruchteter Embryo, Skinhead, verantwor-
tungsbewußter Wähler oder aber Oppositionswähler,
Steuerhinterzieher und vegetierender Rentner.

Wenn ich jetzt unerbittlich auf den tragischen Schluß
meines Ehetagebuchs und damit auch auf den reinigen-
den Höhepunkt meines Lebens zueile, bezweifle ich nicht,
daß eben jene Aufgabe, die mir meine Gattin damals neben ihrem soeben explodierenden Körper bescherte, meinen endlosen Reifeprozeß beendete und mich zum mün-
digen Bürger einer eigenwüchsigen Demokratie machte,
der zwar in keine der erwähnten Schubladen paßte, in
dessen Hand es aber voll und ganz lag, ob auch er in der
Rente kümmerlich vegetieren wolle.

Meine freiwillige Entscheidung für das Irrenhaus, die
sich damals auch noch mit dem Interesse meiner Gattin
deckte, war zugleich die Gewähr für meine zwar noch fer-
ne, aber schon heute gesicherte und deshalb glückliche

Zukunft. An meinen Eltern, wie mir jetzt durch meine Gattin mitgeteilt wurde, hatten sich nämlich unterdessen die Vertreter aller psychiatrischen Schulen die Zähne ausgebissen, und es blieb ausschließlich mir überlassen, daß sie liebend gern amtlich all ihrer lästigen Besitztümer zu Gunsten meiner Gattin und Lůd'as entsagten, die mir dafür in die Hand versprachen, mich zum zweiten Stellvertreter der Verwaltungsratspräsidentin zu wählen, mit allen sich daraus ergebenden Pflichten.

Ich wollte weder meine Gattin noch Lůd'a, der zurückkehrte, kaum daß ich mit dem Anziehen fertig war, und wieder den Posten in ihrem Vorzimmer bezog, mit Fragen belästigen, für die am kommenden Morgen genug Zeit blieb. Übrigens war ich froh, endlich in meinem liebvertrauten Wannenbett einschlafen zu können, wo weit und breit keiner schnarchte, nicht einmal der verdienteste Chefarzt. Am nächsten Morgen schliefen beide leider noch, als mich der Krankenwagen aus der berühmtesten Psychiatrischen in Prag-Bohnice abholen kam.

Ehrlich gesagt, besonders angenehm fand ich es nicht, daß man mich, ohne im mindesten zu fragen, in eine Zwangsjacke steckte und mir eine Spritze gab, nach der ich zunächst erst mal alles doppelt sah und nach einer Weile überhaupt nichts. Als ich jedoch wieder zu mir kam, fand ich mich, wovor mir während meiner Umnebelung im Unterbewußtsein gegraut hatte, nicht etwa in einer Gummizelle, sondern in einem modern eingerichteten Raum wieder, wo nur Flaschen mit irgendeiner Lösung, in der unterschiedlich große, aber auf jeden Fall zweifellos allesamt männliche Glieder regungslos schwebten, darauf hinweisend, daß er einem Psychiater dienen könnte.

Der Mann, der mich bei meinen Beobachtungen forschend beobachtete, mir gleichzeitig Temperatur und Puls messend, wirkte auf mich aber eher wie ein Heiratsschwindler, der auch einer jener ärztlichen Scharlatane aus den verschiedenen Fernsehserien sein konnte, die meine Gattin damals noch in der von dem Hochseekapitän der Moldaufähre geliehenen Garçonnière laufen ließ, wenn sie länger Liebe mit mir machte, um das Nützliche, wie sie zu sagen pflegte, mit dem Angenehmen zu verbinden.

«Wenn du schon immerfort stechen mußt, Rammelchen», ermahnte sie mich, «dann sollst schauen, daß du dabei wenigstens noch was lernst!»

In der Position, die sie drollig als Fernsehlage bezeichnete, sah ich den Bildschirm zwar nur in der spiegelnden Fensterscheibe, doch selbst so konnte ich erfahren, daß Heiratsschwindler, zumeist auch gleichzeitig Falschspieler, durchweg lange Koteletten, dünne Schnurrbärte, Plastron genannte Shawls und diamantene Manschettenknöpfe tragen. Der anwesende Professor sonderte darüber hinaus einen geradezu betäubenden Duft ab, als sei er einer Wanne randvoll von Parfüm entstiegen.

Trotz seines Aussehens und Geruchs erwies er sich jedoch bald als ein Mann, der auf der Höhe seiner Stellung war, als er mich auszuziehen anwies und einer Reihe einfallsreicher Tests unterzog, die gnadenlos aufdeckten, daß der Zufall im Verein mit meiner Gattin mich im letzten Augenblick hergeschickt hatte, da es noch möglich war, meine eigene geistige Deviation zu erkennen und vielleicht auch zu heilen. Ich schaffte es nämlich nicht, beide Daumen gleichzeitig in entgegengesetzter Richtung zu drehen, auch nicht, mit einem Zeigefinger einen Kreis und mit dem anderen ein Quadrat zu machen, und schon gar nicht, mit einem Auge zu zwinkern und mit dem anderen zu schielen.

«Tja …» sagte er dann in einem Ton, in dem sich deutlich die völlige Ausweglosigkeit meiner Situation widerspiegelte, «tja, tja, Herr... wie war doch gleich der Name?»

«Rosol...» flüsterte ich zerknirscht.

«Tja, tja, tja», wiederholte er völlig ratlos, vom anfangs immer noch hoffnungsvollen Kopfnicken zu hoffnungslosem Kopfschütteln übergehend, «Herr... sagten Sie Rosol? das bedeutet doch Sülze, nicht? haha!» dann wurde er aber schon wieder todernst, «nein, ich glaube nicht, daß es allzu viel Sinn hat, sich mit einer Behandlung abzuquälen, die schmerzhaft für Sie und kostenaufwendig für uns wäre. Am wirksamsten schiene es mir, wenn Sie hier gleich unterfertigten, daß Sie sich bei uns einschläfern lassen, übrigens erwähnten Sie flüchtig, daß Sie auch Ihre elterlichen Herrschaften hier haben, gemeinsames Einschläfern wäre das Preisgünstigste und für Sie alle drei auch menschlich das Wünschenswerteste, irre ich mich nicht, habe ich recht, meinen Sie nicht auch, Herr Sülze? Denn Sie haben dazu noch einen schweren Basedow!»

Ich vermute jedoch, ich habe ihn nur mit weit aufgerissenen Augen angeglotzt.

«Wie, einschläfern?» stieß ich hervor.

«Mein Gott, na eben so, wie es sogar einsame Rentner mit ihren vierbeinigen Lieblingen machen, weil sie genau wissen, daß es auch für das Tier das Humanste ist. Sie kriegen vorher einen Schuß LSD, so daß Sie noch einmal ordentlich high werden, sogar so high, daß sie bald darum betteln, eine Pferdedosis Morphium gespritzt zu kriegen. Na, was ist, schlagen wir ein, Herr Aspik?»

Ehe ich mich zu irgendeiner Äußerung verstand, öffnete sich die Tür, und herein trat ein Mann, wie er in den von mir gesehenen Fernsehserienfetzen die edlen Sheriffs und andere ehrbare Gesetzeshüter verkörperte, welche in kritischen Augenblicken die jeweiligen Bösewichter niederstrecken oder zumindest hinter Gitter bringen.

«Aber, aber, Herr Kobliha!» sagte er tadelnd zu meinem Professor, «Sie wissen doch, was Sie mir versprochen haben!»

«Entschuldigen Sie», antwortete der Angesprochene erschrocken, ja geradezu kriecherisch, «verzeihen Sie, Herr Professor, aber Ihre Tür stand offen, da wollte ich hier den Herrn ... wie war doch gleich der Name?»

«Rosol ...» flüsterte ich krächzend, ohne im entferntesten zu begreifen, was hier vor sich ging.

«Ja», fuhr besagter Kobliha fort, «ja, ich wollte den Herrn Rosol hier mit einem Scherz aufmuntern, um ihn auf bessere Gedanken zu bringen, und im übrigen!» sprach er unerwartet energisch und fast herrisch, «habe ich wohl das Recht, Herr Mlejnek, zu kontrollieren, wie wirtschaftlich in meinem Institut behandelt wird! Die Lösung, die ich dem Herrn vorgeschlagen habe, sollten Sie schon im eigenen Interesse anwenden, bevor ich dank Ihrer pseudohumanen Methoden in Zahlungsunfähigkeit komme. Ich empfehle mich, Herr Professor, und Sie reden ihm selber zu, Sie betrifft das am meisten, Herr Sülze!»

Mit diesen Worten winkte er dem Neuankömmling nur sehr flüchtig, was dieser mit einigen tiefen Verbeugungen erwiderte und sich dabei beeilte, dem Davongehenden aufs ehrerbietigste die Tür zu öffnen. Als er sie hinter ihm geschlossen und sich wieder aufgerichtet hatte, zog er zuerst ein riesiges Taschentuch hervor, um sich den Schweiß abzuwischen, der ihm reichlich über die haarlosen Schläfen perlte. Dann trat er an mich heran und sprach mir fast stimmlos direkt ins Ohr.

«Vergeben Sie uns, aber Herr Kobliha bedient sich sehr oft eines derartigen Humors, so, so!» er verdüsterte sich plötzlich gekränkt, ja fast angeekelt, «aber so ist es eben, wenn sich ein ehemaliger Heiratsschwindler und Falschspieler sein schmutziges Geld wäscht, indem er sich bei der

Privatisierung ein Irrenhaus kauft, wo er sich zufälligerweise gerade aufhält, um einer Zwangsbehandlung zu entgehen und hier auch noch ungehindert einen ärztlichen Scharlatan zu spielen ...»

Er nickte gebrochen mit dem Kopf und schüttelte ihn zugleich, schlug aber plötzlich entschlossen mit der Faust auf den Tisch, so daß die Glieder in der Lösung anfingen, sich wie die Kolben eines langsam fahrenden Automobils hinauf- und hinabzubewegen.

«Okay! Wir sind in den Krieg gezogen, wir müssen kämpfen, wird der Wald gefällt, fliegen Späne, dafür aber werden unsere Kindeskinder dank dem Siegreichen November bis in alle Ewigkeit mit den Vereinigten Staaten marschieren, vorwärts! keinen Schritt zurück!»

Die letzten Worte sang er haßerfüllt nach der Melodie des bekannten kommunistischen Marschliedes, als wolle er ihm ein für allemal den Garaus machen. Offenbar hatte er sich so weit beruhigt, daß er zu schwitzen und zu zittern aufhörte und mich nach dem Namen und dem Zweck meines Besuches fragen konnte.

Etwas befangen rief ich ihm in Erinnerung, mit welcher Absicht mich Lůd'a und meine Gattin hatten herbringen lassen, was sie vorher mit ihm besprochen haben sollten.

«Ach so!» rief er und klatschte sich etwas übertrieben gegen die Stirn, was den Verdacht erwecken konnte, er wisse nicht mehr als vorher, doch dann drehte er jählings einen Stuhl herum, setzte sich rittlings mir gegenüber hin, legte mir die Hände auf beide Schultern und sprach eindringlich, mir von nahem starr in die Augen blickend.

«So so, werter und lieber Freund ... wie war doch gleich der Name?»

«Rosol ...» sagte ich zunehmend befangener.

«So! Also, Freund Rosol … ich kann Sie so anreden, wenn Sie kein richtiger Patient sind! Gerade diese Einrichtung hier ist ein lebender Beweis für den Leidensweg unseres schwergeprüften Volkes in der Neuzeit, so etwas wie sein geistiger Skansen, ein historisches Freilichtmuseum. Wir haben sogar noch zwei ganz muntere Opas da, die sich hier, zusammen mit ähnlichen Fällen, gleich nach dem Ersten Weltkrieg Schützengräben im Garten der Einser aushoben und sich heute noch auf dem Schlachtfeld von Zborov bekämpfen, der eine als Masaryk-Legionär, der andere als getreuer Untertan von Kaiser Franz Joseph, ist das nicht bombig? Im ganzen Zweierpavillon wird der Zweite Weltkrieg kuriert, dort verlassen die Patienten unter Tränen die tschechischen Verteidigungsbunker an der Grenze, denunzieren sich dann gegenseitig bei der Gestapo und bestrafen am Schluß die Deutschen, indem sie sie zwingen, mit Zahnbürsten die Toiletten zu scheuern. Am größten ist der Dreier, da ist auch am meisten los, zuerst winken sie dort im Umzug zu der Tribüne, dann verurteilen sie sich gegenseitig als Verräter zum Tode, werden aufgehängt, aber gleich danach amnestiert, worauf sie erneut in den Umzug können. Im Vierer geht es verhältnismäßig heiter zu; da unterzeichnet man abwechselnd die Charta 77 und die Anticharta, dann klingeln alle einträchtig mit den Schlüsseln und besaufen sich mit Bier, das den einen der Präsident Havel sponsert und den zweiteren Meister Karel Gott, ist das nicht bombig? Der Fünfer ist frisch geöffnet für die ersten Kapitalisten, die verrückt wurden, als sie feststellten, daß sie pleite gingen, weil sie weniger geschickt als die anderen stahlen, deshalb haben sie dort auch gleich eine Kommunistische Partei gegründet. Wo möchten Sie am liebsten eingeteilt werden, Herr … Verzeihung, ich habe Ihren werten Namen überhört.»

«Sülze...» sagte ich bereits verwirrt, «nein! Aspik ... das heißt Rosol!! ich möchte Sie, Herr Professor, daran erinnern, daß ich betreffs meiner Eltern gekommen bin...»

«So so, ja!» rief er so begeistert aus, daß es gerade deshalb um so unglaubwürdiger klang, «und der gute Herr Kobliha hat Ihnen doch gewiß vorgeschlagen, Sie sollen sie einschläfern lassen, nicht wahr? Nun denn, ich sage Ihnen offen, daß Sie dafür nicht mit mir rechnen können!»

«Aber ich will ja gar nicht...» sagte ich vielleicht schon geradezu ungeduldig, was mich selber überraschte, «ich will nur...»

«So so, verstehe! Falls Sie einverstanden sind und zuvor allerdings die übliche Pauschale hinterlegen, tauschen wir sie gegen zwei Idioten aus Rußland aus. Keine Angst, viele nützliche Seilschaften aus den schweren Zeiten der Totalität, die wir als solche selbstverständlich brüsk ablehnen, funktionieren immer noch, und ich kann nicht verhehlen, daß uns unsere schwersten Fälle stets bereitwillig von den Sanatorien des KGB abgenommen wurden, ohne daß die andere Seite für ihre Betreuung je einen Gegendienst verlangt hätte, und nie ist uns von dort die geringste Klage zu Ohren gekommen. Im Gegenteil, heute, wo auch in Rußland die gesunde Luft des Unternehmertums zu wehen beginnt, bezahlen uns die Nachfolgeorganisationen sogar gern und gut dafür, daß wir ihre Angestellten hier vorübergehend unterbringen, falls jene bei sich zu Hause, angeblich banaler Vergehen wegen, wie Parksünden etcetera, landesweit steckbrieflich gesucht werden. Zu diesem Zweck haben sie sich hier sogar selbst den supermodernen Sechser hingebaut, wo sie auch ein Fitneßzentrum haben, eine Spielhalle, eine Bar und vor allem ein Untersuchungszimmer, aus dem, wie sie sich scherzend rühmen, selbst der gesündeste Kerl nicht ohne Krücken rauskommt, ist das nicht bombig? Sollten Sie die Reisekosten sparen wollen, können wir Ihre Eltern gleich in den Sechser einliefern.»

Noch ehe ich womöglich von einem hysterischen Anfall gepackt werden konnte, flog die Tür wiederum auf, und auf der Schwelle stand, die Hände in die Hüften gestemmt, ein älterer weißbekittelter Mann, der am ehesten den ehrlichen Ärzten aus den Fernsehserien glich.

«Aber, aber, Herr Mlejnek!» redete er meinen Gesprächspartner an, «wissen Sie denn nicht, was Sie und Herr Kobliha mir feierlich versprochen haben?»

«Verzeihen Sie, Herr Professor», sagte der Angesprochene wieder erschrocken, ja fast kriecherisch, ohne diese Haltung wieder aufzugeben, «aber der Kobliha hat heute damit angefangen, und ich habe es nur nicht ausgehalten ...»

«Gehn Sie beide auf Ihre Zimmer, und lassen Sie sich Ihre Zwangsjacken geben!» befahl der Neuankömmling streng, «sobald ich hier fertig bin, kriegen Sie noch je fünf Elektroschocks dazu!»

«Gewiß, gewiß, Herr Professor, ich entschuldige und bedanke mich noch einmal. Mein Kompliment, Herr Sülze ... das heißt Aspik!»

Mit diesen Worten entwich sein Vorgänger rücklings aus der Tür und schloß sie beflissen, ohne daß sie das geringste Geräusch machte.

«Verzeihen vor allem Sie, Herr Rosol, Sie sind Herr Rosol, nicht wahr?»

Er drückte mir ausgesprochen ehrlich die Hand und lehnte sich noch dazu so leicht an den Schreibtisch, daß sich die Glieder im Spiritus kaum bewegten. Allein das überzeugte mich, daß er hier zu Hause war, doch er rang konsequent weiter um mein Vertrauen.

«Und ich bin der wahre Professor Pavlík, Sie können

den Namen mit dem Schild an der Tür vergleichen. Mlejnek nützt den Umstand, daß er wie ein Filmsheriff oder andere edle Gesetzeshüter aussieht, immer wieder aus, um bei der kleinsten Gelegenheit in mein Arbeitszimmer einzudringen und meinen Patienten lauter Unsinn einzureden, sicherlich hat er Sie auch mit der russischen Ambulanz erschreckt, stimmt's?»

«Ja ...» bekannte ich mit wachsender Erleichterung.

«Und Kobliha wollte Sie bestimmt einschläfern! Ich garantiere Ihnen, so etwas verordnen wir in reinen Ausnahmefällen, wenn die Verwandten uns überzeugen, daß sie die Erbschaft unaufschiebbar zur Gründung wohltätiger Stiftungen brauchen. Nach Rußland oder in den Sechser verlegen wir nur wirklich aussichtslose Fälle, aber Ihnen geht es wohl um etwas anderes, nicht wahr? Sie brauchen doch, wie mir mein guter alter Kamerad Buran am Telefon andeutete, Ihre teuren Eltern lebendig, darf ich wissen, warum eigentlich?»

Seine Erscheinung wie auch Art und Inhalt seiner Darlegungen gaben mir die anfängliche Sicherheit zurück, mich in dem Raum eines absolut verläßlichen Fachmannes zu befinden, der darüber hinaus durch Lůd'a das volle Vertrauen meiner Gattin besaß. Als ich ihm aber deshalb sehr offen schilderte, worum es ihr und damit auch mir ging, verbarg er seine Betrübnis nicht.

«Wahr ist», sprach er nach einer längeren Pause, während der ihm anzusehen war, wie er innerlich mit sich kämpfte, «daß ich seit Jahren einer der vertrautesten Freunde Lůd'as bin, aber jetzt habe ich begriffen, wer Sie sind. Glauben Sie mir, auf Ihrem Stuhl haben sich im Laufe der Zeit Hunderte von Leuten abgewechselt, von perversen Mördern bis zu politischen Abweichlern, von grauen Eminenzen bis zu bunten Existenzen. Aber noch absolut nie, nicht ein Mal hat hier der einzige wirkliche

berechtigte Erbe der Rosol-Häuser und unseres hochgeschätzten und heißgeliebten Nationaltheaters geses-
sen.»

Ergriffen trat er auf mich zu, um mir von neuem die
Hand zu schütteln, und als er sich dann mir gegenüber auf
die Schreibtischkante setzte, mußte er angelegentlich seine beschlagene Brille putzen.

«Wissen Sie was…?» hub er nach weiterem Seelen-
kampf an, «ich nehme Sie für eine begrenzte Zeit als meinen Patienten auf, wodurch wir beide gegenseitig durch
das Arztgeheimnis gebunden sind, was Ihnen ermöglicht,
dieses Gespräch sowohl Lůďa, mit dem ich nicht immer
die besten Erfahrungen gemacht habe, als auch vor allem
Ihrer Gattin zu verschweigen. Aus Achtung vor Ihnen
siegt in dieser Situation jedoch – Geheimnis hin, Geheimnis her – der Mensch und Bürger in mir, und ich darf
Ihnen nicht unterschlagen, daß eben sie es war, die ihre
drei, in Worten drei, vorherigen Ehemänner zu uns her-
schickte, von denen der eine ein hochbetagter Virtuose war,
der zweite ein Stoßarbeiter einer sozialistischen Brauerei
und der dritte ein Verdienter Zauberer des staatlichen Va-
rietés, nebenberuflich Schlangenmensch, der sich als einziger von hier rettete, als er sich aus der Mülltonne, in der
er sich versteckt hatte, in den Müllwagen kippen ließ und
sich aus der Mülldeponie bis nach Australien durch-
schlängelte. Die übrigen zwei waren bei ihrer Ankunft bereits in einem solchen Zustand, daß wir sie wohl oder übel
wirklich einschläfern mußten, wobei ein eben erst neu
eingestellter Mitarbeiter irrtümlich auch meinen Vorgänger einschläferte, der jedoch kein Mitglied der Kommunistischen Partei war, zum Glück für unser Institut aber ich,
und auf diese Weise wurde ich sein Nachfolger, der viel
mehr als er in der Lage war, den bolschewistischen Zwän-
gen die Stirn zu bieten, nun also, Vilém…»

abrupt unterbrach er den Strom seiner Erinnerungen, indem er hurtig und gewandt vom Schreibtisch heruntersprang, ohne daß die eingelegten Glieder mehr als einmal einen leichten Hupfer taten, um ihn herumging, aus einer tiefen Schublade eine Flasche ohne Etikett hervorholte und mir das einzige Glas, das er fand, bis zum Rand mit einer durchsichtigen Flüssigkeit gefüllt hinreichte, wobei ihm nicht entging, daß mein Blick unwillkürlich zu den Einmachflaschen glitt,

«es ist an der Zeit, auf unser beider junge, aber desto unverbrüchlichere Freundschaft zu trinken, die sich gerade so vielversprechend anläßt, und womit sonst, als mit diesem Nektar, stimmt's? nein, nein!» lachte er angesichts meines Blicks, «in meiner Flüssigkeit fand sich nichts dergleichen, im Gegenteil, sie stammt von eingelegten Pflaumen und wurde durch dreifaches Brennen zu Sliwowitz, genannt Wojewodentrank, weil der einst Teil des leibeigenen Zehnten war»,

er tippte mit der Flasche an mein Glas und nahm daraus einen so kräftigen Zug, daß er dreimal schlucken mußte,

«ich werde also ebenso unverbrüchlich offen sein, Willy. Ich kenne deine Gattin verhältnismäßig gut, denn auch ich widerstand zu meiner Zeit der Unbezähmbarkeit ihres Instruments nicht und fand dann, damit sie sich einen weiteren Konsumenten ihres Lippenansatzes suchte, für einige Zeit in der hiesigen geschlossenen Abteilung Zuflucht. Und gerade dank dieser Kenntnisse hege ich berechtigte Zweifel, daß du von deiner Erbschaft, ob nun Bares oder Immobilien, je auch nur einen einzigen Heller oder einen halben Ziegel zu sehen bekämst, wenn du so töricht wärst, dieselbe auf sie und ihren jetzigen Beschäler zu überschreiben, ja, wie sonst soll man ihren letzten Buhlen nennen, der mir gestern am Telefon vorprahlte, er

steche täglich Siebzehnundvier mit ihr, wie er die einundzwanzig Ficknummern nannte, womit er mich endgültig anwiderte und sich meiner weiteren vertrauens-
vollen Freundschaft als unwürdig erwies. Du mußt auch
folgendes wissen: Lůďa war ein so verbohrter Staatssi-
cherheitsoffizier, daß man ihn sofort in die neue Polizei
übernahm und unentwegt beförderte, um ihn von den
Vorzügen der Demokratie zu überzeugen. Und diesem
durchtriebenen Pärchen würdest du unser aller, ja, nun
sogar zur vollen Hälfte dein nationalstes tschechischstes
Theater überlassen wollen??»

Dabei schlug er so erbittert auf den Tisch, daß die Vor-
zeigegeschlechtsteile wild zu rotieren begannen. Unmittelbar darauf erschrak er.

«Willy! Ist dir nicht gut?»

Ich glaube, ich muß in kurzen Intervallen abwechselnd
weiß wie Kreide und rot wie ein gekochter Krebs gewesen sein, als bei dieser erschütternden Mitteilung Verzweiflung und Haß um mich rangen. Konnten ähnliche
Anschuldigungen des Lügenverwaltors noch vor kurzem
durch dessen allgemeine Widerlichkeit entkräftet werden, so brachen sie jetzt und hier mit ihrer ganzen gna-
denlosen Last über mich herein. Professor Pavlík erwies
sich in diesem Augenblick wahrlich als erfahrener Inge-
nieur der menschlichen Seele, als er im Bruchteil einer
Sekunde, noch ehe sich meine Finger infolge allgemeiner
Schwäche öffneten, meine Hand samt Glas mit der seinen
umfing, es an meinen Mund führte und den Inhalt zwischen meine schnatternden Lippen goß.

Bis dahin hatte ich, wie hier von mir bereits verbindlich
in eigener Handschrift erwähnt, noch nie puren Alkohol
getrunken, denn von Kindheit an hatte ihn mir nicht nur
Paps allseitig vergällt, sondern erstaunlicherweise auch
jene Mitschüler, Mitkämpfer und Mitangestellten, die ihm

selber vielfach geradezu unmäßig zusprachen. Während mir Paps' Beweggründe einleuchteten, hatte ich alle andern eher im Verdacht, daß sie Angst vor einer unkontrollierten Reaktion meinerseits hegten. Diese trat jetzt tatsächlich ein, und ihre Folgen sollten die unabsehbarsten werden, die ich je erleben sollte.

Zwar verlor ich vorübergehend Geruch, Gehör, Tastsinn und Sehkraft, und wahrscheinlich auch mein Geschmacksvermögen, was unter den gegebenen Umständen nicht überprüfbar war, dafür spürte ich aber, wie sich mein Geist in mir mobilisierte, ja geradezu materialisierte. Plötzlich schien mir, als fülle ein gigantisches Gehirn mich völlig aus und blase mich auf wie einen Ballon. Ohne die kleinste Vorwarnung nahm ich mein bisheriges Leben auf einmal als ein einziges Ganzes wahr, mit allen seinen Freuden und Leiden, Enttäuschungen und Hoffnungen, in einer Tausendstelsekunde begegnete ich, wie in einem aberwitzig schnell laufenden Film, allem, was ich je geäußert, getan, getrunken und gegessen hatte. Ähnlich wie dem gewissen Zeichentrickmatrosen mit der Tabakspfeife, den ich ab und zu unter meiner Frau hervor als Fensterspiegelbild des Fernsehschirms gesichtet hatte, nach dem Genuß einer bestimmten Gemüsesorte, so schienen nach diesem Schluck unbarmherziger Wahrheit im Verein mit dem nur wenig verdünnten Alkohol meiner bis jetzt so zarten Seele Muskeln zu wachsen. Deshalb überraschte es mich nicht besonders, als ich meine feste Stimme hörte, die zu diesem viel älteren und höher gestellten Mann sagte, als hätten wir zusammen Kühe gehütet:

«Wie heißt du?»

«Getauft bin ich Jan», antwortete er sichtlich überrascht, «aber daheim und in der Schule sagten sie Jéni zu mir ...»

«Gutgut!» nahm ich es zur Kenntnis, ohne etwa auf

den Gedanken zu kommen, mich zu plumpen Vertraulichkeiten herabzulassen, was mich gleichfalls von dem
schüchternen Prügelknäblein unterschied, das ich eben
noch gewesen war, «in diesem Falle, Jan, raus mit der
Sprache: Was soll ich nun tun oder lassen, wenn mich weder ein Traumtralien noch die Klapsmühle locken? Und
gib mir», ungewollt verwendete ich einen Lieblingsaus-
druck meiner Gattin, was mich zusätzlich ärgerte, «noch
einen Kurzen!»

Mein frisch erworbenes Selbstvertrauen nahm angesichts seiner Reaktion weiter zu. Dieser vor Sekunden
noch selbstgefällige Imperator, der mit einer Daumen-
bewegung darüber entschied, ob seine armen Irren bei
Zborov fallen, ewig unterm Galgen jubeln oder bis ans
Lebensende Antichartas unterzeichnen mußten, schien
vor dem neuen Ton meiner Stimme seelisch zusammenzu-
sacken und zu verfallen; im Handumdrehn benahm er sich
fast so devot wie die Pseudoprofessoren Kobliha und
Mlejnek vor ihm.

«Bitte ja, Augenblickchen, kommt sofort...» stotterte
er und verschüttete das angeblich so rare Getränk um
mein Glas, so sehr zitterte ihm jetzt die Hand, bis ich sie
diesmal mit der eigenen hart umfaßte, zu meinem Munde führte und mir selbst einen Zug aus der Flasche ge-
nehmigte.

Es war, als verdoppelte der zweite Schluck die günstige
Wirkung des ersten noch, mit ihm schien jetzt meine Seele einem bislang eher friedfertigen Körper, der zuvor nur
bei der Erfüllung der ehelichen Pflichten Kräfte entwik-
kelte, Muskeln zu verleihen. Zum ersten Mal erlebte ich,
wie sogar ich unwirsch aufstampfte.

«Na, dann raus mit deiner Weisheit!»

Er brabbelte noch eine Weile peinlich vor sich hin wie
ein Oberkellner, der über einer gefälschten Rechnung er-

tappt worden ist, und ich wollte schon scharf fragen, ob er nicht etwa auch ein ähnlich anmaßender Pseudopavlík sei, als er den toten Punkt überwand und mein Vertrauen in seine Echtheit von sich aus wiederherstellte.

«Ich habe einen Plan!» erklärte er und zeigte sich damit überraschend und überzeugend vorbereitet, was er auch sogleich erläuterte, «ja, ich gebe zu, Herr Rosol, unmittelbar nach dem gestrigen Anruf meines früheren Freundes Buran, nomen est omen! er ist wirklich ein ungehobelter Burano! habe ich ihn entwickelt, da sich mein Gewissen von Grund auf gegen den geplanten Mißbrauch meiner Wissenschaft aufbäumte, zumal dieser gegen einen Mann gerichtet war, dessen Büste ohne Zweifel in die Schulfibeln Eingang finden wird. Ja, Herr Rosol, duzen Sie mich ruhig weiter, aber alles in mir drängt sich dazu, schon jetzt die unausbleibliche Achtung auszudrücken, die Ihnen die dankbare Nation entgegenbringen wird, wenn sie eines Tages erfährt, daß Sie den Versuch vereitelt haben, unser Goldenes Kapellchen in ein Exklusivbordell zu verwandeln, ja, ja, es mag krankhaft klingen, aber hier dieser Telefonhörer bebt immer noch vor Abscheu über die vertrauliche Information jenes vermaledeiten Lůďa, den ich eigentlich nie im Leben ausstehen konnte, dessen schmierige Kumpeleien ich jedoch über mich ergehen lassen mußte, wenn ich nicht den Zorn dieses Bolschewistenspitzels auf mich ziehen wollte. Die Information nämlich, und nun halten Sie sich fest! daß der heilige Schrein tschechischer Geistigkeit, kaum daß er Ihrer Gattin und ihm zugefallen ist, mit Hilfe sudetendeutschen Kapitals in ein Chantant umgewandelt wird, daß die Sitze im Parterre gegen Tische ausgetauscht werden und die Logen in Chambres séparées umgestaltet, über denen zynisch die Namen von Perlen unserer Opernkunst stehen werden, als da sind Smetanas ‹Der Kuß›, oder

‹Die verkaufte Braut›, sogar mit Preisangeboten, aber auch ‹Die zwei Witwen› als Anreiz für Lesben und ‹Die Brandenburger in Böhmen› für Gäste aus der ehemaligen DDR. Ich habe nur auf die persönliche Zusammenkunft mit Ihnen gewartet, um sicherzugehen, daß Sie nicht der Hauptschurke sind, der zwei kleine Betrügerwichser an den Fäden tanzen läßt. Nun, da ich mir jetzt sicher bin, daß es sich genau umgekehrt verhält, gebe ich Ihnen folgenden Rat. Sie gestatten …»

Er tat wieder einen kräftigen Zug und fuhr dann, nachdem er auch diesen auf dreimal bewältigt hatte, bereits wieder mit der kühlen Sachlichkeit fort, die seiner fachlichen Qualität entsprach.

«Nun denn: Wir werden Ihre Eltern wirklich einschläfern, nein! erschrecken Sie nicht, wenn ich ‹wirklich› sage, dann meine ich damit bloß ‹einschläfern› und nichts anderes, der Langzeitschlaf ist eine allgemein angewandte Methode und weckt weder Verdacht noch die Patienten, die ihre Lebenskrisen einfach verschlafen, und das machen wir gleich gestern, nein! Sie haben sich nicht verhört, wir machen das offiziell gestern, indem wir die Heilbehandlung einfach vordatieren, womit Sie Ihrer Gattin und deren Kumpanen schwarz auf weiß belegen können, daß Sie nicht in der Lage waren, ihren Auftrag zu erfüllen, da mein Assistent, der dies gegen ein entsprechendes Trinkgeld gern auf sich nehmen wird, uns beide versehentlich übergangen und sie beide hintergangen hat. In Wahrheit schläfern wir sie aber erst heute ein, nachdem wir mit ihnen gemeinsam streng nach dem Gesetz, ja, auch von Juristen aller Couleur wimmelt es hier nur so! einen Erbschaftsvertrag aufgesetzt haben, laut dem Ihre Eltern auf ihren gesamten Besitz zu unseren Gunsten verzichten, das heißt natürlich vor allem zu Ihren Gunsten, wobei ich mich, falls Sie erlauben, in einem Nebenvertrag als Ihren Universalerben einzusetzen gedenke, falls Sie, aus welchen Gründen auch immer, Ihr Erbe nicht antreten können oder wollen. Dadurch wird unser wertvollster nationaler Schatz auch für kommende Generationen den Kupplern und Ausländern aus den Händen gerissen, und die zwei Ganoven gehen leer aus, ha ha ha, ist das nicht ein großartiger Plan, Herr Willy??»

In meiner eben erst erwachten allesbegreifenden Klarsicht sah ich jedoch statt eines soliden Wissenschaftlers ein lächerliches Zwerglein vor mir, das vor Lachen wie ein Esel iahte, sich die verschwitzten Hände rieb und wie eine Marionette hüpfte, nicht ahnend, daß es dabei auch die Penisse in eine groteske Bewegung versetzte, die mich beinahe zu dem Ausruf verführte, er selber sei der größte Schwanz hier.

Doch ich wußte mich plötzlich sehr wohl zu beherrschen und wechselte sogar wieder zum Sie, um ihm meinen berechtigten Abstand von ihm sichtbar vorzuführen.

«Sind Sie vielleicht nicht doppelt so alt wie ich?»

Für einen Augenblick schien mir, als habe das scharfe Rapier meines Intellekts den zentralen Punkt seiner Persönlichkeit getroffen, die nun zusammenbrechen mußte, doch statt dessen verstand er sich sogar zu einer Erklärung.

«Für mich hat sich aber gerade erst ein Lebenstraum erfüllt, denn nach drei unfruchtbaren Gattinnen, die mir nur je drei Töchter gebaren, hat mir meine neue beim letzten Versuch zu meinem Fünfzigsten einen Sohn geschenkt, den ich auf dem Höhepunkt meiner physischen und geistigen Kräfte liebend gern zu einer unserer nationalen Größen erziehen möchte, deshalb wurde er Bohemius getauft! und ich bitte Sie um nicht mehr, teurer Herr Rosol, als daß Sie mich nur als Vertreter meines minderjährigen Sohnes in Ihr Testament aufnehmen, falls Sie aus

Zeitgründen selbst keinen Nachkommen zeugen. Sollte Ihnen das wider alle Erwartungen dennoch gelingen, sind wir, mein Sproß und ich, bereit, uns mit Ihrer Zusage zu bescheiden, jedes Jahr ein Werk meines Sohnes aufzuführen.»

Wäre ich immer noch jener vertrauensselige Naivling, der hier vor einer knappen Stunde eingetreten war, dann hätte er offensichtlich den Eindruck in mir hinterlassen, er rede wie ein Buch. So hatte er nur noch Pech. Mein mächtig hochgeputschtes Gehirn warnte mich ausdrücklich davor, den schmerzvoll eingebüßten Glauben an meine Gattin überstürzt durch den Glauben an einen Mann zu ersetzen, mit dem ich keinen einzigen vergleichbar intimen Moment erlebt hatte und der mich aus Affenliebe zu seinem Säugling jederzeit ohne weiteres einschläfern oder gegen einen russischen Mafioso eintauschen konnte. Doch zugleich hatte er Glück, da mich in seinen Worten etwas bewegte, ja rührte. In ihnen klang der Lebenswunsch meines Paps durch, der mich aufopfernd mühevoll in einem ebenso späten Alter gezeugt hatte, um mich zu höchsten Weihen zu erziehen.

Und genau jetzt hatte ich, spät aber doch! jene so lange entbehrte Tatkraft erlangt, um zu versuchen, wenn vielleicht nicht ein echter Prophet, so doch wenigstens jene Größe zu werden, von der dieser Einschläferer und Menschenhändler nur noch hoffnungslos träumte, während ich durch den einstigen Aufstieg meines Großvaters und den frischen Fall des Kommunismus die Mittel in Reichweite hatte, mit denen ich es auch wirklich erreichen konnte.

Dieser neuzeitliche Wassermann, der sich offenbar eines Minderwertigkeitskomplexes wegen statt menschlicher Seelen männliche Liebeswerkzeuge in Weckgläsern konserviert hielt, konnte doch kaum etwas Besseres zeugen als sein jämmerliches Abbild. Also war es nur gerecht, daß jene Reife, die ich mir paradoxerweise mittels eines Tranks erworben hatte, mit dem er mich betrunken machen wollte, sich zuvörderst ausgerechnet gegen ihn auszuwirken begann.

Allen meinen unstrittigen Fortschritten zum Trotz war jedoch die Begegnung mit den Eltern traurig, wahrlich deprimierend. Jetzt weigerten sie sich nämlich schon selbst, ihre Särge zu verlassen. Der Professor hatte mich auf ihre eigentlich barmherzige fixe Idee vorbereitet, sie seien im Wartesaal des Fegefeuers, von dem man sie nach Anerkennung ihrer Unbescholtenheit direkt ins Paradies befördern werde, aber dennoch war mir nicht wohl in meiner Haut, als Mutsch auf meinen wie immer ehrerbietigen Gruß nur mit einem verschwörerischen Blinzeln reagierte, während Paps sich ungeduldig erkundigte:

«Na was, Vilém, hat man dich gesteinigt? Das ist nun mal das Schicksal von Propheten, mein Sohn!»

Nach einer Stunde stellte ich die vergeblichen Versuche ein, sie zu überzeugen, daß wir alle drei immer noch am Leben seien und sie nach ihrer Schlaftherapie in Großvaters Wohnung ziehen würden, die ich für sie, sobald ich den Bankkredit bekäme, mit teuren Kopien der armseligen Möbel ausstatten lassen würde, an die sie gewöhnt waren. Hingegen machten sie mir bei den Unterschriften unter den Dokumenten keine Schwierigkeiten.

Den listigen Entwurf des Erbschaftsvertrages, den der Professor in seiner ungeduldigen Gier dem Schreibtisch entnahm, wodurch er sich selbst überführt hatte, seine Ränke schon viel früher geschmiedet zu haben, ergänzte ich blitzgescheit um die noch listigere Bedingung: daß der Anspruch beider Pavlíks nichtig sei, falls ich eingeschläfert oder vermißt werden sollte, in diesem Falle dürfte allein die dankbare Nation nach mir Universalerbin sein. Pavlík der Ältere unterschrieb dies mit einem schier hörbaren Knirschen seiner enttäuschten Zähne, weil für ihn die Gefahr bestand, daß sein Sprößlein mein natürliches Ableben würde abwarten müssen. Dann hatte er schließlich noch dabei zu assistieren, als meine Eltern ihre gesamten Mobilien und Immobilien einzig und allein auf mich übertrugen. So konnte ich weitere schnöde Pläne abgefeimter Verwandter und Bekannter durchkreuzen, indem ich Paps und Mutsch die Existenz jeglicher ihrer weiterer Kinder, Stiefkinder, Adoptivkinder und sonstiger Bastarde eidesstattlich ausschließen ließ.

Noch dazu war er genötigt, dafür zu sorgen, daß der gesamte Akt in juristischer Hinsicht einwandfrei vonstatten ging, so daß ich überdies die Auswahl unter fünf Notaren hatte, die mir seine Aufseher im Vierer und dem Fünfer einfingen. Danach hielt ich sogar seine vorherige Erzählung für wahr, daß der ehemalige, im Dreier verwahrte Henker anfangs Personen, die bei der Psychotherapie als ob zu Tode verurteilt wurden, tatsächlich an den Duschen im Waschraum aufknüpfte, bis man ihm erklärte, daß es sich hier nicht um einen Gerichts- sondern einen Heilprozeß handelte. Das Quintett der Notare, auf dem ich bestanden hatte, in der Hoffnung, daß wenigstens einer von ihnen echt war, wurde nacheinander von seinen Fesseln befreit, um die amtlichen Stempel darunter setzen zu können, von denen sich selbst in der Zwangsjacke keiner trennen wollte. Zum Abschied stellte Paps mir noch eine eindringliche Frage.

«Was meinst du, Junge, träumst du mir, ich dir oder wir beide der Mammi?»

Darauf lächelte er schlau und flüsterte mir zu, als sei das des Lebensrätsels Lösung:

«Weder eins noch das andere, sondern im Gegenteil! Merk dir das!»

Damit schloß er die Augen und kehrte in seinen inneren Wartesaal zurück.

Mein frisch gewonnener und sich rasch kräftigender Scharfsinn ließ mich nicht auf des Professors Vorschlag hereinfallen, die Urkunden samt meinem Testament zu seinem Vorteil bei ihm im Schreibtisch einzuschließen. Mein hochtourig laufender Verstand heulte auf wie eine Alarmsirene, daß hier der Weg beginne, der für den zweiten wertvollsten Teil meines Körpers mit Gewißheit im Spiritus endete. Dafür überhörte ich jedoch Pavlíks Warnung nicht, die Papiere dürften auf keinen Fall in die Hände meiner Gattin und ihres Lůd'a fallen, solange ich mich nicht von den beiden getrennt haben würde, was ich bei erster sich bietender Gelegenheit selbstverständlich vorhatte.

So wie ich mir noch heute früh nicht hatte vorstellen können, mich meiner Gattin für immer zu entledigen, notabene aus eigenem Antrieb und mittels eines Scheidungsverfahrens, das meine Eltern mir immer als das Gottloseste auf der Welt hingestellt hatten, so war ich jetzt unnachgiebig entschlossen, meiner Ehe energisch ein Ende zu setzen, was angesichts der Schuld meiner Gattin, die mir mit jenem beschränkten Muskelprotz zumindest im Geiste nachweislich untreu war, längst fällig war. Die von den Wojewodensliwowitzen erschlossene Weisheitsquelle, aus der offenkundig auch die Erfahrung meiner Ureltern sprudelte, riet mir jedoch ab, dieses Vorhaben ausgerechnet jenen vorzeitig kundzutun, die darin eine vernichtende Bedrohung ihrer niederträchtigen Pläne erblicken mußten.

Meine wachsende Genialität wich auch nach der Heimkehr nicht von mir, ganz im Gegenteil. Die Gelegenheit
nutzend, daß das Paar gerade nach einer seiner, bestimmt
von meinem künftigen Geld unternommenen Sauftouren
ausschlief, versteckte ich die wertvollen Dokumente an
einem Ort, an dem sie zweifelsfrei in Sicherheit waren,
seit meine Gattin selbst einem Anschein von Arbeit ent-
sagt hatte und dem Goldrausch verfallen war: im Schalltrichter des Helikons nämlich, das sie zusammen mit ihrer Liebe zu mir an den Nagel gehängt hatte. Als sie auf-
wachten, glaubten sie in ihrem Katzenjammer Professor
Pavlíks Erklärung, die dieser zwecks erhöhter Vertrauens-
würdigkeit gleichfalls von allen fünf irren Notaren hatte
beglaubigen lassen, daß meine Eltern durch Verschulden
eines Assistenten, der für die Zeit ihrer vorübergehenden
Unzurechnungsfähigkeit keine Prämien erhalte, in Lang-
tiefschlaf versetzt worden seien.

Mir war, als ließe mir meine alles umfassende Klarsicht
auch die Schuppen der Sinnestäuschung von den Augen
fallen, was zu der erschütternden Erkenntnis führte, daß
meine Gattin infolge ihres schäbigen Verhaltens und meines festen Entschlusses der Scheidung ganz überraschend,
doch völlig unübersehbar häßlich geworden war. Fast alles, was mir unlängst noch schön und begehrenswert an
ihr erschien, war auf einmal unschön, ja abstoßend geworden, und ich konnte beim besten Willen nicht begreifen, wie ich mich in meine Gattin schon bei einem der ersten Blicke je hatte verlieben und ihr so verfallen können,
daß ich ihr erlaubte, selbst mein persönlichstes Ja an meiner Statt zu sprechen.

So besaß nun meine Gattin seit ihrer geistigen Untreue
unter anderem eine vom Lügen krumm gewordene Nase,
vor Bosheit geschwollene Lider, ein vor Haß gegen mich
erschlafftes Kinn und vor Lieblosigkeit verhärtete Züge.

Ganz besonders schüttelte es mich bei dem Gedanken, ich müßte irgendwann noch einmal geschlechtlich mit ihr verkehren und dabei so gut wie sicher weitere Verschlimmerungen an ihrem noch vorgestern so ansehnlichen, weil von Liebe zu mir beseelten Leib registrieren. Zum Glück kam es aber nicht zum Ärgsten, weil sie und ihr Günstling momentan auf meine Kosten mit ihrem neuesten Steckenpferd als Unternehmer befaßt waren.

Nachdem sie im Rechtsstreit um unsere Nationalbühne bisher gottlob erfolglos geblieben waren, den ich demnächst kraft meiner Rechtsbefugnis als Erbe durch zivilisiertes Verhandeln zu beenden gedachte, mittels eines bestimmt erfüllbaren Vorschlags, nämlich: meine Hälfte der Theaterkathedrale für die mir von früher vertraute symbolische Summe von zehn Hellern jährlich zu verpachten, wenn man mir Großvaters Loge mit dem Verbindungsgang überließe und unter der goldenen Aufschrift DIE NATION SICH SELBST den Zusatz ROSOL DER NATION einmeißelte, stürzten sich meine bald schon gewesene Gattin und ihr immer noch gegenwärtiger Liebesdiener auf die kommerzielle Nutzung des unterirdischen Teils.

Der mehrstöckigen, dort noch von den Kommunisten eingebauten Tiefgarage war das Theater durch einen verhängnisvollen Fehler seines Hausjuristen verlustig gegangen, weil dieser die Anweisung zur sofortigen Abtretung an den ursprünglichen Besitzer nicht angefochten hatte, sondern ohne Brille unterschrieb im Glauben, es handele sich um ein anderes Schriftstück; in diesem gab er der Kommunistischen Partei der Tschechoslowakei bekannt, daß er wegen des Vertrauensverlustes, der durch die Invasion der sowjetischen Truppen im Jahre 1968 verursacht worden sei, nachträglich austrete und die Mitgliedschaftsbeiträge für die inzwischen verblichenen einundzwanzig Jahre zuzüglich Zinsen zurückverlange.

Die revolutionäre Veränderung meines früher so unendlich taubensanften Charakters drückte sich auch darin aus, daß ich von einer Minute auf die andere sogar zu radikaler Verstellung fähig war. Noch gestern hätte ich mich bei der ersten Halbwahrheit, geschweige denn Unwahrheit, durch Erröten, Stottern oder meine beliebten Ohnmachten verraten. Nicht so heute! Mich dünkte es fast unwahrscheinlich, wie es mir gelang, meiner so gut wie früheren Gattin immer noch liebevoll in die mir plötzlich abstoßend gewordenen Augen zu schauen, und wie ich es mit vollendet gespielter Einfalt fertigbrachte, Lůd'as niedrig-raffsüchtigen Plänen schmeichlerisch zu applaudieren.

Diese Pläne bestanden in der Umwandlung der ehemaligen Garagen des Nationaltheaters in das größte Freuden- und Lusthaus nicht nur der Hauptstadt Prag, sondern der Republik schlechthin und mit an Wahrscheinlichkeit grenzender Sicherheit ganz Mitteleuropas. Lůd'a bekannte ohne Scham, daß er kurz vor der Großen Schlüsselrevolution, wie sie jetzt in den Lesebüchern genannt wurde, in der Tarnung eines Busfahrers eine ausgewählte Partie frommer Prager Rompilgerinnen nachrichtendienstlich betreute und anläßlich der Seligsprechung irgendeiner heiligen tschechischen Henne, wie er sie zu bezeichnen beliebte, dortselbst drei Tage in einem berühmten Bordell zubrachte, in einer ähnlichen Garage von einem tschechischen Emigranten eingerichtet, dessen Führungsoffizier er dabei geworden war.

Die Idee, die jetzt Lůd'a als freier Unternehmer angeblich aus eigenem Kopf beisteuerte, wonach selbiger jedoch nicht annähernd aussah, war immerhin so verlockend, daß ich keine Bedenken trug, sie als Ersatz für erlittene Schäden nach vollzogener Scheidung und dem Rausschmiß des Duos selbst zu nutzen; die Hälfte des Ertrags fiele aus Gründen fairer Partnerschaft danach selbstverständlich dem Nationaltheater zu ...

Als ich aus dem Irrenhaus zurückkam, hatte der Probelauf bereits begonnen. Er übertraf sämtliche Erwartungen, da das Budget nicht mit dem üblicherweise höchsten Posten belastet war – den Gehältern der käuflichen Frauen, ja nicht einmal mit denen der käuflichen Männer, obwohl der Slogan Personen allerlei Geschlechts allseitig zu bedienen versprach. Die offizielle Firmierung lautete: DRIVE-IN-SEX IN CZECH NATIONAL THEATRE.

Die sagenhafte Wirtschaftlichkeit wurde vor allem durch einen Trick erzielt, der begreiflicherweise streng geheimgehalten wurde: Werbeaufsteller und Pfeile dirigierten die Kundinnen in ihren Autos in die beiden oberen, die Kunden sodann in die beiden unteren Etagen. Nach dem Einparken traf man sich herab- respektive hinaufsteigend auf dem mittleren Parkdeck, nur von Notlichtern illuminiert. Alle Gästekunden waren entzückt von dem erstaunlichen Angebot an weiblichen und männlichen Prostituierten einschließlich Gayboys und Lesben, mit denen sie für eine keineswegs übertriebene, bereits an der Einfahrt erhobene Pauschale nach Lust und Laune auf bequemen Doppelsitzen aus Fahrerkabinen ausrangierter Lkws kopulieren konnten, und zwar ohne Zeitlimit, nur die Drinks berappend, die ein nackter Neger auf weißem Tablett servierte, welches nach dem Prinzip des schwarzen Theaters in der Luft zu schweben schien.

Der junge dunkle Kellner war Sohn der tschechischen Haushälterin des Ersten Sekretärs der Kommunistischen Partei Senegals, der sich einst im Prager Exil aufhielt, bevor er nach einem Putsch auf den Königsthron gesetzt und nach dem Folgeputsch den Krokodilen vorgesetzt worden war. Abgesehen von ihm bedurfte dieses ganze Großunternehmen nur zweier Kassierer, was natürlich meine leichte Gattin und ihr schwerer Bursche an sich rissen, sowie einer nach der Sperrstunde die Kondome wegkehrenden Putzkraft, die freilich ich darzustellen hatte.

Doch auch diese absichtliche Erniedrigung steckte ich weg, und sie bestärkte mich im Bestreben, mir alles in Hirn und Herz zu pflanzen, was ich beherrschen und empfinden mußte, wenn ich demnächst selbständig würde.

Das betrügerische Paar, das dem unfähigen Dummchen Hörner aufzusetzen glaubte, erdreistete sich bald zu der Forderung, ich solle ihm das Frühstück ans Bett bringen. Nun konnte ich kaum noch ihrer Behauptung Glauben schenken, sie behielten damit nur eine unschuldige Tradition aus jener Zeit bei, als meine Gattin Lůd'a, dereinst noch zusammen mit Béd'a, zuerst in der Wanne und dann angeblich noch in ihrer schwesterlichen Umarmung aufgetaut hatte. Diese Rolle half mir jedoch nicht nur, ihrer beider Ahnungslosigkeit, sondern auch meinen Informationsstand zu vertiefen, wenn ich mit den Krümeln vom Tisch auch Bruchstücke ihrer Gespräche mitnahm. Demnach stieg das Interesse an unserem Unternehmen von Tag zu Tag, nachdem es sich in Prag herumgesprochen hatte, wir besäßen das bestqualifizierte Bordellpersonal, das je in dieser Zahl zu verzeichnen war.

Meine eigenmächtigen Gesellschafter beschlossen, die Preise in die Höhe zu treiben, um dem Namen auch noch die Bezeichnung DE LUXE anfügen zu können, und ich stellte derweil insgeheim ein präzises Funktionsschema des Projekts auf, um es mir alsbald auf den altberühmten Namen Rosol patentieren zu lassen und den Schmarotzern so das Wasser meines von Generationen aufgestauten Teichs endgültig abzugraben – als sich eine Szene abspielte, die ihn infolge eines Riesenfehlers für uns alle trockenlegte.

Zu den wichtigsten Vorkehrungen gehörte nämlich, daß

kein Gast eine Lichtquelle mit sich führen durfte. Laut Betriebsordnung hatte dies den Zweck, die Anonymität der Kunden zu wahren, da aber alle ohne Ausnahme Kunden waren, sollte das konsequente Fastdunkel unliebsamen Überraschungen vorbeugen.

Zu Anfang durchleuchteten Lůďa und meine Gattin Männer wie Frauen mit einem Röntgengerät, das ein hochgestellter Erotomane vom Flughafen Ruzyně – zwecks Tilgung seines Schuldenberges bei uns – heimlich bei der Sicherheitskontrolle abgezweigt hatte. Dann jedoch zeitigte der traurig berühmte tschechische Schlendrian seine Wirkung und erwies sich als dem ganzen hochgelobten Kapitalismus überlegen, dem zuliebe unser Vaterland auf sämtliche Vorzüge des Sozialismus verzichtet hatte. Lůďa, in den späteren Stunden meist ziemlich angesäuselt, behielt den Bildschirm nicht immer im Auge, und dazu geschah es, daß sich zwei Gäste eines Abends Taschenlampen aus Kunststoff mitbrachten. Erst als der Skandal voll entbrannt war, erfuhren wir aus den Medien, was ihn überhaupt ins Rollen gebracht hatte.

Zwei Spitzenvertreter von Koalition und Opposition, die sich in der Öffentlichkeit aufführten, als klaffte zwischen ihnen ein unversöhnlicher Streit darüber, wer den erschütternden Niedergang der gesamtgesellschaftlichen Moral verschuldet habe, wenn diese doch schon unter dem vorhergehenden Regime auf den Tiefstpunkt gesunken war, waren in Wirklichkeit Busenfreunde, die klammheimlich in einem bestimmten Winkel des DRIVE-IN-SEX zusammenkamen. Dort trafen sie sich an Montagen mit zwei außerordentlich begabten Angehörigen des ältesten Gewerbes, welche ihnen beiden, die daheim nicht gerade die leidenschaftlichsten Ehefrauen hatten, die höchsten erotischen Wonnen bereiteten.

Um den Damen auch außerhalb unseres Unternehmens auflauern zu können, leuchteten sie ihnen eines schönen Montags gleichzeitig ins Gesicht. Das versetzte vier Menschen auf einmal in Panik, denn wer sich da sogleich erkannte, waren zwei längst fürs Leben verbundene, jetzt nur ein wenig vertauschte Paare. Während der Vizepremier der Koalition seine Gattin durch alle Parkebenen ohrfeigte, wurde der Schattenstaatssekretär der Opposition von seinem Gespons mit Fußtritten bis auf die Nationalstraße gejagt, wo die Passanten das nackte Paar zum Glück für Mitwirkende eines der zahlreichen Happenings postmoderner Künstler hielten, so daß es kaum Aufmerksamkeit erregte.

Drunten bemächtigten sich derweil weitere Interessenten der Taschenlampen und stellten bald fest, daß hier fast die gesamte kulturelle, wirtschaftliche und politische Elite Prags, die es normalerweise umsonst miteinander trieb, in eigener Regie als Huren und Gigolos auftrat, was einen Sturm moralischer Entrüstung auslöste, der die beiden gewieften Unternehmer zwang, ihre Kassenschalter zu verlassen, worauf sich die ergrimmte Menge die komplette Einnahme teilte, die Vorräte der Bar austrank und den schwarzen Kellner mit einem Strick um den Hals zum Wenzelsplatz hetzte, um ihn schließlich zu lynchen, weil irgendwer rief, das sei ein besonders raffiniert getarnter sowjetischer Agent. Auch das nahm ein Teil der Vorübergehenden als alltägliche Fehde der ukrainischen und jugoslawischen Gangs zur Kenntnis, an die sich Prag bereits gewöhnt hatte, stolz, eine normale freie Großstadt geworden zu sein, die eilends Europa ansteuerte, weil sie selbst von halb Asien angesteuert wurde.

Die folgenden drei Nächte schlief ich selig ohne die mindeste weitere Demütigung in meinem Bett, denn die Gattin samt Lůd'a hielten sich zunächst versteckt, bis sich herausstellte, daß niemand Strafanzeige gegen sie zu erstatten wagte. Mit dem Unternehmen war freilich ein für allemal Schluß.

Je länger, desto stolzer war ich auf mich, wie perfekt ich meine Rolle als Doofling und Gehörnter spielte, obwohl ich doch schon längst höchste Intelligenz bewies, die keiner bei mir vermutete, und im Schalltrichter des Helikons einen amtlich fünffach beglaubigten Trumpf versteckt hielt, mit dem ich Lůd'a und meine Gattin selbst in der höllischsten Schachpartie zu schlagen vermochte.

Kurz darauf kam es zu einem neuerlichen und, geb's Gott, letzten Abstecher in meine frühere Naivität, der nichtsdestotrotz die wichtigste Entscheidung auf dem Roulettetisch meines Lebens verursachte.

Dies ereignete sich, als ich arglos fragte, warum der vormalige Bewohner und bis heute unverändert Hauptmieter der Wohnung meiner Gattin sich schon so lange nicht mehr sehen lasse. Es interessierte mich immerhin, ob er nicht, im Einklang mit der Gesellschaftsentwicklung, doch wieder Husák heißen wolle, womöglich auch mit Vornamen Gustáv. Lůd'a und meine immer noch Gattin wechselten so vielsagende Blicke, daß selbst ein Blinder gesehen hätte, was die Stunde schlug.

«Ja, warum sollen wir es ihm eigentlich nicht sagen?» äußerte meine Gattin, «er ist alt genug, um endlich zu erfahren, wie es im Leben heute tatsächlich zugeht.»

«Na, wenn schon», sagte Lůd'a, einen ungewohnt forschenden Blick auf mich werfend, «denn schon! Soll er doch vor allem tüchtig lernen, womit er uns endlich von Nutzen sein kann!»

Tags darauf schrieben sie mich als ordentlichen Hörer bei einer Privatschule ein, die den rätselhaften Namen PASEK trug.

Daß ich nach so vielen Jahren erneut die Schulbank drücken sollte, verdroß mich gewaltig, und ich überlegte auf dem Weg zu der angegebenen Adresse ernsthaft, ob ich nicht jetzt schon kurzerhand mein Doppelspiel aufgeben, mich meinen Peinigern als der einzige notariell beglaubigte Erbe sämtlicher Rosolscher Vermögen und Besitzwerte offenbaren und alle beide durch die Polizei von meinem Grund und Boden entfernen lassen sollte. Ich war mir sicher, daß sich unter Lůd'as Vorgesetzten so manch einer fände, der ihm nicht längst schon meine Gattin wie auch meinen künftigen Reichtum neidete und Ehre genug im Leibe hatte, für sein Eingreifen ein Entgelt in vernünftiger Höhe zu verlangen, das heißt, sobald ich geerbt hatte.

Zum Glück ließ ich mich von meinem Übereifer nicht hinreißen und konnte mir deshalb schon nach der einführenden Lektion in der PASEK mit größter Befriedigung eingestehen, der rechte Schüler an der rechtesten Schule zu sein, die für meine Situation im derzeitigen Lebensabschnitt erforderlich war. Das begriff auch ihr privater Besitzer, zugleich Direktor und auch einziger Lehrer, als welcher sich kein anderer als Lůd'as ehemaliger Kollege, später dann auch ehemaliger Untergebener Béd'a entpuppte.

Bei diesem erneuten Wiedersehen erfaßte mich zunächst das lähmende Gefühl, daß ich in meiner Vertrauensseligkeit den Regen wieder einmal gegen die Traufe eingetauscht hatte, denn dieser Büttel da konnte doch nichts anderes sein als der verlängerte Gummiknüppel Lůd'as und das dritte und vierte Trittbein meiner mir nur noch aus Trägheit angetrauten Gattin, denn schließlich hatten sie beide in der gewissen Novembernacht mitsammen auf meiner Brust gekniet, um mich gleich danach vierhändig ins Nichts zu stürzen, aus dem mich zum heutigen Etwas nur mein starker Wille, Großvaters Erbe und ein paar Sliwowitze emporgehoben hatten, doch dieses Gefühl wich von mir, als mich Béd'a aufrichtig umarmte und in gerechtem Zorn, der nicht vorgetäuscht sein konnte, den Satz ausrief, der mir damals geheimnisvoll klang, bald jedoch zur Parole wurde:

«Und jetzt werden wir diesen beiden Schweinepriestern gemeinsam zeigen, wofür es in Pardubice das Semtex gibt!»

In der folgenden ersten Stunde erklärte er mir gleich mehrere grundsätzliche Dinge. Zum ersten, daß er sich Lůd'as Vertrauen allein deshalb wieder erschlichen habe, um im gegebenen Moment, der nun dank meiner eintrete, heimtückisch Rache zu nehmen für Lůd'as noch heimtückischeres Übergehen seiner Person, und zwar sowohl bei der Beförderung als auch bei meiner Gattin. Zum zweiten, daß der Name seiner Schule, in die Lůd'a in seiner himmelschreienden Arroganz gerade mich sorglos und wie auf Bestellung geschickt habe, ein Deckname sei, ein Kürzel, das in offener Rede ‹Private Akademie für Sonderbehandlungen Erfolgreicher Konkurrenten› bedeute, auf der ich evident als Liquidator von Lůd'as Widersachern geschult werden sollte, von der ich aber dank Béd'a ganz im Gegenteil als Lůd'as Terminator zurückkehren werde. Und zum dritten, daß die Produktion von Sprengstoff namens Semtex schon längst den traditionellen Lebkuchen der altehrwürdigen Bezirksstadt Pardubice verdrängt habe, da es sich genauso leicht kneten lasse, doch unvergleichlich besser explodiere, so daß es sich jetzt, nachdem es bereits den Rest der Welt erobert hatte, auch in seiner böhmischen Wiege zum beliebtesten Hilfsmittel bei Erledigung vieler geschäftlicher Operationen entwickle.

«Wenn er schon wie bekloppt für Sie blecht», fügte Béd'a mit einem um so erkennbareren Despekt für Lůd'a hinzu, als er mich im Unterschied zu früher höflich siezte, «dann sollen Sie ihn auch wie 'n echter Profi kaltmachen.»

Erst diese Bemerkung machte mir so recht bewußt, daß mein Verdacht, der mir so spät, dafür um so nachdrücklicher angesichts der warnenden Einlegeglieder in Professor Pavlíks Schauerkabinett gekommen war, bald mit einer Tat besiegelt werden mußte, die alles unumkehrbar machte. Die folgenden Unterrichtstage, die ich wie jeder andere Schüler den Statuten der PASEK zufolge mit meinem Lehrer allein absolvierte – was zwar, wie er mir im Vertrauen verriet, das Schulgeld ins Unermeßliche steigere, damit aber auch seine Rechtssicherheit, da die Frequentanten niemals gemeinsam gegen ihn aussagen könnten –, war ich angenehm überrascht von der breiten Palette der Methoden, wie man sowohl seine Unternehmenspartner als auch die eigenen Gattinnen erfolgreich, notfalls sogar endgültig behandeln kann.

Und dabei ging es, wie mir mein Pädagoge in den entsprechenden Rubriken der periodischen Presse schwarz auf weiß zeigte, nicht etwa um Früchte einer krankhaften Phantasie, sondern durchwegs um Rezepte, die durch die tägliche Praxis beglaubigt wurden, nachdem unser Land auch eine international anerkannte Demokratie geworden war. Jedenfalls begriff ich: Nur noch komplette Dummköpfe vergiften ihre Geschäftspartner oder Gemahlinnen mit Strychnin, und nur Personen mit außerordentlich niedrigem Intelligenzgrad ertränken sie angestrengt, zuvor mit Chloroform betäubt, in der heimischen Badewanne, um sie dann mühselig mit der Säge zerteilen und in verschiedenen Landkreisen unter die Schlachtinnereien schmuggeln zu müssen.

Mochte Béd'a auch nach einem anspruchsvollen psychotechnischen Test, dem er mich gleich zu Beginn unterzog, alle für mich ungeeigneten Arten der Sonderbehandlung ausschließen, die zu viel Geschicklichkeit oder Geduld erforderten, weshalb hauptsächlich Frauen sie lernten – wozu etwa ein scheinbar unbeabsichtigter, jedoch lange trainierter Stirntreffer mit einem Golfball gehörte oder der völlig unerwartete Biß eines Zwergdackels, dem Béd'as Schülerin täglich heimlich eine der Kehle ihres Gatten ähnliche Schweinsgurgel zum Fressen vorsetzte –, so blieben noch so viele andere Varianten übrig, daß das schwerste dann eigentlich die Wahl war: Welche von ihnen hält der eine oder andere Behandler angesichts der einen oder anderen Zielperson für die moralisch, zeitlich und preismäßig annehmbarste.

Bei Béd'as Schilderung bereits erfolgreich verlaufener Aktionen seiner Schüler ertappte ich mich dabei, daß es auch mir gefiele, wenn ein von Lůd'a gesteuertes Privatflugzeug mit meiner Gattin an Bord von einer jener Boden-Luft-Raketen getroffen würde – wie sie die hierorts sich gerade verabschiedenden Sowjetoffiziere gegen Nähmaschinen eintauschten, mit denen sie in der Heimat für ihren Lebensunterhalt zu sorgen gedachten, bis die deutsche Regierung ihnen Kasernen baute –, und zwar so präzise getroffen, daß es lange und langsam herunterfiele wie ein Blatt im Herbst. Andererseits sagte ich mir, ich hätte auch nichts dagegen, wenn man sie beide nach einem anderen Muster zu einem Ausflug in die Tropen verleitete, auf eine der beim Fernsehbingo manipuliert ausgelosten Reisen, und dann von einem gedungenen Altrevolutionär, der so die Welt von zwei abstoßenden Neureichen befreite, in jene von Piranhas wimmelnde Bucht werfen ließe, wo schon manch ein Feind James Bonds elendiglich umgekommen war, und zwar möglichst als letztes Paar des betreffenden Tages, damit die übersättigten Wasserräuber sie sich noch für das nächste Frühstück aufsparten.

Bei dieser Vorstellung rann mir bereits ein eiskalter Schauer den Rücken rauf und runter, und zwar nicht etwa, weil ich mit den Betroffenen auch nur einen Hauch Mitleid gehabt haben würde, sondern weil ich mir selber ungeheuer leid tat! Ich brauche nur die erste Seite dieses Tagebuchs aufzuschlagen, die eigentlich vor verhältnismäßig kurzer Zeit und doch von einem Wesen geschrieben wurde, meilenweit von jenem entfernt, das es mit gleicher Hand heute abschließt. Wie soll man sie messen, und vor allem, wie soll man sie erklären, jene bodenlose Kluft zwischen dem reinen, begierigen Knaben, der für ein bißchen Liebe bis ans Ende der Welt gegangen wäre, mit gesenktem Haupt und meinetwegen barfuß, wie es der Dichter will, und dem Manne gleichen Namens, dessen verwundetes Herz bereits so vereist ist, daß ihn kein Tod grausam genug dünkt, falls er nur den ihm amtlich nach wie vor nächsten Menschen ereilt, welcher noch immer, wie lange wohl! seine Gattin ist??

Ach, wo sind nun die schönen, wenn auch kommunistischen Zeiten? wo sind sie geblieben? als ich ihr für meine mühsam ersparten Gröschlein und mit Hilfe des Indianerlaufs jenen einmaligen Dämpfer für ihr Helikon beschafft oder als ich dieses mordsschwere Instrument oftmals nach Hause gebuckelt hatte, samt müder Gattin, die sich leidenschaftlich an dessen enger Rohrwindung rieb und damals schon in verdächtiger Weise fremde männliche Vornamen ausrief, wobei sie halb zärtlich und halb wütend nach links und nach rechts hinzufügte:

«Nehmen Sie Ihre Pratzen weg ... Sie nicht! Sie!!»
Zertrampelt ist er zu Matsch, der schöne Schnee von
damals, und von wem! von eben jener, der ich meine besten Gefühle und Monate geopfert habe, damit mich zum
Schluß pervers ein Gedanke umtreibt, bei dem ich vor
kurzem noch alles Bewußtsein verlor, daß man sie, wie es
die Angeklagten in einem laufenden Strafprozeß farbig
schilderten, zusammen mit Lůd'a in einem Faß Schwefel-
säure einlötet oder noch besser: Stirn an Stirn mit Lůd'a
an einen Betonpfeiler bindet und, mit Stacheldrahtge-
flecht umwickelt, Zoll für Zoll zu dem Wasserfriedhof für
Neuunternehmer hinabsenkt, der letztes Jahr am Grunde
eines Stausees im Erholungsgebiet der vorherigen Par-
tei- und Regierungsbonzen angelegt worden war. Diese
hatten sich in den fünfziger Jahren viel praktischer gezeigt, als sie mit der Asche angeblicher Verräter die ver-
eisten Chausseen befahrbar hielten.

Wahrscheinlich hätte ich mich für diese letzte der zeit-
genössischen Methoden entschieden, da sie meiner Gattin und ihrem Zuhälter am ehesten Muße gelassen hätte,
das Maß ihrer Schuld mir gegenüber zu begreifen und
deshalb auch Reue zu zeigen, mochte sie noch so unwirk-
sam sein. Hiervon riet mir Béd'a mit seiner Bemerkung
ab, er habe erst vor kurzem ebendort die Fische mit einem
Scheusal von Mann gefüttert, der Lůd'as Behauptung zufolge Säuglinge weiblichen Geschlechts geschändet hatte,
womit das Strafgesetz nicht rechnet; darauf beschloß
Lůd'a, es selbst in die Hand zu nehmen und den Schänder
ausgerechnet Béd'as Entsorgung zu überantworten. Beim
Bezahlen habe er sich jedoch verplappert, der Betreffende habe als Direktor des Vergnügungszentrums ‹Himmel› Lůd'as Investitionsabsichten durchkreuzt. Béd'a war
zuerst zu Tode erschrocken, als er von Lůd'a den Namen
des Mannes hörte, und erholte sich erst abends bei der

Rundfunknachricht, der Präsident gleichen Namens lebe und zanke sich genau wie ich mit seinen Verwandten um eine Erbschaft.

So führte mich Béd'as gewaltfreie, doch konsequente Erziehungsarbeit im Verein mit meiner unbegrenzt wachsenden Fähigkeit, Wurzeln und Pilzgeflecht von Erscheinungen zu erkennen, über die sprichwörtliche Quadratur des Kreises zurück zu Béd'as einleitendem Gedanken: Wir werden ihnen unser Pardubicer Semtex zu kosten geben!

In einem der Filme, die ich seinerzeit im Spiegel der Fensterscheibe so weit zu sehen bekam, daß ich die Geschichte sogar verstand, war der Held ein zutiefst gütiger Mann, der sich bei Bedarf in eine blutrünstige Bestie verwandelte. Ähnlich kam ich mir in der Zeit, als ich um die richtigste Entscheidung rang, selber vor. Weil die Direktion des Nationaltheaters noch immer nicht aus Großvaters Wohnung ausgezogen war – und ich hatte meiner Gattin und Lůd'a schlau versprochen, für eine wirksame Abhilfe zu sorgen, sobald ich meinen Gesellenbrief in Händen hielt –, übernachtete ich nun im Vorraum des Schlafzimmers, das dem gewesenen Husák & Havel gehört hatte und derzeit von meiner Gattin bezogen war. Was sie dreist als Vorzugsposten bezeichnete, war nichts anderes als eine Art Hausmeisterloge, wo ich dem Paar jederzeit zu Diensten stehen sollte. In das Schlafzimmer zog sich Abend für Abend auch Lůd'a zurück, mit immer laxeren Ausreden, was mich zunehmend ebenso beleidigte wie die Tatsache, daß meine Gattin nicht einmal mehr so viel Schamgefühl hatte, die verschiedenen intimen Laute zu drosseln, die sie seinerzeit auch auf mir von sich gegeben hatte. Trotzdem spielte ich meinen Part als verliebter Gatte und zuverlässiger Compagnon so überzeugend weiter, daß sich in den beiden nicht die geringsten Anzeichen eines Verdachts regten.

Um so unbarmherziger wurden meine Träume und damit um so zielbewußter meine Bestrebungen, mir in der Spezialschule alles, aber auch alles anzueignen, was ich zur restlosen Behandlung meiner Gattin und Lůd'as benötigte. Allgemach keimte, wuchs und reifte in mir definitiv der feste Entschluß, selbige mittels einer Überdosis jenes ‹czech made›, wie die Reklame stolz verkündete, aber dennoch ‹worldwide used› Supersprengstoffes (SSS) in die Tat umzusetzen, um selbst mikroskopisch allerfeinste Spuren ihrer ohnehin total unnütznichtsnutzigen Existenz in der Erdatmosphäre zu tilgen. Die strenge Regel, die Béd'a mich fünfhundertmal abschreiben ließ, nachdem er durch den Test von Paps' Erziehungsmethoden erfahren hatte, paßte er auch deshalb absichtlich den Moses-Worten an, um sie dadurch um so eher zu meinem zwölften Gebot zu machen:

«Du sollst keinen Zeugen haben neben dir noch je irgendwem deine Pläne ausplaudern, auf daß sich deine Tage in Freiheit verlängern!»

Zugleich versicherte er mir aber, daß sich das Gebot nicht auf ihn als meinen Lehrer erstrecke, den ein ordnungsgemäß zahlender Hörer natürlich weiter konsultieren dürfe. Das Risiko, erläuterte er mir, das für ihn dadurch entstehe, daß ich ihn in Notlagen als Kumpan oder gar als Anstifter zu einer Straftat ersten Grades ausgeben könnte, minimalisierte sich für ihn dann, wenn ich ihn als meinen Erben einsetzen würde, genauso wie ich auch schon Professor Pavlík und seinem erstgeborenen Sohn die Erbschaft schriftlich zugesichert hatte. Letzteres verriet ich Béd'a natürlich nicht, unterschrieb die Zusage aber dennoch mit einem mir früher gleichfalls unbekannten Bibbern inniger Schadenfreude, daß es, falls ihre Ansprüche je aufeinanderträfen, nicht mein Problem wäre, sondern allein das ihrige.

Ganz im Gegenteil wollte ich sogar sehr bald die beiden von mir so großzügig Bedachten auffordern, mir jeder für sich als Kronzeugen eidesstattlich zu bestätigen, daß ich zur Zeit der Explosion ausschließlich bei ihm gewesen sei. Diesen Neuerergedanken des doppelten Alibis, das vor allem auf sie ein schiefes Licht werfen würde, behielt ich vorläufig jedoch vorsichtigerweise für mich, desgleichen die List, mit der ich mich selbst gegen ihren allfälligen Verrat abzusichern gedachte: durch Hinterlassung verschiedener markanter Spuren in ihren Arbeitszimmern, die notfalls beide als Alleintäter überführten.

Inzwischen machte ich mich Tag für Tag fleißig und gründlich mit den Qualitäten und Eigenschaften der Pardubicer Spezialität bekannt und verstand alsbald sehr wohl, warum sie meiner Heimat die Etikette ‹höchstentwickeltes postkommunistisches Land› eingebracht hatte. Vor jeder Weiterverarbeitung erinnerte die geschmeidige Masse zuallererst an einen ruhenden Teig für Kartoffelnocken, übrigens wurde sie laut Béd'a gerade so am häufigsten vertrieben und verwendet. Mit den entsprechenden Farbpulvern vermengt und mit einfachstem Küchengerät, vom Nudelholz über den Fleischwolf bis zu den Förmchen für Weihnachtsgebäck, in die erwünschte Form geknetet, war sie beim besten Willen nicht von einem Viertel Kilo Butter, von einer verspeilten Leberwurst oder auch von einem Haufen Hundekot zu unterscheiden, konnte sie ebenso leicht als zweifarbige Zahnpasta oder als Schuhkrem verschiedenster Farbtöne durchgehen. In allen Fällen genügte es, sie mit einem unauffälligen Zünder und einem Wecker zu versehen, der allerdings doch etwas markanter ausfiel und eine eigene Mimikry erforderte.

Ach, wie zahlten sich jetzt meine Kenntnisse im Nähen, Stricken, Häkeln, Stopfen und in weiteren nützlichen Handarbeiten aus, zu denen mich meine Mutsch unnachgiebig angehalten hatte, meiner Tränen infolge des Spotts der Gleichaltrigen nicht achtend, die ihre Zeit damals mit Kino, Kegeln, Qualmen und Küssen vergeudeten! Was ich in der Kindheit gelernt hatte, darum könnte mich jetzt so mancher jener berühmten Terroristen beneiden, die, wie ich immer aufmerksamer in den Medien verfolgte, alle naselang sich und ihnen nahestehende Personen in die Luft jagten.

Selbst mein Lehrer mußte bald einräumen, daß der ihm anvertraute Schüler schnell über den Meister hinauswuchs und viel früher, als der Lehrplan der PASEK es vorsah, von der grauen Theorie zur bunten Praxis übergehen konnte. Die Umstände wollten es, daß ihm gerade eine kleinere Bestellung vorlag, die er mich ausführen ließ. Der Übung wegen erfuhr ich nur, daß bei irgendwem irgendwo eine vielmehr symbolische Sprengladung in die Luft gehen sollte. Dann konnte er nicht genug staunen, als ich, ohne lange zu fragen, durch bloßes logisches Schlußfolgern ein Reklamemuster für Geschenksendungen zum bevorstehenden Nikolausabend bastelte. Das Päckchen enthielt auch bei sorgfältigster Prüfung von Duft und Geschmack eine Tafel Schokolade, eine Vanillestange sowie das traditionell flache Stück Brikett, alles natürlich Semtex, Zünder und einen auf Mitternacht eingestellten Wecker. Das Gerät, das sich gegen die Bezeichnung ‹Höllenmaschine› sträubte, sollte nach Einbruch der Dunkelheit in den Briefkasten der Villa, die der zu Warnende bewohnte, ein anderer nichtsahnender Schüler Béd'as einwerfen. Leider aber steckte er den Umschlag in Unkenntnis des Inhalts aus Faulheit in den Sammelbriefkasten vor der Hauptpost. Zum Glück für den Adressaten, denn ich hatte beim ersten Mal die Dosis eine Spur zu hoch genommen, so daß die mitternächtliche Explosion die ganze Frontwand des fünfstöckigen, zu dieser Zeit logischerweise leeren Gebäudes wegriß.

Ich fürchtete, von Béd'a zumindest heruntergeputzt zu werden, der Gedanke an Paps' Hosengurt ließ mich noch einmal innerlich erzittern, doch die Zeit der Strafen war offenbar ein für allemal vorbei. Mein Mentor wirkte sogar eher leicht verunsichert, als sei er derjenige, der sich hier zu fürchten habe. Das bezeugte auch sein erster Satz, den er nach einigem Schweigen hervorbrachte, während wir in seinem Auto unauffällig die Polizeisperren rings um die Postruine passierten.

«So 'nen Furz hätt' ich Ihnen wahrhaftig nicht zugetraut ...»

Und nach einer weiteren längeren Pause, als die Trümmer aus unserem Blickfeld verschwunden waren, fügte er in einem Ton hinzu, in den sich neben maßvoller Kritik und leichtem Humor auch starker Respekt mengte.

«Künftig würd' ich aber mit 'nem Hundertstel arbeiten, Meister ...»

Von da an redete er mich, mehr im Ernst als im Scherz, nur noch so an, und immer wenn ich in dem kleinen Schullabor meine nun schon tatsächlich meisterhaften Miniladungen herstellte, führte er schnellstens seinen nagelneuen Mischling gassi, den er sich, wie ich ihn verdächtigte, vornehmlich zu diesem Zweck angeschafft hatte.

Es dauerte jedoch nicht lange, und er konnte mich ohne Bedenken für meine apothekerhaft genaue Dosierung loben, als er einem jungen Zuwanderer aus Sizilien begreiflich machen sollte, es gehöre sich nicht, einem Altprager Patrioten ins Geschäft zu pfuschen, der seit ewig die Nachbarkneipe betrieb und dem jetzt die Stammgäste zur Konkurrenz liefen mit der Ausrede, er verabreiche nur Rollmöpse. Auf seine alten Tage gedachte er das Menü nicht einem Bürschchen zuliebe zu ändern, das wie ein

Judenjunge aussah und tschechisch radebrechte wie ein Zigeuner; so bat er Béd'a um Hilfe. Über jedes Selbstlob erhaben ist der erstaunlich witzige Zettel, der mich tags darauf auf der Schulbank erwartete.

«Deine Spezzi-Pizza, die der Spizzbube nich erkannte, hat ihm einzzig den Pizzaofen zzerhauen. Der Strizzi-Izzig zzischte zzurück nach Nazzaro.»

Für famos, aber undurchführbar hielt Béd'a meinen Entwurf zur Lösung eines Problems, das mich interessierte, seit ich im Fernsehen die Leibwache unseres Staatsoberhaupts gesehen hatte, die mindestens zweimal so zahlreich war wie der lebende Schild des US-Präsidenten; beim tschechischen fehlte selbst eine schnelle Truppe auf Rollschuhen und Skateboards nicht, die in Sekundenbruchteilen daraus eine moderne Variante der bewährten hussitischen Wagenburg zu bilden wußte. Die Antwort auf die Frage, wie man trotzdem den Sprengstoff bis ans Zielobjekt heranbrächte, demonstrierte ich meinem ungläubigen Lehrer im Affenpavillon des Prager Zoos. Um das von einem Kreis liebestoller Weibchen umringte Männchen bei diesem Versuch nicht zu gefährden, nahm ich nur ein Krümelchen Semtex, das ich mit einem Kaugummi verband und auf die übliche Weise im Mund vorbehandelte, wobei ich mich nur davor hütete, auf den Zünder zu beißen. Auf bravourös antrainierte Weise spuckte ich das Klümpchen dem Tier direkt vor die Füße und betätigte die Fernzündung erst auf dem nahe liegenden Hügel. Nur hatte ich nicht mit der mittäglichen Fütterung gerechnet, und so schwor der Wächter, der inzwischen das Männchen abgelöst hatte, nach seiner Wiederbelebung, den Angriff auf ihn mit einer Übungsgranate sei von ebenjenem Schimpansen unternommen worden, der ihn schon längst vor seinen Weibchen lächerlich machte und zur Strafe dafür bei lebendigem Leibe ausgestopft werden sollte. Sofort nahm sich der erste tschechische Ableger von Greenpeace des Falles an und blockierte die Futterlieferungen für den Zoo so lange, bis ein Viertel der Tiere vor Hunger einging und der gerettete Schimpanse, dessen Gefährtinnen ebenfalls krepiert waren, den verwitweten Gorillaweibchen zugeteilt wurde.

Es war also nur natürlich, daß ich, durch diese Erfolge ermuntert, für meine Gattin und ihren Lůd'a einen Vergeltungsschlag vorbereitete, der in die Geschichte des Attentatswesens als der gerechteste, ausgeklügeltste und insofern zugleich erfolgreichste eingehen würde, als sein Urheber nur dann ausfindig gemacht werden würde, wenn er sich selber wie jener gewisse Grieche dazu bekannte, der durch das Anzünden eines Tempels in die Geschichte einging, was ich jedoch persönlich ausschloß. Ich fühlte mich zu vielen weiteren schöpferischen Aufgaben vorherbestimmt. Der Samen, aus dem ich dereinst von meinen Eltern im Schweiße ihrer Angesichter zu höheren Berufungen gezeugt worden war, schien nun endlich aufzugehen.

Fast war ich mir schon sicher, daß mich von der Lösung des ersten großen Auftrags nur noch eine ähnlich banale Kleinigkeit trennte, wie es der fallende Apfel für den Entdecker der Erdanziehungskraft oder das Glöckchen für jenen des Pawlowschen Speichels war. Und genau da spielte mir das Schicksal einen Streich, der dem Ganzen eine unerwartet andere Richtung gab ...

Er begann so alltäglich und fad wie anfangs mein ganzes Leben, was mir heute schon mehr als unglaublich scheint, und entwickelte sich außerdem in den paar folgenden Tagen mehr als banal, so daß ich sein ungeheures Ausmaß nicht im entferntesten ahnen konnte. Arglos glaubte ich in diesen wenigen Tagen, daß jene sich mit stechenden Schmerzen abwechselnden Brechanfälle, die schon immer meine Blähungen begleiteten, von allzu scharfer Nahrung herrührten, doch Diät verschlimmerte meine Beschwerden nur noch, wogegen zum Heilmittel für meinen Magen seltsamerweise jene pikanten, vor der sizilianischen Mafia geretteten Rollmöpse wurden. Deren ständigen Verzehr bezeichneten jedoch Béd'a, meine Gattin und Lŭd'a alsbald in seltener Eintracht als den besten Weg, durch Gewöhnung in eine Abhängigkeit zu geraten, die nach einer Weile zwischen Rollmöpsen und Kokain zu unterscheiden aufhöre, was mich freilich so sehr beunruhigte, daß ich einen Arzt aufzusuchen beschloß.

Zu dieser Zeit war das verfaulte sozialistische Gesundheitswesen zwar schon mit Erfolg liquidiert, doch ein funktionierendes kapitalistisches hatte leider seinen Platz noch nicht eingenommen, obwohl Koalition, Opposition und Polizei landesweit nach den Ursachen fahndeten. Im rechten Moment brachte der Premierminister die unsichtbare Hand des Marktes zur Geltung. Sie verhinderte souverän die Katastrophe, indem sie die ‹Bewegung für Gesundheitliche Selbsterhaltung› (BfGS) entstehen ließ, die bald Weltruhm erlangte, ihrem Urheber eine Reihe Ehrendoktorate einbrachte und unsere Republik der Europäischen Union so weit annäherte, daß diese lieber ein Stück zurückwich, um das Geschehen hierzulande voll Staunen besser beobachten zu können.

Sozusagen über Nacht tauchten auf dem ganzen Staatsgebiet Hunderte, ja Tausende von Ständen, oft in der althergebrachten Form von Bauchläden auf, denen es zu verdanken war, daß die medizinische Wissenschaft nach Jahrhunderten zum Volk zurückkehrte, vor dem sie sich inzwischen schon fast ganz in prunkvollen Krankenhauspalästen versteckt hielt. Männer und Frauen in ihren traditionell weißen Kitteln, vor deren Reinheit die dankbaren Patienten unter diesen Bedingungen gern die Augen

verschlossen, waren auf einmal ohne aufreibende Warte-
rei und Bürokratie überall ansprechbar, wo man ihrer bedurfte, in den Unterführungen der Metro, vor den Kassen
der Kinos, Theater und Sportstadien, aber sie schwärm-
ten auch auf den orientalischen Märkten aus, die nun zur
Vervollständigung des Kolorits vor den gotischen Kathe-
dralen unserer Städte entstanden und wo die selbstbe-
wußten einheimischen Ärzte nicht einmal die Konkurrenz afrikanischer Schamanen und indischer Fakire fürchteten.

Zwischen dem Zeitungsverkäufer, der auf übliche Weise das Abendblatt und neuerdings die Kinderpornopresse
für Pädophile ausrief, und dem ehemaligen Würstchen-
mann, der jetzt die Weltdelikatessen Hamburger und Hot
dog anpries, konnte man sich den Blutdruck messen, den
Bruch betasten oder sich eine Universalspritze gegen alle
Grundgebrechen geben lassen. Auf dem nächsten wc gab
man den Urin ab, der zusammen mit der bei maximal er-
reichbarer Hygiene in der nächsten Fleischerei abgenom-
menen Blutprobe im nächsten beliebigen Laden, dessen
Inhaber den Laboranten ein paar Quadratmeter verpachtet hatte, sofort auf AIDS und Prostataleiden untersucht
wurde. Auch die Bezahlung verlief unkonventionell, der
Preis wurde ausgehandelt und mit altböhmischem Hand-
schlag vor Zeugen besiegelt, danach nahm man bereits
sowohl Banknoten wie Tauschwaren aller Art entgegen,
so daß die Gesundheitsleute zumeist keine Zeit mehr
mit privaten Besorgungen vergeuden mußten.

Für künftige Chronisten ergänze ich, daß dem guten
Beispiel im schwindelerregenden Tempo weitere Berufs-
sparten folgten. Geldinstitute betrieben den Handel im
kleinen auf Parkbänken, womit sie ihre Tätigkeit an Einrichtungen zurückgaben, die ihnen Jahrhunderte zuvor
ihren Namen verliehen hatten. Ungewöhnliche Konjunk-

tur verzeichneten auch die Advokaten, Richter und selbst die Staatsanwälte, soweit sie in Talaren auftraten, und selbstverständlich auch in Perücken, die ihnen die Seriosität der Juristen aus den beliebten Fernsehserien verschafften. Außerordentlichen Erfolg ernteten zwei Brüder, die auf dem Prager Vyšehrad-Felsen Gericht nach den Przemyslidengesetzen hielten, welche bei vielen Fachleuten für wesentlich gerechter galten als die gegenwärtige Rechtsprechung.

Ich jedoch mit meinem schon bekannten Wesen, aus dem sich trotz allgemeiner Veränderungen Schüchternheit und Scham nicht völlig verflüchtigt hatten, konnte mich mit meinem unangenehmen Leiden nirgendwohin wenden, wo sich um die Untersuchten oder Verurteilten eine kiebitzende Menge zusammenrottete, die eifrig nach unappetitlichen Einzelheiten Ausschau hielt. Doch selbst solche Fälle wie mich ließ des Marktes allmächtige Hand nicht im Stich!

Ein paar Medizinstudenten des achten Semesters, die es mit der Manipulation von Pferderennen erfolgreich zu gutem Geld gebracht hatten, wofür der Film ‹Der Clou› ihr bewundertes Vorbild war, warfen ihre Gewinne für den Ankauf des protzigen Gebäudes der Akademie der Wissenschaften zusammen, die gerade unter dem Beifall der breiten Öffentlichkeit aufgelöst worden war, welche schon längst keine unproduktiven Parasiten mehr durchfüttern wollte. Dem Objekt gaben die jungen Medikusse den Namen ‹Poliklinik des Einundzwanzigsten Jahrhunderts› und vermieteten es bis zum Ende des laufenden an ihre Professoren, die sich ihre mageren Gehälter solchermaßen ein wenig aufbessern konnten, nachdem ihre anspruchsvolleren Gattinnen drohten, sie gerade mit den vermögenden Studenten zu verlassen.

Das brachte Ruhe in die Familienverhältnisse und sta-

bilisierte auch das Gesundheitswesen in der Übergangs-
zeit, weil da ausgemachte Fachleute wie Spitzenpersonal
aus allen medizinischen Bereichen im Dreischichtbetrieb
tätig waren ohne überflüssige Beamte, Buchhalter und
aufgeblähte Kontroll- und Revisionsorgane. Weil die Behandlung hier anspruchsvoller und somit auch kostenauf-
wendiger war als auf der Straße, begrüßten es die Patienten, daß man im selben Haus ein qualifiziertes Versatzamt
mit Schmuckkennern eingerichtet hatte.

Zu dieser Zeit verfügte ich bereits über eigene Mittel,
zwar nicht als Bargeld, an das ich mich noch nicht gewagt
hatte, sondern in Form von Blankoschecks, die meine
Gattin unterschrieben hatte, nachdem Professor Pavlík
als mein geheimer Verbündeter sie zu überzeugen wußte,
daß der Weg zu den Rosolschen Millionen einzig und allein über meine lebende Person führe. Ich wußte selbstverständlich, daß sie mit dem Anschlag auf mich nur wartete, bis meine Eltern aus der Schlaftherapie erwachten,
was früher oder später ja eintreten mußte, doch da sollte diese Erpressergeschichte mit Hilfe des allmächtigen
Semtex schon für immer gelöst sein.

Leider trübte mir die seltsame Erkrankung die frohe
Erwartung, und ich war nach langer Zeit wieder unsicher
und nervös, als ich endlich vor dem jungen Internisten
Platz nahm. Nach dem weltweit bekannten Gesetz waren
in diesem Augenblick alle meine Beschwerden verflogen.
Da ich nicht einmal in der Lage war, sie nach der bloßen
Erinnerung detailliert zu beschreiben, drückte der offenkundig überarbeitete Arzt auf den Knopf einer Stoppuhr,
die daraufhin stehenblieb.

«Mensch», sagte er zornig, «Sie sind schon drei Minuten hier, und ich habe Ihnen noch nicht einen Punkt an-
rechnen können!»

Sodann erklärte er mir, die Einrichtung auf seinem

Tisch sei ein neu eingeführtes ärztliches Taxameter, das zugleich seine Behandlungszeit, das Bruttohonorar und die Steuerabführung berechne, und forderte mich auf, ihm unverzüglich meine Diagnose mitzuteilen, wenn er mir die richtigen Medikamente verschreiben solle. Als er erfuhr, daß ich mich vor dem Besuch bei ihm noch nicht einmal hatte voruntersuchen lassen, wurde er wütend.

«Leute, ihr stellt euch die Medizin vor wie Kasperl den Krieg! Egalweg wettert ihr gegen unsere Gagen, und wir sollen dann raten, was euch fehlt?? Ihr braucht einen ordentlichen Ärztestreik, damit euch die Lust an diesen Hanswurstereien ein für allemal vergeht!!»

Ein wenig beruhigte ihn mein Vorschlag, die Uhr einfach laufen zu lassen, auch wenn ich schwieg. Dann nahm er mich wirklich gründlich ins Gebet. Er ließ sich ausführlich meinen derzeitigen Speisezettel wiederholen und schüttelte auch beim zweiten Mal den Kopf. Danach schloß er den Verdacht auf Bandwurm aus, mit dem er zuvor einen Augenblick gespielt hatte, und stand auf.

«Ich habe jetzt leider ein Mittagessen bei den Rotariern», sagte er, die Meßuhr ausschaltend und eine Kellnerbörse aus der Gesäßtasche ziehend, «aber ich denke, ich bin auf der richtigen Spur. Deshalb werde ich Sie mit Ihrer freundlichen Zustimmung abkassieren und meinem Kollegen übergeben.»

Als er meinen Scheck in seiner Brieftasche verstaut hatte, klopfte er zufrieden mit dem Handrücken darauf, entschuldigte sich aber sogleich.

«Die Gewohnheit ist ein eiserner Frackschoß», erläuterte er mir bildhaft, «ich habe als junger Medikus an einer Hotelfachschule praktiziert!»

Der zweite Spezialist wirkte auf den ersten Blick wie ein Mann, der von den Höhen des Rentenalters zu seinen Wurzeln zurückgekehrt war. Doch sein scheinbar kindliches Wesen, erkennbar an der statt einer Serviette unter den Kragen gestopften Krawatte, so daß sein Hemd mit der Suppe bekleckert war, die er gerade aus der Schüssel eines auf Röntgenaufnahmen stehenden Essenträgers gelöffelt hatte, war wie weggewischt, als er mit seinem Vorgänger eine Salve lateinischer Wörter wechselte. Nach dessen Weggang nahm er sofort würdevoll die Krawatte wieder herunter, womit er auch die Flecken verdeckte, zog die Röntgenbilder hervor, legte sie ordentlich über die Suppe, damit sie warm bleibe, und forderte mich auf, mich von unten bis zur Taille zu entblößen und mich vorsichtig auf einen sonderbaren Sessel mit Haltestützen für die Beine zu schwingen, die mir dann über dem Kopf in die Höhe ragten. In dieser mir unbequemen und vor allem peinlichen Haltung schob er allerlei Instrumente und auch ein paar Finger unten in mich rein, um dann in einem Ton, der keinen Widerspruch duldete, zu erklären.

«Lieber Herr, mein Kollege hat sich wie üblich geirrt, Sie sind alles andere als ein Fall für den Urologen.»

«Aber für wen denn dann ...?» fragte ich zurück, mich umständlich aus dem Sessel erhebend, wobei ich immer kleinmütiger wurde.

«Eins nach dem anderen!» versetzte er unnachgiebig, «erledigen wir zuerst die Formalitäten, und dann fahren wir fort, nein!» fiel er mir in den Arm, als ich nach der Unterhose griff, «Sie brauchen sich nicht anzuziehen, der grundsätzliche Vorzug unserer Klinik besteht darin, daß einige verwandte Untersuchungen auf logische Weise miteinander verbunden sind.»

Als ich die Anmeldung unterschrieben und den Scheck für ihn ausgefüllt hatte, bedankte er sich, schob die Röntgenbilder nur so weit zur Seite, daß er den Rest Suppe gleich aus der Suppenschüssel trinken konnte, wischte sich danach zerstreut den Mund wieder mit der Krawatte ab und forderte mich auf, die gleiche komplizierte Lage auf demselben Sessel wieder einzunehmen.

«Ich bin nämlich auch der Gynäkologe hier», klärte er mich auf, «nur habe ich als solcher andere Sätze und muß meine Arbeitsbereiche deshalb steuertechnisch übersichtlich voneinander trennen.»

Danach fuhr er nochmals konzentriert mit den Fingern und Instrumenten in mir herum, die er anschließend in sich verschieden färbende Lösungen tauchte, während meine Angst mehr und mehr anwuchs. Gerade als sie ihren Höhepunkt erreichte, begann der alte Mann triumphierend zu kichern.

«Ich habe es gewußt! Ich habe es doch gewußt!»

«Was …?» stieß ich völlig verständnislos hervor.

«Na was! Was wohl? Ihre Krankheit ist die üblichste unter der Sonne!»

«Winde?» riet ich mit neuer Hoffnung.

«Aber Scheiße!» wies er mich mit männlicher Biederkeit zurück, die ich bei ihm schon überhaupt nicht vermutet hätte, «na doch ein Kind!»

«Was für ein Kind …?»

Ich verstand noch weniger, obwohl das schon kaum mehr möglich war.

«Was für ein Kind! Er fragt noch! Na, das Ihrige! Ja doch, glotzen Sie mich nicht an wie ein Kalb das neue Tor! Sie leiden an normaler Gravidität! Sie kriegen ein Baby! Sie sind einfach in anderen Umständen!»

Wahrscheinlich sah ich aus wie soeben vom Blitz getroffen. Seiner eingebüffelten Litanei lauschend, was ich in den nächsten Monaten alles zu lassen und zu tun hatte, sammelte ich Kraft, um mich dieser derartig absurden Behauptung zu widersetzen, die aller wissenschaftlichen Erkenntnis zuwiderlief, bis zu der ich von der Vermehrung der Pilze her mühsam vorgedrungen war. Endlich war ich fähig, ihn mit einem leidenschaftlichen Aufschrei zu unterbrechen.

«Aber ich bin doch ein Mann!!»

Für einen Moment stutzte er, sah mich fest an, und ich gewahrte in seinen Augen die abgrundtiefe Müdigkeit, die darin Jahrzehnte der Enttäuschungen und Schocks angesammelt haben mußten, für die er offensichtlich auch heute noch kein Ende erwartete. Als er erneut zu reden ansetzte, klang es, als spreche er aus dem Grabe.

«Herr ... mir ist entgangen, wie Sie heißen, aber an Namen liegt mir schon längst nicht mehr. Seit ich dahinterkam, daß sogar der große Genosse Stalin irgendein Wanderpope namens Dschugaschwili war, bin ich immer von neuem auf alle Betrügereien des Jahrhunderts hereingefallen, weil ich guten Willens war, sie zu glauben, so daß ich selbst dann noch zu glauben suchte, als ich schon lange an nichts mehr glaubte, da ich begriffen hatte, daß diese endlose Kette von Lügen die wahre Lebenswahrheit ist. Mein Dom, in dem ich beichtete und betete, wurde der Altstädter Ring, wo ich auf Großkundgebungen nacheinander etwa zehn verschiedenen Regimen die Treue schwor, immer in der festen Überzeugung, daß ein jedes von ihnen endgültig war und somit für den Bürger rechtlich wie moralisch bindend. Ein ums andere Mal zeigten mir ihre Büttel dort immer wirkungsvollere Folterinstrumente, wobei sie mir ‹Ich bin die Liebe und die Wahrheit!› zuriefen. Langsam, aber sicher kannte ich mich selbst auf meinen Fachgebieten nicht mehr aus. Die beiden bisher bekannten Geschlechter in ihrer ursprünglichen Gestalt wurden eher zur Rarität, und ich mußte die Patienten immer öfter fragen, ob sie zum Uro- oder zum Gynäkologen wollten. Und nun kommen Sie mit allen typischen Symptomen einer Gravidität daher, die der Medizin bekannt sind, und brüllen mich hier an: Ich bin ein

Mann?? Falls Sie die Güte haben sich zu merken: Ich bin Doktor Doktor und habe Sie unter dem Gesichtspunkt meiner beiden Professionen gründlich untersucht, ich habe dem hippokratischen Eid bis zum Letzten Genüge getan, und da Sie nicht in akuter Gefahr sind, sondern alle normalen und deshalb auch von Natur aus gesunden Begleitumstände einer Dutzendgebärenden im dritten Monat durchlaufen»,

ohne die geringste Vorwarnung lief er rot an und brüllte nun selbst,

«pfeife ich auf Ihr weiteres Honorar und fordere Sie auf, jenen Kollegen zu belästigen, der Ihnen offenbar einen Schwanz auf die Pflaume genäht und Ihnen nicht gesagt hat, daß Ihr Beschäler selbstverständlich auch in Zukunft wieder Pariser benutzen soll!»

Meine totale Unfähigkeit, dieser Grobheit die Stirn zu bieten und ihm die Haltlosigkeit seiner Verdächtigung nachzuweisen, entsprang einem Gedanken, der mir beim Erwähnen des dritten Monats wie ein rotes Signal im Gehirn aufgeblitzt war. War das nicht die Zeit, die mich von dem vereinzelten, dafür aber um so leidenschaftlicheren Liebesakt meiner Gattin zwischen meinem Kranken- und Irrenhausaufenthalt trennte? Und logischerweise ergab sich daraus auch eine Frage, die ein noch röteres Licht auf meine unerwartet anderen Umstände warf: War es im Rückblick nicht äußerst verdächtig, daß Lůd'a gerade in diesem schicksalhaften Moment nicht daheim war und daß er, einer unwillkürlichen Bemerkung meiner Gattin nach, den Geschlechtsakt eher guthieß, obwohl ich ihm diesen verheimlichen sollte?

Und war also meine plötzliche, überraschende und zudem höchst unnatürliche Schwangerschaft so gesehen nicht Teil eines ungeheuren Komplotts, das mich und meine Besitztümer mit der stärksten Fessel, nämlich ei-

nem gemeinsamen Nachkommen, an meine Gattin bin-
den sollte??

Immer noch in dem Stuhl steckend, die Beine hoch
über dem Kopf, vermochte ich nur zu stöhnen.

«Aber, Herr Doktor Doktor ... Sie können mich doch
nicht einfach in dieser Tinte sitzenlassen?»

Diesmal lief er im Gesicht dunkelviolett an, als ob ihn
jedes Wort würgte.

«Hören Sie mal, lieber Papi ... oder soll ich vielleicht
Mami zu Ihnen sagen? das können Sie sich selber aussu-
chen. Damit kommen Sie mir nicht! Nicht mir!! In Ihrem
Alter hat man schon zu wissen, ob man sich Nachwuchs
erlauben kann oder ob man später öffentliche Erbitterung
erregen will wie jene Frau aus der heutigen Schwarzen
Chronik, die ihre zweijährige unartige Tochter für eine
Tombola anbot, um zwei brave Pudel behalten zu können.
Ich bin Geburtshelfer und kein Engelmacher! Und
außerhalb des Protokolls»,

obwohl dies fast ausgeschlossen schien, war er imstande, seine Lautstärke noch zu steigern,

«erlaube ich mir die Bemerkung, daß ihr mir alle, ihr
Schwulen, Lesben und nun auch noch Hermaphroditen,
von Herzen scheißegal seid, weshalb ich mich Ihnen empfehle!»

Damit warf er die Tür hinter sich krachend ins Schloß,
sogar den Essensträger mit Hauptgang und Nachtisch
ungegessen zurücklassend.

Nun, da ich meine Beichte kurz vor der Tat schließe,
die unter der zweiten Hälfte meines Lebens den Strich
ziehen soll, damit ich es frei vom Schmutz der Vergangenheit fortsetzen kann, darf ich bereits verraten, daß
eben diese absurde Diagnose zu jenem berühmten Tropfen wurde, der den Kelch meiner Geduld regelrecht in
Strömen überfließen ließ. Die verschüttete Milch zurück-

bringen sollte ein letzter Versuch, den ich deshalb unverzüglich in Angriff nahm. Ich schicke gleich voraus, daß er mit einer weiteren bitteren Enttäuschung in den Menschen endete, wodurch das Tor zu ihrer Tragödie sperrangelweit aufgerissen wurde.

Zu dem nunmehr auf so erschütternde Weise erhellten Appetit auf Saures gesellte sich ein weiterer Zwang, der offenbar ähnlich logisch durch die biologischen Vorgänge in meinem Körper erzeugt wurde: das Bedürfnis, meine Mutsch – von der ich zunächst eine Erklärung erhalten könnte, was bei meiner Aufklärung vielleicht unterlassen worden war, und dann auch die besten Ratschläge, was für mich und mein Kind zu tun sei – über das bevorstehende, für sie letztendlich freudigste Ereignis in Kenntnis zu setzen. Zu diesem Behufe ließ ich mich von der Klinik ungesäumt nach Bohnice fahren.

Zu jener Zeit wurde ich auf Weisung meiner beiden Vormünder, als die man Lůďa und meine Gattin sicherlich bezeichnen konnte, bereits mit einem ständigen Mietwagen befördert. Obwohl sie mir einredeten, sie wollten mir so das ewige Bezahlen ersparen, das mir immer noch nicht geläufig war, wußte ich, was die Uhr geschlagen hatte, als sich mein Taxifahrer, mit Namen Káďa, verplapperte, er habe unter Lůďa gedient, höchstwahrscheinlich noch bei der Staatssicherheit. So war mir sonnenklar, daß er mich zu bespitzeln hatte.

Wenn meine jähe intellektuelle Entwicklung auch nur kurze Zeit andauerte, schaffte ich es dennoch, alle meine Rivalen miteinander an Durchtriebenheit in den Schatten zu stellen. Es war nicht schwer, in der Sprache jenes Dummchens, für das ich außerhalb des PASEK noch immer gehalten wurde, Káďa zu verstehen zu geben, daß Lůďa und meine Gattin bei genauem Hinsehen nichts anderes besaßen als mich, dessen Erbe sie unterdessen nur schamlos beliehen. Bald war deutlich, daß Káďa begriffen hatte, zu wem sich die Treue für ihn mehr auszahlte, bestimmt war ich in seinen Augen das fette Schaf, das er am besten selber schor. Natürlich verriet ich auch ihm nicht, warum ich zu meinen Eltern fuhr. Im Gegenteil deutete ich ihm zynisch an, daß ich mich überzeugen wollte, ob ich nicht zufällig bereits der glückliche Nutzer ihrer letztwilligen Verfügung sei.

Bis an mein fernstes Ende wird mich der Vorwurf verfolgen, gerade damit ihren Verlust herbeigeführt zu haben, mochte die bloße Tatsachenfolge auch schlüssig belegen, daß dies sich schon viel früher zugetragen haben mußte!

Nach einstündigem Warten in Professor Pavlíks Vorzimmer hatte ich das eigenartige Gefühl, daß er sich verleugnen ließ, denn so manches, vom Auto unter seinen Fenstern über die Schuhe vor der Tür seines Arbeitskabinetts bis zu der übernervösen Sekretärin, die das ständig verkochende Kaffeewasser immer wieder auffüllte, sprach für seine Anwesenheit. Ich wußte aber, daß er seinen Raum nur durch einen Sprung aus dem dritten Stock verlassen konnte, und entschloß mich auszuharren. Nach zwei weiteren Stunden machten seine Nerven nicht mehr mit, und er öffnete die Tür, wobei er so tat, als sei er bei einer Entspannungsübung eingeschlafen. Als er begriff, daß ich mich weder zum Alkohol – ich befürchtete nämlich, die gerade hier erlangte geistige Sprühkraft bei einem erneuten Zug aus der Flasche zu verlieren – noch zu einer Partie Skat verleiten ließe, obwohl er mir das Spiel umsonst beizubringen versprach, blieb ihm nichts anderes übrig, als mich nach meinem Begehr zu fragen.

Sein Ton gab immer deutlicher zu erkennen, daß ihn etwas über alle Maßen beunruhigte.

In meiner Voraussicht unterschlug ich auch ihm, daß

ich – so närrisch es dabei klingen mag – ein Kind erwartete, und verriet ihm nicht, warum ich meine Mutsch wenigstens für eine Stunde aufwecken lassen wollte. Mit vertrauenerweckender Stimme spielte ich ihm vor, ich hätte mich bezüglich meiner und seiner Erbschaft bei einem Hellseher angemeldet, und allein meine Mutter wisse den Zeitpunkt meiner Geburt, ohne den sich der Aszendent nicht bestimmen lasse – alles Kenntnisse, die ich durch immer häufigere Lektüre immer anspruchsvollerer Magazine immer reichlicher erhielt.

Sehr nachdenklich kratzte er sich den Kopf, ehe er mir eine besorgte Frage stellte.

«Und müssen Sie sie heute sehen, Willy?»

«Ja, Jéni!» antwortete ich in absichtlich vertraulichem, aber zugleich auch schärferem Ton.

Er kratzte sich weiter, bis er sich offenbar weh tat, denn er gab einen leichten Schmerzenslaut von sich. Aber gerade das schien ihm seine Selbstsicherheit wiederzugeben.

«Nun ja», sagte er jetzt entschieden, «eigentlich ist es ja wurscht, Warten schafft hier kaum Abhilfe. Sonderbar», meinte er verwundert, «gerade heute kam mir der Gedanke, Sie könnten vielleicht nach ihnen fragen. Deshalb habe ich mich hier auch entspannt, um Ihnen eine verläßliche Stütze zu sein, die Sie unter den gegebenen Umständen verdienen.»

«Wieso Stütze?» fragte ich verständnislos. «Und welche Umstände sind gegeben?»

«Ach, es gibt da so einen, wie soll ich das sagen? so einen etwas unliebsamen Vorfall, einen unliebsamen und peinlichen, jawohl!» sagte er und geriet dabei so in Zorn, daß er das Fenster aufriß, obwohl er augenblicklich von einem Schüttelfrost gepackt wurde, «peinlich bis aufs Blut! Sie kennen doch Kobliha und Mlejnek, nicht wahr?»

«Ja», gab ich ungern zu, «aber was ...»

«Und Sie wissen vielleicht, daß sie sich in der ersten Runde der Privatisierung unser ganzes Gelände unter den Nagel gerissen haben?»

«Ich glaube, einer von ihnen hat das erwähnt, doch ich habe das als Ausgeburt einer kranken Phantasie aufgefaßt ...»

«Nun ja, krank war jetzt ihre Raffgier, mit der sie ein Aktienpaket an die Slowakischen Eisenwerke verkauft haben, doch in ihrer bekannten Überstürztheit vertaten sie sich beim Zählen um ein einziges Stück und wurden so im Nu Minoritätseigentümer. Die Eisenwerke zogen schon tags darauf unsere gesamten Aktiva ein, weil sie unbedingt die führenden Prager Fußballklubs aufkaufen und auflösen mußten, damit Bratislava die Liga gewinnt und auch Hauptstadt Böhmens wird. Ja, verehrter Herr Vilém, in der zwölften Stunde dachte ich an Sie und an meinen Sohn, den ich so versorgen und erziehen muß, daß er uns beiden ein würdiger Erbe werde, und die Eisenwerke akzeptierten meinen Vorschlag auf ökonomische Verschlankung des Betriebes. Auch Verrückte sind Bürger, argumentierte ich, und müssen sich in Zeiten der Depression einer Restriktion ebenso fügen wie zum Beispiel die nicht minder depressiven Eisenbahner, denn die Bürger sind nicht so verrückt, geistesgestörte Schmarotzer zu ernähren. Noch dazu hat eine strenge Überprüfung ergeben, daß die meisten Pfleglinge hier gesund sind und nur in der Gebor-genheit abwarten, bis das Narrentreiben draußen vorüber ist. Deshalb haben wir sie mit Picknickpäckchen versehen, gruppenweise auf die Karlsbrücke geführt und dort anstandshalber abgewartet, bis sie sich in den Touristenströmen verloren. Die leeren Pavillons haben wir mitsamt unserem Friedhof auf neunundneunzig Jahre an die Russen verpachtet, bis auf einen, in dem die verrückt gewordenen Kicker von Sparta und Slavia per einstweiliger Verfügung in Käfigen gehalten werden. So bin ich auch in Zukunft hier Chef, wäre das nicht doch ein Grund für einen Schluck?»

«Danke», sagte ich zwar höflich, dafür aber völlig unnachgiebig, «trotzdem hätte ich gern mit meiner Mammi gesprochen.»

«Da liegt ja grade das Problem …» jetzt konnte auch er seine unübersehbare Nervosität nicht mehr verbergen, «man hat sie irrtümlich weggebracht …»

«Wer? Wen?» vermochte jetzt auch ich meine geradezu faßbare Angst nicht zu verbergen.

«Nun … wen sonst als Ihre elterlichen Herrschaften, und wer sonst als die Russen, die mit Hilfe der beiden genannten Kollaborateure hier schon wieder in ihrer ewigen Liebe zu uns fortfahren!»

Dabei fing er von neuem an, Grimassen zu schneiden, um dieser Mitteilung etwas auflockernden Humor zu verleihen, der aber verständlicherweise wie Erbsen an der Wand wirkungslos von mir abprallte.

«Was wollen Sie damit sagen?» bestand ich auf einer seriösen Erklärung, «wohin hat man sie denn gebracht?»

«Ach, mir ist es so unangenehm, darüber zu sprechen, doch schlußendlich sind auch an diesem bedauernswerten Irrtum Mlejnek und Kobliha schuld, weil sie mit ihren Milchmädchenrechnereien die russische Lawine auslösten. Kurz und schlicht: Die Russen hielten auch die Särge mit Ihren Eltern für ein Bestandteil des Inventars und schickten sie ohne nähere Überprüfung in die Heimat, um dort ihre eigenen teuren Verblichenen endlich in würdiger Weise aus ihren Pappschachteln umbetten zu können. Ich muß Ihnen nicht dartun, wie sehr ich bei dieser Nachricht in Wut geriet, als man das aus Kobliha und Mlejnek auf der russischen Intensivstation rausbekam, doch dessen

Leiter, Professor Oberst Dserschinskij, der Enkel des ersten russischen Kulturministers, hat mir sein menschewistisches Ehrenwort gegeben, er werde seine Gemahlin in Jekaterinburg über Kurier anweisen, ihre Eltern pietätvoll zu den Ihrigen zu betten und Ihnen von dort eine Prise jener Erde herzuschicken, in der die beiden Paare das unverbrüchliche Bruderband aller Slawen bis über das Grab hinaus symbolisieren werden. Und da zu einer schlechteren Nachricht unabdingbar stets auch eine bessere gehört»,

seine schuldbewußte Miene war wie weggewischt und blitzschnell durch eine fast schon triumphierende ersetzt, die ihn sogar das Fenster schließen ließ,

«da ist sie: Um Ihnen die traurig berühmten bürokratischen Orgien hierzulande zu ersparen, hat mir Oberst Dserschinskij hoch und heilig in die Hand versprochen, die Sterbeurkunden für Ihre elterlichen Herrschaften bei seinen hiesigen Experten glaubwürdiger fälschen zu lassen, als das beste Original je aussehen könnte. Was in der Praxis soviel heißt, daß Sie nichts mehr daran hindert, noch in dieser Woche feierlich Ihr Erbe als letzter der berühmten Dynastie Rosol anzutreten, an die das Geschlecht der Pavlíks vollwertig anknüpfen wird.»

Das alles gab er so seriös und mit einem so aufrichtigen Funkeln im begeisterten Auge von sich, daß ich mich ums Haar durch eine unwillkürlich aufsteigende Rührung übermannen ließ, bis mir mein erst kürzlich eben an diesem Ort auf volle Touren hochgepeitschter Geist mit einem Stoß, ja mit einem Tritt in den frisch gesegneten Leib zum Bewußtsein brachte, daß ich gleich jenem senilen Gynäkologen drauf und dran war, erneut auf eine schamlose Lüge hereinzufallen. Nein, dieser Ort sollte auch fürderhin die Wiege meiner Lebensaufhellung bleiben! Trotz dieses kriecherisch hoffärtigen Gnoms, der sich als der ganzen Menschheit und vor allem als mein Wohltäter gebärdete, obwohl er selbst in diesem schwersten Augenblick meines Lebens, da ich meiner Eltern endgültig verlustig ging, ein Heuschreckennetz egoistischer Interessen um mich zusammenzog. Ich verspürte die tiefe Genugtuung, keine unfruchtbare Färse zu sein. Wie auch immer das sollte geschehen können, unter meinem Herzen ging ein neuer Rosol auf, dessen bloße Existenz alle meine listigen schriftlichen Versprechungen in wertlose Fetzen verwandelte. Und gerade dank seiner Vermittlung vernahm mein tiefstes Inneres jenen Satz, der, wenn nicht aus dem Weltall, so doch bestimmt aus Jekaterinburg kam und mir Mutschs Rat funkte, den sie mir nicht mehr persönlich hatte geben können.

«Nein! in eine solche Welt darf kein Prophetensohn hineingeboren werden, Vilémek!»

Und damit reifte unwiderruflich der schwerste und zugleich weiseste Entschluß meines Lebens in mir heran.

Es bereitete keine Mühe, Pavlík mit Erfolg einzureden, daß ich die Sache mit den Särgen von der besseren Seite her sähe, da meine Eltern nun wenigstens nicht so lange allein blieben, und daß ich in allernächster Zukunft die entsprechenden Schritte zu tun gedächte, um auch das immobile Erbe seinem so spät erstgeborenen Söhnlein amtlich näherzurücken. Diese Vorstellung überwältigte ihn so sehr, daß sein Blick verräterisch den fiebrigen Gedanken preisgab, wie man es anstellen könnte, auch mich nach Jekaterinburg zu befördern, ohne dabei gegen die scharfsinnige Sicherheitsklausel meines Testaments zu verstoßen. Ich verließ ihn mit einem Gefühl berechtigter Schadenfreude, aber auch mit einem Bedauern darüber zurück, die abgrundtiefe Enttäuschung, die ich ihm als berechtigte Revanche demnächst bereiten würde, nicht mit eigenen Augen ansehen zu können.

Im Auto dann log ich ohne Probleme Kád'a vor, daß sich meine Eltern leider immer noch einer festen Gesundheit im Tiefschlaf erfreuten, ich dagegen in die Poliklinik des nächsten Jahrhunderts zurückkehren werde, und zwar für ganze drei Tage und drei Nächte. Um keinen Verdacht zu wecken und auch keine Nachforschungen zu verursachen, entwickelte ich mit perfekt vorgetäuschter Scham die ursprüngliche Diagnose auf Bandwurm weiter, ergänzt um den Einfall, daß derselbe mir vorsichtig Glied um Glied entnommen werden müsse, wobei es bis jetzt noch nicht gelungen sei, seine Länge abzuschätzen. Gleich anschließend, so ließ ich über Kád'a daheim ausrichten, würde ich mir erlauben, zu einer Superfete in einem Spitzenrestaurant einzuladen, wo ich vor einer Anzahl uns nahestehender Zeugen öffentlich meine erste und letzte Verfügung unterfertigen wolle, in der ich die übernächsten Erben meiner künftigen Erbschaft benennen würde.

Als Kád'a davonfuhr, flackerten seine Ohren wie Bremslichter, und ich konte mir sicher sein, er würde exakt jede einzelne Silbe dieser Nachricht weitergeben, die so vielversprechend war, daß sie auch ihn und weitere Habsüchtige in die vorbereitete Falle lockte.

Kaum hatte ihn die nächste Ecke samt Auto verschluckt, eilte ich auf kürzestem Wege zur PASEK. Wie kam mir jetzt Béd'as uneingeschränktes Vertrauen zugute, mit dem er mir, ebenfalls voll Hoffnung auf reiche Beute, die Spezialschlüssel anvertraut und die Codes der sinnreichen Sicherheitsvorrichtungen verraten hatte! Hier, man könnte sagen, in der Höhle des taubblinden Löwen, war ein bombensicheres Versteck entstanden, in dem ich neben diesem Tagebuch nach und nach alles Notwendige für die fehlerfreie Durchführung jenes Planes verborgen hatte, der, so meine tiefste Überzeugung, mehr als teuflisch war. Nun hatte sich auch der Augenblick der Wahrheit eingestellt, da ich meinen grundsätzlichen Entschluß mit der Wahl einer der drei Möglichkeiten zu seiner Verwirklichung krönen mußte.

Ja, zur Erfüllung des postumen Auftrags meiner seligen Mutsch, der zweifellos auch den Letzten Willen meines liebsten Paps ausdrückte, da beide das schlichte Geheimnis erahnt hatten, daß der Prophet ihrer frommen Familie erst in Gestalt eines Enkels entspringen würde, führten drei so verschiedene Wege, daß jede falsche Wahl unvermeidlich einen Fehlschlag zur Folge haben konnte.

Zeitungen, Rundfunk und Fernsehen, denen ich jetzt ebenso ungezügelt frönte, wie ich sie früher nicht beachtet hatte, was ich heute bedaure und nun erst recht von Erkenntnissen aller Art nicht genug bekommen kann, hatten mich schon in dieser kurzen Zeit seit meiner intellektuellen Auferstehung mit Detailwissen aus sämtlichen Bereichen von Zivilisation und menschlicher Existenz ausgerüstet.

Der erste Weg, das wußte ich also, um zu verhindern, daß in diese so schlechte Welt ein Prophet Rosol hineingeboren wurde, wozu der Allmächtige ihn evident vorherbestimmt hatte, wenn sein Vater als erster Mann des Wunders der Empfängnis würdig geworden war, führte zur Abtreibung der Leibesfrucht. Selbige verwarf ich jedoch aus einem moralischen, einem psychologischen und einem technischen Grund entschieden. Erstens ließ es der strenge Glaube nicht zu, in dem meine Eltern mich erzogen hatten, zweitens schämte ich mich, peinliche Fragen der Abtreibungskommission zu beantworten, und drittens kannte ich keinen Abtreiber.

Ähnliche Gründe machten es mir unmöglich, die Geburt auf die zweite, in Liebesromanen häufig verwendete Art zu verhindern, und zwar durch rechtzeitigen Selbstmord der verzweifelten Mutter. Zum einen gestattete dies wiederum meine Erziehung nicht, zum andern schämte ich mich dessen, was die Boulevardreporter über mich schreiben würden, und zum dritten drohte ernsthaft die Gefahr, daß mich meine Leibesfrucht trotz allem überlebte und statt zum Propheten zu einer Nachwaise wurde, der es an meiner Erziehung gebrechen müßte.

Strich ich also beide vorhergehenden Varianten, dann blieb die letzte, die am ehesten aus Mutschs Botschaft ableitbare: Abzutreiben ist die schlechte Welt, und zwar durch Abtreibung aller, die sie daran hindern, gut zu sein!

Nur Du weißt es, mein Tagebuch, dafür aber am besten, daß ich mich schon über längere Zeit mit dem Plan trug, jenes durch das Paar Gattin-Lůd'a verkörperte Übel aus der Welt zu schaffen, und zwar so gnadenlos, daß ich ihn nicht einmal Deinen Seiten anvertraute, da ich befürchtete, beim Nachlesen den Mut zu verlieren. Seit mich der flammende Aufruf aus Jekaterinburg ereilte, begann ich den Kreis der Personen, deren bloße physische Gegenwart es der Welt unmöglich machte, eine bessere zu sein, zunächst zaghaft, dann aber immer kühner auszudehnen, womit auch der Geburt meiner Frucht immer größere Berechtigung zuwuchs.

Natürlich schloß ich in den Kreis der Urheber der Schlechtigkeit der Welt Professor Pavlík ein, Oberst Dserschinskij, Mlejnek und Kobliha, doch dann durfte aber auch der Wanderclan meiner Gattin der gerechten Ausrottung nicht mehr entgehen, vor allem der Onkel nicht, dessen Bauchrednerei meine unselige Hochzeit besiegelt hatte, und ferner natürlich auch nicht die Kapellmeisterin, die aktiv am arglistigen Belügen meiner Familie beteiligt war, nicht mein Chef, der mir die Gattin samt Helikon an den Hals gehängt hatte, nicht der Garagenmeister mit seinem verführerischen Dämpfer, der das Interesse meiner Gattin an mir bis zur Unzurechnungsfähigkeit gesteigert hatte, nicht die Sekretärin des Generaldirektors und ihre Kolleginnen nicht, die alle gemeinsam und untrennbar mich wie eine wehrlose Hindin in die verderbliche Ehe hineingehetzt hatten, und nicht, und nicht, und nicht...

o ja, o ja, o ja, als ich hier anlangte, wußte ich bereits, daß der Kreis derer, die diese Welt für meinen Sohn unbewohnbar und demzufolge auch für seinen Gebärer unannehmbar machten, den privaten Rahmen sprengte und sich gleich Ringen auf dem Wasser ausdehnte. Inzwischen hatten mir nämlich die Nachrichtenmedien auch als Bürger die Augen weit geöffnet, die somit voll Entsetzen eines politischen Sumpfes ansichtig wurden, wie ihn selbst die Kommunisten, wenn man ihren Versicherungen glaubte, nach Jahrzehnten ihrer Herrschaft hier nicht hinterlassen hatten, im Gegenteil, verglichen mit der jetzigen Junta standen sie wie patriotische Edelleute da. Wollte man der meistgelesenen Presse glauben, dann bestand die Regierung jetzt durchweg aus Nichtskönnern, Lügnern, Betrügern, Defraudanten, Dieben, Fälschern und anderen Impotenten, geführt von einem Premierminister, über den gemunkelt wurde, er hätte seine zwanzig Ehrendoktorate erschwindelt, da er nicht einmal die Grundschule beendet habe. Die Opposition konnte selbst zufällig keine Abhilfe schaffen, da es laut Privatfernsehen in ihr von Rüpeln und Gewalttätern nur so wimmelte, von Kartenspielern, Weiberhelden, Slowaken, Künstlern und anderem moralischen Abfall, mit einem galligen Intelligenzler an der Spitze, der sich seine erste Morgenzigarette an der letzten Nachtkippe anzündete und auf dem Sessel des Parlamentspräsidenten an einer Milchpackung nuckelte, von der die Enthüllungsjournalisten wußten, daß der Spiritus darin immer weniger verdünnt war.

Eine letzte schwache Hoffnung für mich bildete eine gewisse Zeit das Staatsoberhaupt, obwohl es mich mit seiner anspruchsvollen Strenge mittlerweile an meinen Paps in dessen erziehungsintensivsten Jahren erinnerte, so daß ich mich unwillkürlich fragte, ob auch der Präsident einen Hosengürtel trug, obgleich der große Abstand seiner Hosenaufschläge zu den Knöcheln eher auf die Zugkraft strammer Hosenträger schließen ließ, mit denen er vielleicht wie mit einem Knieriemen knallte. Doch gerade in den Stunden, die meinen quälerischen Überlegungen knapp vorausgingen, veröffentlichte die Journaille beglaubigte Nachrichten über ihn, die anfangs meine berechtigten Zweifel, dann berechtigten Befürchtungen und schließlich sogar meinen berechtigten Zorn weckten.

So brachte sogar eine der seriösesten deutschen Tageszeitungen aus der Feder ihres Prager Korrespondenten eine vertrauliche Information von Burgkämmerern: Der Präsident, in seiner Nebenrolle ein Dramatiker, plane der Reihe nach vier Hochzeiten mit vier Starschauspielerinnen aus Frankreich, Polen wie aus den alten und den neuen Bundesländern, mit dem Ziel, daß Böhmen wieder über Europa herrsche, nach dem bewährten Muster Kaiser Karls IV., der nur durch seine Eheschließungen mit den Prinzessinnen von Valois, Schweidnitz, Pfalz und Pommern das Heilige Römische Reich ohne Krieg schuf, das er ebenfalls von der Prager Burg aus regierte.

Erheblich tiefere Wirkung zeitigte jedoch die von der angesehensten Boulevardzeitschrift verbürgte Information, der Präsident habe als Oberkommandierender der Streitkräfte entschieden, die Bereitschaft des Landes zum Beitritt zur NATO wie auch die Lösung des Problems unserer größten nationalen Minderheit in einem einzigen Akt zu demonstrieren. Er zeige sich entschlossen, die tschechische Armee als Ganzes in die Reserve zu schikken und durch alle diensttauglichen Roma und Sinti zu ersetzen; eine derartige Truppe habe seiner Ansicht nach den Vorteil, daß ihre Angehörigen nach der Bewaffnung sofort in andere Länder auswanderten, die sie im Falle eines Konflikts als unsere fünfte Kolonne von innen besetzen würden.

Daß der Präsident diese Behauptung in einer poetischen Botschaft, die er sogar in Marolds Panoramabild der brudermörderischen Schlacht zwischen den Hussiten und dem Herrenbund bei Lipany vortrug, persönlich dementierte, überzeugte mich nicht mehr, denn der Wahrheitsgehalt der Mediennachrichten, wie ich inzwischen auch erfahren hatte, war durch die absolute Informationsfreiheit grundgesetzlich garantiert.

Und eben dieser so katastrophische Zustand der Gesellschaft nötigte mich, in die ursprüngliche Liste von Einzelpersonen, deren Liquidierung den falschen Eindruck hervorrufen könnte, es sei mir gewissermaßen nur um die niedrige Begleichung ganz persönlicher Rechnungen gegangen, auch Leute aufzunehmen, die zugleich staatliche Institutionen sind, ja gar jene Institutionen selbst! Damit will ich auch den am wenigstens aufnahmefähigen Mitbürgern, wie ich es auch einst war, zu erkennen geben, daß sie Zeugen eines Aktes höchster Gerechtigkeit geworden sind und sich, wenn sie seine verborgene Symbolik erkannten, ein Beispiel daran nehmen möchten.

Dann kann es ihnen nämlich nicht entgehen, daß drei viel weniger weitreichende Ereignisse, und zwar eine Volkszählung, der Vorbeiflug eines Kometen und die Ermordung unschuldiger Kinderlein, vor knapp zwei Jahrtausenden die Geburt des ersten Propheten der Geschichte der Christenheit begleitet haben.

Sein Vater trug leider nicht Sorge für eine bessere Welt, und deshalb endete sein Sohn am Kreuz!

Nicht so der meine!

Wenn ich nun diese vorerst letzten Zeilen beende, die meine zweite Lebenshälfte beschließen sollen, um Platz zu machen jener gebenedeiten dritten, in der sich alles das erfüllen wird, wovon wir, mein Großvater, Paps und Mutsch, ich und auch mein künftiger Sohn, je geträumt haben, dann wird der Wecker mit der Sprengladung, den ich exakt in diesem Augenblick, nunmehr als Taxameter des Schicksals, mit fester Hand einstelle, die bemessene Zeit bereits leise, doch präzise tickend verringern.

Nachdem ich Kád'a nun mit den vielversprechenden, eine hundertprozentige Teilnahme garantierenden Einladungen ausgesandt habe, bleibt mir nur noch, mein Schicksalselixier, das Semtex, zu aktivieren. Unmittelbar unter den Augen Béd'as, der sich übrigens für meinen damaligen Rauswurf auf die nächtliche Straße auch eine Einladung verdient hat, hatte ich auf die erprobte Weise, nämlich in den Backentaschen, nacheinander eine ganze Menge Sprengstoff ins Labor geschafft, von wo ich ihn in der raffinierten Verkleidung als Bruder des Präsidenten zu dem genial gewählten Ort weiterbefördern werde, ohne daß die Spur eines Verdachts auf mich fällt, wenngleich die Explosion von historischer Dimension sein wird.

Ich habe nämlich die Hauptdarsteller meines Lebens in das berühmte Burgrestaurant Vikarka eingeladen, von wo aus, wie die tschechische Literatur bezeugt, lebende Personen bereits Ausflüge in das fünfzehnte wie auch in das kommende Jahrhundert unternommen haben. Gerade darum versprachen meine Eltern mir seinerzeit, hier ein Festmahl auszurichten, sobald ich Prophet geworden sei. Die Lage des Kellerlokals im Herzen vom Hradschin bietet ferner eine gute Voraussetzung dafür, auch die unseligen Protagonisten des nationalen und sogar des internationalen Lebens in die Luft zu befördern, denn in seiner

Nähe befinden sich nicht nur der Präsidentensitz, sondern auch der Senat, das Parlament sowie die meisten Ministerien und Botschaften, die deshalb untrennbar miteinander die Reise in jene andere Welt antreten werden, auf daß die unsere, unter Führung meines Sohnes, den ich bis zu seiner Volljährigkeit ebenso streng ausbilden werde, wie auch ich Gott sei Dank ausgebildet worden bin, endgültig zu einer glücklichen und gerechten Welt erblühe.

Angesichts des tickenden Weckers verdrießt es mich nur, daß ich nicht als jener berühmte Kobold anwesend sein kann, wenn meine Gattin und alle, die sie zu meiner Gattin gemacht haben, mitten in der fröhlichen Erwartung meiner Ankunft als letzten Laut ihres nichtigen Daseins vernehmen werden, wie er beinahe zärtlich zu kling

Der erste Teil dieses Buches entstand vom 5.7. bis 21.7.1971 in Sázava und Prag.

Der zweite Teil entstand vom 12.7. bis 22.12.1997 in Sázava, Prag, Zell am See, Grafenau, Neureschenau, Hamburg, Lüneburg, San Nazzaro und Wien.

Die Korrektur des Manuskripts fand im März 1998 wie immer im Hotel Eden-Wolff zu München statt.

Der Ablauf der Arbeit stand somit unter dem Einfluß der politischen und persönlichen Ereignisse der siebziger bis neunziger Jahre.